ちょうど前を通りがかった勇者《マゼル》がこちらに向けて
笑顔で片目をつぶって挨拶してきた。
歯も光っていたように見えたが錯覚だろう。
イケメンめ。悔しいが様になる。
思わず苦笑いするしかない。
「きゃー！　勇者様がこっち見てくださっ
「ウィンクまでしてくださったわっ！」
「あんたじゃなくて
私にウィンクしてくださったのよ！」
「危ないから押すな！
下がりなさい！」
ああもう、また騒ぎが
大きくなった……恨むぞ、マゼル。

勇者
マゼル・ハルティング
モブ貴族
ヴェルナー・ファン・ツェアフェルト
（何で王太子殿下がお待ちかねなんですかね？）

王太子
ヒュベルトゥス・ナーレス・ヴァイス・ヴァインツィアール
第二王女
ラウラ・ルイーゼ・ヴァインツィアール

「今だ、押し返せっ！」
「ヴェルナー様!?」
何人かが驚きの声を上げたが、
その声を無視して前進し
槍を相手の一体に突きこむ。

魔王と勇者の戦いの裏で

1

ゲーム世界に転生したけど
友人の勇者が魔王討伐に旅立ったあとの
国内お留守番(内政と防衛戦)が
俺のお仕事です

– Author –
涼樹悠樹
– Illustration –
山椒魚

Behind the Scene
of
Heroic Tale ...

1

CONTENTS

イラスト／山 椒 魚

プロローグ

歓声が青空に響き渡り、賞賛と祝いの声が耳に響く。

民衆からの歓呼の声を浴びているのは王都に戻ってきたばかりの騎士団を中核とした軍隊だ。魔軍に占拠されていた自軍の砦《とりで》を奪還したというのは勝利には違いない。お祭り騒ぎになるのも仕方がないか。

最初に城門をくぐったのは総指揮官である王太子殿下を中心とした近衛《このえ》軍。王太子殿下も馬上で堂々としている。流石《さすが》に慣れているなと無駄に感心してしまう。俺には無理。

続いて市民たちの前に姿を現したのは軍馬が引く馬車の上に立つ勇者パーティー一行だ。最初市民の数に驚いていたような表情を浮かべていたが、先頭の『勇者』マゼル・ハルティングが市民に笑顔で手を振る。遅れてほかのメンバーも手を振ると歓声が一段と高くなった。

で、そんな華やかな勇者一行を前にして、俺はというと。

「危ないから前に出ないように！　オーゲン、あっちも抑えろ！」

「はっ！」

部下を指揮して交通整理の真っ最中である。

昨日、魔軍に占領されていたヴェリーザ砦を奪還するために出撃した軍が、その作戦に無事成功し、砦を奪い返したと王都に報告があった。それ自体は喜ばしいことでもあるんだが、その伝令が歓喜して城門をくぐるなり、でかい声で戦果を市民に語ったもんだから、たちまち大騒ぎ。

将棋倒し（という表現はこの世界にはないけど面倒だからこれでいいや）で市民が怪我《けが》をしたらいけないという事で、翌日の帰還に備え、急遽《きゅうきょ》王都に残留していた貴族が私兵を動員しての交通整理に駆り出されたというわけだ。俺、王都に戻ってきたばっかりなんだけどなあ。

きゃーきゃー騒ぐ女の子たちが下手に前に出ないように人垣を作って対抗する。耳が痛い。

私兵といっても一応騎士や準騎士、兵士といった専門職である。市民が無理やり押し通ろうとすることはないが、声ばかりはどうにもならない。

「まあ、これが当然の反応なんだろうけど」

ゲームではイベントが進んでも市民のほとんどは何事もなかったかのように同じことを言うか、フラグが切り替わり唐突に別の情報を口にするようになる。

しかし、実際にはいつ魔軍が攻めてくるかもわからず、城壁の外のモンスターに怯《おび》えて暮らしていた市民が、相手の大物を斃《たお》し、奪われていた砦も奪還したと聞けばまず大騒ぎになるのは自然だろう。それは解《わか》るんだが、脇役ですらないモブキャラクターには面倒くさいという方が近い突発イベントの発生である。

怪我人が出たらどこに運ぶか、そのためには横道に馬車の待機も必要か。この時代救急車なんてものはないが、イメージとしてはそれに近い。でもどこに待機させればいいんだろうか。そもそも今から手配して間に合うのかっていうと間に合わないか。

そんな事を考えながら熱狂的な声を上げている市民を抑えていると、ちょうど前を通りがかった勇者《マゼル》がこちらに向けて笑顔で片目をつぶって挨拶してきた。歯も光っていたように見えたが錯覚だろう。イケメンめ。悔しいが様になる。思わず苦笑いするしかない。

が、そんなことを思っていられたのもわずかな間。

「きゃー！　勇者様がこっち見てくださったわ！」

「ウィンクまでしてくださったわっ！」

「あんたじゃなくて私にウィンクしてくださったのよ！」

「危ないから押すな！　下がりなさい！」

ああもう、また騒ぎが大きくなった……恨むぞ、マゼル。

その日の夜。

何度目かの乾杯の声が響く、お祭り騒ぎの酒場の一隅で、突発業務の後のジョッキを傾けているとそいつが前の席に座った。

ちなみに十歳以下が酒を飲む時は親同伴、というのがこの世界での暗黙のルールだ。法律的には赤ん坊が飲んでも構わない。自分から飲むことはないだろうが。

「同席させてもらうよ」

「座ってから言うなよ」

苦笑いしながらフードを被《かぶ》ったままの相手に応じつつ、底のほうに残っていたエールを飲み干す。

「こんなところにいていいのか？　勇者様」

「そういうあなたはいいのかな、子爵殿」

お互いに軽口を叩《たた》く。まあその程度には気心の知れた仲だ。やや疲れたような声で、それでも声だけでわかる程度には機嫌よく言葉を継ぐ。

「やれやれ、大騒ぎだね」

「それだけの功績ではあるんだがな。というかお前が言うな」

違いない、とマゼルは笑った。人好きのする笑顔だ。俺は店の親父《おやじ》を呼んで新しいエールを二杯とつまみを注文する。その間にマゼルは他の人から顔の見えない、壁側を向く席であることを確認してようやくフードを外した。

「注文してからなんだが、腹に入るのか？」

「口は会話の方で忙しかったなぁ」

今度の笑いは苦笑交じり。美男子の勇者が語る武勇伝を聞きたい奴《やつ》は多かったのだろう。特に貴族の女性陣には。ついでに言えばこの世界のメシは決して旨《うま》いとは言いがたい。平民出身のマゼルには特にそうだろう。素材はいいんだけどな、素材は。変な味付けしてるものも多いんだよ、貴族階級が食うものって。

まあどっちの理由であれせっかくの祝勝パーティーなのにご苦労さんだな、と思いつつ席に届いた新しいエールとつまみを受け取る。この店のソーセージは旨いんだよ。

客の顔を確認しても何も言わない。さすがにこの店の親父は解ってる。噂《うわさ》じゃ王太子殿下も若いころここにお忍び来店して飲んでたらしいし。

「無事の帰還に乾杯」

「乾杯」

互いに一気でジョッキを空にする。ぷはっ、という声が見事に重なり思わず二人で笑い出した。

「僕はこっちの方が性に合ってるよ」

「ま、向き不向きはあるしな」

もっともそれを言うならお互い様である。元会社員には貴族のパーティーなんか性に合わないこと甚だしい。だからこんな街中の酒場の隅で飲んでいるんだが。

◆

俺、ヴェルナー・ファン・ツェアフェルトは、今現在、伯爵家の息子であるが、元日本人である。それもどっちかといえば中流より下流に近い方だ。普通の家庭に生まれて、普通に学校を卒業して会社員になった。別に会社にも人間関係にもそこまでの不満もない。そりゃ後ろから蹴飛ばしてやりたいぐらい気に食わない上司とかはいたが、まあよくあることだ。

だが世はおしなべて不景気だったこともあり、給料はあまり上がらず。稼いだ金もどっちかというと趣味に使う方が多く、貯金と呼べるものはほとんどなかった。

そんな俺があるとき気が付いたら中世欧州《ヨーロッパ》風の世界で子供に戻っていた。何があったのかはさっぱり解らない。幸いというか、記憶はおぼろげながらあるのだが、肝心なところが抜けているので一部状況不明なのだ。

それでもよくある異世界転生とかいう状況であることは理解できた。してしまったの方が近いか。驚きはしたが驚いている場合じゃないと開き直ったし、今もなんで自分が、なんて気にしてる暇はないと思っている。

まあ、前世では親不孝に違いないという意味では忸怩《じくじ》たるものがあるが……。

記憶が戻ったのは七歳の時だった。一家で王都に向かう際、子供の方、つまり俺たちを乗せていた馬車がひっくり返ったのだ。賊に襲われたとかほかの貴族の陰謀とかそんなセンセーショナルなイベントではない。本当にただの事故だ。その時に頭を打った俺は日本人としての記憶を取り戻し、同時にこの世界での兄を失った。

魔法がある世界だ。王都に担ぎ込まれた日に俺の治療は終わったものの、兄の葬儀などでそれなりの日数を取られた。その後、ほとんど時間を空けずに体を鍛え武芸の鍛錬に励むようになる。この世界の両親や周囲の大人が痛ましげに俺を見ていたのは、仲の良い兄を失った幼い弟が、伯爵家次期当主になった責任感にかられたのだとでも思ったのかもしれない。

もちろんそれは事実じゃない。いや、この世界でかわいがってくれた兄を失ったのが辛《つら》かったのは間違いないが。問題なのは取り戻した記憶から把握したのが、この世界が俺のよく知るゲームの世界で、ゲームスタート前の時間軸だった、ってことだ。

王道とはなぜ王道か。大当たりはしないかもしれないが大外れもなく、批判は受けるが罵倒は受けにくい。要は結構広い客層に「外れではない」と受け入れられるから王道は繰り返される。金を払うユーザーからすれば、地雷をつかまされるぐらいなら王道の方がよほどいいし。

このＲＰＧ《ロールプレイングゲーム》も「設定が古臭い」とか「音楽とキャラデザはいい」とか「芸のないストーリー」とか言われていたが、大外れではなかったのでそこそこの売り上げは出したらしい。続編が出るほどではなかったが、コアでディープなファンもいたようだ。俺はコアというほどでは……それはまあいい。

問題は、このゲームのストーリー上の展開である。

中盤から後半あたりで魔王の配下である四天王の三体目と主人公の勇者パーティーが戦っている頃、四天王の最後の一体が軍団を率いて王城を強襲。戦場になった王城は壊滅、勇者パーティーのメンバーであった第二王女を除く、生き残っていた王族を皆殺しにするのだ。三体目の四天王を倒して意気揚々と王都に戻ってきたら街も城もボロボロになっていたあのイベントはなかなかインパクトがあった。まあ、エンディングで主人公《ゆうしゃ》と第二王女《ヒロイン》をくっつけて国王に即位させるための下準備イベントではあるのだが……。

プレイヤーだった頃は「即位はいいけど、復旧大変じゃね？」とのんきな感想を持っていた程度だ。

だが、もしその場に出くわしたら貴族である自分も死ぬかもと気が付いた途端、他人事《ひとごと》ではなくなった。実際、ゲーム中でもその時に騎士や大臣等も多数死んだと言及されていた記憶がある。貴族に関しては何もなかったが、ゲーム中では無駄な情報だからだろう。当時のゲームにはそこまで設定がなかっただけかもしれない。

だが、それが現実にこの世界で生きる立場になると冗談では済まない。はっきりいえば死にたくない。運よくその時に王都にいないという事もあり得るが、自分の身ぐらいは自分で守れた方がいい。そう考えて、ゲームストーリーが始まるまでに、ある程度の武芸を身に付けようと躍起になった。多分二度の人生でこの時期ほど必死に努力した時期はないだろう。その努力の甲斐《かい》もあり、十二歳で伯爵家令息という立場だけではなく、実力で王都の学園に入学する事ができた。

この世界ではモンスターと戦える人間の力は本来、クラス＋《プラス》生来持つスキルで戦闘能力が決定される。魔術師のクラスと魔法の才能というスキルで魔法の効果が上がる、というわけだ。スキルという才能を持っていてもクラスとしてのレベルを上げないとあっさり逆転されるとも言える。とはいえクラスの方はレベルが上がりにくいのだが。そのクラスの基礎を学ぶことができる学園にトップクラスで合格できたのは努力の結果だろう。俺のスキルは《槍術《そうじゅつ》》という、レアリティ低めスキルだったが……。

そしてそこで、改めてストーリーが進みつつあることを認識する。クラスメイトとしてゲームの主人公、勇者マゼル・ハルティングと顔を合わせる事になったのだ。

マゼル・ハルティングは一言でいえばイケメンである。顔もそうだが、性格もいまどき珍しいぐらい裏がないタイプのザ・主人公だ。そのあたりも芸がないとか言われた原因だろうけど。

◆

そんなマゼル、《勇者》スキル——そう、スキルであってクラスではない——の持ち主として特待生入学していたこいつにどう接するか、最初は悩んだ。一般平民階級の出身だが、この学園ではそれほど珍しくはないからそれは気にならない。そもそも俺だって中身は貴族なんぞから縁遠かった会社員だし。ただ、ゲームのストーリーを知っている以上、余計なことを言ってしまったりするのが怖かったのだ。

だが結局、話しかけてしまった。きっかけがなんだったかはもう忘れた。

話してみるとさすがは主人公というべきか、顔がいいだけでなくカリスマ性もあるし、誰とでもすぐに友好関係を築ける人柄だった。当初おとなしかったのは、出身が平民である事を多少気にしていたらしく、貴族に自分から話しかけるのは控えていたつもりらしい。とてもそうは思えないぐらいコミュ力が高かったが、まあいいだろう。そんな中で伯爵家の息子の方から話しかけてきてくれたのはありがたかったそうだ。

何しろ立場が立場である。通常、平民が自分のスキルを知る機会は乏しい。スキルを鑑定できる人材が少ないというのもあるし、鑑定できる人間がいる教会には結構な額の献金が必要だ。

それがどういうわけか王家のお声がかりで鑑定を受けてスキル判明、特待生で学園入学という流れである。どうあったって奇異の目で見られる。神託があって勇者を探していた、なんてのは公表されないし。俺が知っているのはゲームの知識だ。マゼルにしてみれば学園での自分の立ち位置に違和感を覚えていたとしてもおかしくはなかっただろう。本人いわく自然にふるまうのも大変だったらしいが、いつもあんな感じなんで本当かどうかよくわからん。

ちなみに勉強の方は普通にやっていたが、マゼルはどうやら一度聞いたことは忘れないという特殊能力の持ち主らしい。何それうらやましい。たまに歴史上に存在するリアルといえばリアルな能力だが。

俺の方はというと、社会も外国語もこの世界のものなので一からやり直しと大差ない。理科（科学か？）の水準が低いのは魔法で代用しているところが多いからだろうが、おかげで助かった。前世の受験勉強の時に勉強するコツ自体は経験しているので、普通の学生よりは効率がよかったしな。優等生の一角をキープできた程度にだが。

と同時に、俺から見れば基本の能力も《勇者》というスキルも半端ない、としみじみ実感する相手ではあった。

何せ《勇者》スキルはクラスレベル×スキル＋1の効果である。間違いではない。掛け算なのだ。剣士方面を選んでも魔術師方面を選んでも、加速度的に強さが上がっていく。主人公補正ありすぎ。

結果、その実力差が半端ない。上級生どころか教師ですら油断すると負けるほどだ。そのくせ＋1の効果であらゆる武器や魔法も最低限は使いこなせるんだからチートである。

当然、多少のやっかみも受けていたようだが、本人のスルースキルとコミュ力のほかに、俺の存在も多少は役に立ったらしい。大臣の嫡子で伯爵家出身ってだけではなく学年ではトップクラス、しかも努力を怠らないので、教師受けもいい奴が友人でいるのだ。家柄だけが自慢の連中はやりにくかっただろう。俺自身は死にたくないからやっていた努力だが、努力には違いない。

とはいえ俺もあまりにもひどい貴族の坊ちゃんがいたんで、悪行の証拠も揃《そろ》えて父経由で王室に訴え出たらそいつが廃嫡されたなんて事をやらかしたこともある。国にしてみれば、神託に顕《あらわ》れたという希少スキルの《勇者》持ちに逃げられでもしたら困るだろうし、訴え出たのが伯爵家嫡子なのだから放置もできない。ちゃんとした調査の結果だ。

ちなみに逆恨みで更にやらかしてきたそいつと取り巻きどもをマゼルと二人でボコボコにした時は、さすがにやりすぎだと二人とも謹慎を食らった。

ゲームの知識がある俺自身は、数年後に魔王による侵攻が始まり、この世界が乱れる事は知っている。そして、俺が勇者パーティーの一員になるにはあらゆる意味で実力が足りないという事も解《わか》っている。あくまでも評価されていたのは同年代、学園内でのレベルだ。

だが、ゲーム世界であってもゲームではない、この世界で生きる人間として、私生活での人間関係もないわけではない。友人一同と小旅行、俺自身はゲームと現実の地理の差を確認する目的もあったが、ともかく揃って旅もしたし、試験前には皆で集まって対策勉強もした。貴族のたしなみとしての狩猟にマゼルを参加させたこともあるし、友人数人で祭りの時には屋台メシの梯子《はしご》もした。マゼルの故郷は辺境……もとい、王都からは遠かったので行く機会はなかったが。

課外活動でモンスターと戦う実技の時はパーティーを組んだし、試験後にマゼルたちと酒を飲んだ事もある。魔法のある世界だ。教師が気付かなかったとは思えないのだが、そのぐらいは黙認してくれていたのだろう。

学生として、友人グループの一員として過ごした期間だ。命がかかっているとは言っても、適度に息抜きしないと焼き切れるのは前世でも経験がある、ような気がする。……俺引きこもりだったのだろうか？

とはいえモブはモブである。その自覚は常にある。

俺の立場は、イベントでサイズの大きなモンスターユニットにべしっと戦闘シーンもなしで消されるユニットなのが関の山だ。それが解っているので、王都襲撃イベント前に少しでも実力をつけておこうとマゼルに必死でくらいついていった。努力を怠らない貴族の若者、という事で学園から王家の方にも一度名前が伝わったらしい。両親が自慢気だった。

だが、そんな鍛錬と学生生活を両立させていた中で、忘れたかったけど忘れるわけにいかない、恐れていたイベントが発生する。

……ゲームスタートだ。

一章（初陣～魔物暴走戦～）

「魔物暴走《スタンピード》？」

　朝一で突然聞かされた教師の説明に隣でマゼルが首をかしげているが、俺は表情に出さないように苦労していた。多分うまくいったのは貴族子弟としての訓練と経験の賜物《たまもの》だろう。ポーカーフェイスも貴族のたしなみだ。

　そうだった。このゲームでのスタートは勇者が学生の頃に発生する。王都付近で突然のモンスターの大発生が起こり、学生もサポートに駆り出されるところから始まるのだ。

　ゲームでは主人公補正もあり、勇者が教師に話しかけるとなぜか回復アイテムがもらえたりするのだが、俺にはそんなことはないだろう。そのぐらいは実家で用意してもらえと言われれば反論の余地もない。これでも貴族だし。

「二〇年に一度ぐらい発生する、魔物の大規模発生だ。王都付近ではさらに珍しいがね」

　教師が詳しく説明するのをおとなしく聞いておく。何か設定に違いがあると大変だ。

　ちなみにこの世界では大雑把に獣・虫系の動くものなら襲うようなのを『魔獣』、もう少し頭が良くなって独自の文化というか社会をもっているような奴《やつ》やゴーレム、不死系《アンデッド》は

『魔物』。知恵があり人間型……背中に羽が生えてたりするのは人間型と言っていいのか？　まあとにかく二本足で立って作戦やら計略まで使ってくるのは『魔族』だ。

魔獣でも魔法を使う奴がいるんで魔法の有無はあんまり関係ない。分類する奴によって多少ラインがずれるんだが。大怪鳥《ビッグバード》は魔獣か魔物かとか、無駄に論争が起きたりする。そういえばなぜか魔虫とかいう表現はない。語呂がよくないせいだろうか。

魔族も含めてのひっくるめた略称だと『魔物』とすることが多いな。『魔物暴走《スタンピード》』も魔獣と魔物の両方を含んだ言い回しだ。

「大群で押し寄せてくるので放置しておくと村などは壊滅しかねないが、素早く対応すればそれほど脅威でもない」

いつもならな。

今回はＲＰＧにありがちの魔王復活の影響によるものだ。魔族が裏で糸を引いているから脅威なんだよな。言っても信じてもらえないだろうけど。

あいにく俺にはそんな伝手《つて》も名声も影響力もない。シナリオ上負け戦は確定しているだろうし、その前提をひっくり返す方法もチート能力もない。徹頭徹尾、生き残ることを目的に利己的に動くしかないんだ。この戦いでひょっとすると知り合いが何人か死ぬかもしれないが、悔しいとは思わない、というか思えない。今の俺には自分の身だけで手一杯だよ。

「爵位を持つ家の者は王都の自宅に戻り、実家からの指示を待ちたまえ」

「解りました」

何人かが声を上げる。俺も伯爵家の息子としてはこっちだ。ゲームとは別の形でイベント参加か。

「ツェアフェルト、父君に心配をかけないようにな」

「承知しています」

教師に忠告された。一応俺は学園内で優等生グループの一角にいるし、父が大臣とか国家の重鎮ってのは、在学中の学生としては俺だけだ。教師が心配するのも理解はできるんだが、なんか父に名を売ろうとしてるんじゃないかねと疑いたくなる。まあそれはいい。

前世でほどほどにハマったゲームだが、この世界でも一五年以上生きているってことで、単純に考えると三〇年は前にやったゲームだ。記憶がおぼろげだったが、どうにか思い出してきたぞ。この初戦で油断していた騎士団は壊滅的打撃を受けて生き残った騎士が王都から離れられなくなる。そのせいで勇者パーティーが他国も含め大陸中を駆け回る羽目になるという設定なんだよな。

「爵位のない家出身の学生は輸送や怪我人《けがにん》の治療にあたる支援隊に参加だ。敵に襲われることはないだろうが気を抜くなよ」

「はいっ」

教師の声にマゼルも含めた学生が元気よく応じる。安全だと思っているんだろう。いや実際、学生に被害が出たという話はなかったような？　いまいちその辺の記憶はあやふやだな。そもそもゲームで貴族に言及なんかなかった。プレイヤーに必要な情報じゃなかったしな。

そもそもそんなところまで設定されるようなRPGはあのころにはまずなかった。というか、文官とか役人とかのユニットがあったかどうかさえってレベルだ。兵士や神官とかはいたけど。ゲームでは必要ないから無駄なデータを削っていたんだろうなあ。

「ヴェルナー、考え事かい？」

「ああ、まあな」

マゼルの声に軽く応じつつ、俺は記憶の倉庫の奥をひっくり返していた。だめだ、わからん。というかそもそもイベント後に教師から聞く「騎士団は壊滅した」としか情報はなかった気がする。

……いや、もう一つ重要な情報があったか。

そっちを思い出して自分の顔色が変わる前に、話をそらす方向に続ける。その情報はここで口にはしない。なぜ知ってるんだ、とか聞かれても答えようがないし、悪くすれば不吉なことを言ったって事で怒られかねん。

「俺は家に戻るが、怪我人の治療とかも仕事になるみたいだし、回復薬とか持っていった方がいいぞ。先生に相談してみたらどうだ？」

「そうだね。念には念を入れて、か。意外と慎重だよね、ヴェルナーは」

「意外とは余計だ。気をつけろよ」

「ヴェルナーも」

反射的に軽口で応じたがこれはこれでよし。握り拳同士をぶつけ合ってから別れる。その途端、マゼルの周囲には人が集まってきた。大体が平民階級出身の奴だが、貴族階級出身の学生もいるな。

「マゼル、僕はどうすればいいと思う？」

「クラナッハは弓が上手だし、弓の準備はしておいた方がいいと思うよ。支援隊の護衛任務に回されるんじゃないかな」

「やっぱそうなるのかな」

「魔物狩りの実技授業みたいなものだよ。大丈夫さ」

にこやかにマゼルが笑うとクラナッハも「そうだな」と頷《うなず》いて元気を出したようだ。そのマゼルに別の女生徒が声をかける。

「マゼル君、私はどうしよう」

「コリーナさんは魔法使いだから怪我人の救助とかになるかもね……念のため防具も整えた方がいいかも。気を付けてね」

「う、うん」

コリーナ、マゼルに気を使われて嬉《うれ》しそうだな。もっともマゼルは誰に対してもあんな感じなんだが。

「俺はどうした方がいいかな」

「ライナーは……」

相変わらずマゼルは人気があるなあ。こんな状況ではあるが呆《あき》れ半分感心半分という気分だ。しかし、他のクラスの奴とかも含めて全員の顔とスキル覚えてるのかよあいつは。思わず苦笑してしまった。

「よっ、ヴェルナー」

「おう、ドレクスラーか」

こいつはマゼルも含め時々つるんでたグループの一人だ。俺ともそこそこ仲はいい。向こうは子爵家出身だが、学生時代の間はそのあたりを気にしないのが学園の伝統。そのドレクスラーがなれなれしく肩を抱いて言葉を継いできた。

「お前さんも参加か？」

「義務だからしょうがないだろ」

「まあ文官家のお前に期待してる奴は教師も含めていないだろ。無理すんなよ」

「しねぇよ」

ぽん、と俺の肩を叩《たた》いてドレクスラーもマゼルを囲む集団の中に入っていった。確かにその通りだろう。俺の成績は学園でも優等生と評価されてはいるが、全体から見れば単に一学生。目立つはずもない。

一方のマゼルは魔物暴走《スタンピード》の最中、勇者《しゆじんこう》として冒険者と一緒に偵察を命じられて……正直、学生に偵察行かせるなよとは思うが……謎の洞窟を発見、調査。そこで最初の魔族との戦いがあるはずだ。

ゲームの都合《シナリオ》にいちいち文句を言っても仕方がない。というか正直そこまで気にする余裕はない。俺がストーリーの中央付近にいないことははっきりしたし、まずこのイベントで生き残る事からだな。

◆

「父上は出ない？」

「はい、陛下の御傍《おそば》におられるとの事です」

王都のツェアフェルト伯爵家邸に戻ったのはいいが、父の執事であるノルベルトの発言に俺が複雑な声で応じたのは悪くないはずだ。

まあ、伯爵であると同時に大臣でもある父が戦場に出るわけにいかないというのは理解できる。父が就任している宮廷儀式を取り仕切る典礼大臣って地位、内政と外交では重要だが武勇は必要ないし、戦場に出る必然性はない。だが、という事は。

「そのため、名目上ヴェルナー様が伯爵家の部隊指揮官となります」

「そうなるよなあ……」

高貴なる者の義務《ノブレス・オブリージュ》である。王都付近での魔物暴走《スタンピード》だ。貴族が参加しないわけにもいかない。いかないんだが、俺が指揮官っていうのはどうなのかとは言いたい。というか口に出てしまう。

「学生に部隊指揮やらせるなよ」

「実際には団長のマックス・ライマンが指揮官でございます。それに伯爵家は形だけの参加です」

俺は貴族の跡取りとしてではあるが、優等生として通っている。別にノルベルトも俺を見下して言っているわけじゃない。というか前半は当たり前のことである。後半はどうかとも思ったが、この時点では規模の小さな魔物暴走《スタンピード》だとしか思っていないんだろう。ツェアフェルト家は文官系の家だと思われている、というか、客観的な評価がそうだしな。文字通り義務的参加というわけだ。

そういえば亡き兄のスキルは《交渉術》だったらしい。普通に成長していたら外交官にでもなっていたんだろう。一族も含めツェアフェルト家で戦闘系スキル持ちの俺はやや異端に属する。いやそれはどうでもいいか。

とにかくいかにも中途半端な立場での、このイベント参加はこっちの命に関わる。前世とゲームの知識をフル回転させて、頭の中でこれからやることをどうにか纏《まと》めた。

「……ノルベルト、マックスを呼んでくれ。それと、買い出しと募集を頼む」

「買い出しと募集、でございますか？」

怪訝《けげん》な顔をされた。まあ当然か。

だが負けると知っている戦いなのだから生き残る準備を怠るわけにもいかないさ。

◆

「出陣！」

総司令官である王太子殿下の声と共にラッパが鳴り響き軍が動き出す。歩兵騎兵合わせて約四二〇〇人、それに傭兵《ようへい》隊二〇〇人と学生による支援隊約一〇〇人が後方から続く。

戦場が王都付近なので輜重《しちょう》隊が少ないので行軍の速度を速める事にはなっているが、地方に配属されている貴族領の兵士が間に合うはずもないので、王都所属軍が中心だ。

魔物暴走《スタンピード》とは言っても普段はそうそう大きな規模にならないので、甘く見ているのだろう。俺だって知らなければそうだったろうしな。戦場予定地が王都と目と鼻の先なので、補給物資を集める時間がなくてもそれなりの人数を動員できたのはあるか。

主力は王都の第一、第二騎士団の合計二三〇〇人である。他に本隊三〇〇人が近衛《このえ》の精鋭だ。残りのうち約一〇〇〇人が貴族私兵の混成部隊、そこに傭兵隊の二〇〇人が付随する。計算が合わないようにも見えるが、貴族私兵隊である奴隷兵がここには含まれていない。とは言えほとんどの奴隷は戦闘力も高くないので数合わせだったり見た目の水増し人数だったりする。

もっとも奴隷と言っても前世での一部ゲームのように手ひどく扱われる例はほとんどない。この世界では奴隷も資産だからだ。高い金を払って買った奴隷を乱暴に扱って使いつぶすなんてもったいないの極みである。前世で言えば高級自動車を購入した直後に、強度実験と称してハンマーで殴る奴《やつ》はいないのと同じようなものだ。ちなみに平均的な奴隷一人の金額で平民の四人家族が一年間、食うだけなら困らない。

それどころか優秀な技術を持つ奴隷は下手な兵士より給与がいい。奴隷である以上、移住の自由とか結婚の自由とかはないものの、それほど不便な生き方はしてないはず。その意味では古代共和制ローマとかに近いな。

ツェアフェルト伯爵家隊は奴隷兵がいないが、俺がいらんと押し通したからだ。そういえばゲームでは奴隷の存在も説明なかったな。そもそもゲーム的には何の意味もない情報だ。記憶を思い出したときにこのゲーム世界に奴隷っていたのかと驚いたのも今じゃいい思い出。奴隷出身のキャラは当時まずいなかったしな。奴隷って存在が描写される前のゲームか。これもジェネレーションギャップかねえ。

それはともかく隊の方だ。正確には伯爵家に仕える騎士と伯爵家の縁者や騎士の縁者などで構成されていて、通常は貴族の配下の場合、騎士一人につき従卒などが三人から五人付く。騎士一五人の我が伯爵家の部隊は従卒七一人と、何とか雇った狩人《ハンター》や荷物持ちも含め、一〇三人、俺を足して一〇四人か。伯爵家と言う規模の家柄なのに全体から見れば少数である。形だけと言われてもまあしょうがないところだ。

もっとも、他の貴族家の隊もその辺多かれ少なかれ変わらない。魔物暴走《スタンピード》は突発事件だから、とっさに一〇〇人集められるだけ伯爵家はすごいとも言える。単独で参加してる男爵家クラスだと全員で三人とか五人とかだから義務以外の何ものでもないな。学生の参加と同じようなもんか。ただ、伯爵家隊は数の割に荷物が多めなので、別の部隊からは物珍しそうに見られる事もある。

「しかし、ここまできっちり隊を分ける必要がありますかな」

そう声をかけてきたのは、事実上の部隊指揮官であるツェアフェルト家所属騎士の団長マックス・ライマンである。貴族家所属の騎士は隊の規模で騎士団ってほどじゃないんだが、団長と呼ばれるのが通例だ。

マックスは四十代後半ぐらいの年齢で一見して大柄なパワーファイター風。騎士としては優秀だし統率力、忠誠心も問題はない。父も信頼している人物である。だがこの中世欧州《ヨーロッパ》風ゲーム世界では、騎士は個人武勇がすべてといった風潮がある。元がＲＰＧだからだろうか。だが今回はそれではだめなのだ。

「こんなところで怪我《けが》でもしたらつまらないからな」

「はあ」

まだわからない、というような口調である。負け戦だからと説明するわけにもいかないし、逆らわないからまあいいや。

内容としては別にそこまで複雑な編成にはしていない。従卒は騎士の周囲にいて戦いを支援する事。これは当然だ。その上に五人の騎士を一組にしてその組長を決め、組長命令を厳守するように指示を出す。そしてだいたい三〇人一組での小隊を三つ作った。俺や副将のマックスは実質小隊長三人に指示を出すだけの形で、指揮系統を確立させただけだ。

なぜそうなのかはわからないが、古代ローマ帝国でも古代中国でも軍隊の最小ユニットは五人一組で、大体その上も代表五人一組で組織が作られていく。確か武田《たけだ》信玄《しんげん》の『甲陽軍鑑』でも騎乗武士一人と従卒四人の五人で一組じゃなかったかな。

ちなみに軍隊での伍長《ごちょう》という地位の由来は五人の長という意味だ。まんまである。

この数字は所謂《いわゆる》ダンバー数より少ないんだが、学者が計算で出した数字より、古代ローマにしろ古代中国にしろ、戦争ばっかりだった国で実際に運用されていた制度の方が恐らく現実に即しているだろう。戦争という時に混乱も起こる状況で、一人が管理できる人数は五人までが普通の人間というか、兵卒レベルのリーダーの限界なのかもしれない。だいたい、リアルタイムの通信システムもないしな。組織化しておけば、敗戦時に乱戦になった時、指揮系統が混乱せずに生き残れる確率は高くなるし、いざと言うとき三人の小隊長にだけ指示を伝えればいいのでこっちが楽だ。

狩人《ハンター》の支援隊は俺の直属だが、彼らは後ろからついてきてるだけだし、その時がくれば合図で投石紐《スリング》を使い後ろからブツを投げ込むだけの役目を任せている。彼らの出番がくるときにはややこしい指示を出してもその通りには進まないだろうしな。

「王太孫殿下の初陣としてはいささか地味という気もしますがな」

「まあ、なあ」

小隊長を任せた騎士の一人、オーゲンが反対側からそんなことを言ってくる。こっちは内心頭が痛い。

王太孫とは総大将である王太子殿下の息子。ゲームではこの戦いで王太子殿下とその子は揃《そろ》って戦死した事になっていた。多分、王太子殿下の戦死が騎士団壊滅と共にこの後に響くことになるのだろう。できればそれは何とかしたいが高望みかもしれない。

この世界だと王位継承者が二人まで決められることが多く、次席は王太孫と呼ばれるのが通例。なので歴史上、王の長男が王太子、王太子の叔父にあたる王弟が王太孫とか呼ばれたりしていた時代もあったりする。ややこしい。貴族階級にも前世とは違いがあるが、これも異世界ならではの違いかもしれん。

しかしどうでもいいが王太子は三十八歳で、初陣の息子、つまり王太孫は十歳。後に勇者パーティーに参加する第二王女は御年十五か十六だぞ。現国王、張り切りすぎだろ。

「ところでヴェルナー様、今のうちにフュルスト伯爵にご挨拶に行ってはどうかと」

「あー……」

やる気にならんと言うか、意図的にスルーしていた件をマックスが持ち出してきたんで渋い表情を浮かべてしまう。ポーカーフェイス？　浮かべる気にもならん。

「大体どうして布陣予定はフュルスト伯爵家隊の隣なんだよ」

「万一の際にはツェアフェルト隊を補佐するようにとのことではないでしょうか」

いらんお世話だ。確かにツェアフェルトは文官系の家で戦場での活躍は期待されてはいない。一方のフュルスト伯爵家は武門の家柄で率いている兵数も多い。俺に言わせれば奴隷兵まで連れてきてるんでかえって危ないとしか思えんのだが、武門の家はこういう場ではとにかく目立ちたがるからなあ。

文官系のうち《ツェアフェルト》ちと武門のフュルストだが、領土が隣接している事と、経済圏の産物が異なっていることもあって、流通の相互協力体制もあり家同士の関係は悪くない。少なくとも普段は。

実際、亡き兄とフュルストの長女が婚約関係だった事さえある。兄が事故死したんでその関係は一旦解消されたけど。当時俺はまだ七歳で、さすがに結婚とかを考える年齢でもなかったし、俺の適齢期まで待たせたら向こうに気の毒だからな。もっとも俺としてはその件に関しては清々している。

俺は大きくため息をついた。本来は同格の伯爵だが、向こうは伯爵自身が兵を率いていて、こっちは代理の俺が名目上の指揮官だ。どうあったってこっちの方が挨拶に行かなきゃならん。わかってはいるんだけどな。

「しょうがない。マックス、ついてこい。オーゲン、挨拶に行っている間の指揮を任せる」

嫌なことはさっさと済ませよう。

◆

「おお、ツェアフェルト大臣のご子息か。よく来たな」

「ヴェルナー・ファン・ツェアフェルトでございます。バスティアン・ティモ・フュルスト伯爵閣下にはご無沙汰しております」

礼儀なんでこっちから頭を下げる。父より年上って事は五十代になるのか。いかにも武人という感じの精悍《せいかん》な面構えだ。

伯爵が俺を見る目に悪意はない。というか、最初から相手にしていない。お使いご苦労、と言わんばかりの目線だ。悪意なく下に見てくるんだよこの人は。

「卿《けい》はたしかマックスだったな。ツェアフェルト伯のご子息をよく補佐してやるといい」

「はっ。ご配慮、感謝いたします」

マックスも一礼。フュルスト伯爵からすれば、実戦指揮官であるマックスの方が俺よりも相手にする価値があるということになるんだろう。

「いっそ卿らの隊も父の指揮下に入ったらどうかね？」

「さすがにそれは」

フュルスト伯爵家の嫡子、タイロン殿がそんな事を言ってきた。できるわけねぇだろうが。

面倒くさいことにこの発言も悪意があるわけじゃない。相手は普段から文官を軽んじているんで、この発言は「ツェアフェルトでは対応できないだろうから、こっちの指示通りに動いたほうがいいのではないか？」という〝厚意〟で言っている。フュルスト家から見ると『王族、武官系貴族、文官系貴族、超えられない壁、平民』みたいな格差が当たり前のように存在しているらしい。

「兄上、いくら何でもそれは無理でしょう」

「解っている」

タイロン殿をやや咎《とが》めるような口調で割って入ったのはフュルスト伯爵家の……次女になるのか？　確かヘルミーネとか言ったはず。それでも俺よりは年上だから様を付けて呼ぶべきなんだろうけど。

「とはいえご子息殿はまだ学生と聞く。無理をせずフュルスト隊の後ろに控えていてもよいと思うぞ」

「ご心配ありがとうございます」

ヘルミーネ様もそんなことを言ってきた。本当にこの家の人たちは悪意がないとはいえナチュラルにこっちを見下すね。ツェアフェルトなんか最初からあてにする気はないという態度だ。

まあそれでも、葬儀の場で、さすがに俺の両親には聞こえないようにしていたみたいだが「これで文官の家に嫁がずにすんだわ」と兄の死を喜んでいたフュルスト家の長女に比べればマシか。正直あの女を義姉《あね》と呼ばずにすんだ事だけは神様とやらに感謝してもいい。この世界の貴族女性としてはあまり珍しくない思考らしいが。ちなみにあの女はどっか武断派貴族の家に無事嫁いだらしい。詳しくは知らんし知りたくもないな。

「至らぬ身ですのでご指導よろしくお願いいたします」

「うむ。ミーネも言ったが無理をせずともよいぞ。危ないと思った場合は遠慮なく後方に

下がるがよい。典礼大臣にご心配をかけぬようにな」

「ありがとうございます」

伯爵閣下のありがたいご指導に形式以外の何ものでもない返答をして、その場を下がらせてもらう。亡き兄には申し訳ないが、フュルスト家と親戚付き合いしなくて済む件だけは本当によかったと思ってしまった。さっさと隊に戻ろう。

◆

ヴェルナーとマックスがフュルスト伯爵の前を退き自分たちの隊に戻っていくのを見送り、ミーネがやや咎めるような視線を兄に向けた。

「兄上、先ほどのあの発言はさすがにいかがかと」

「ああ、わかっている」

さほど悪いことをしたと思っていない口調でタイロンが応じる。嫡子のその態度にフュルスト伯爵もやや苦い表情を浮かべた。

「ヴェルナー卿《きょう》は学園で優秀な学生として通っておる。単に伯爵家の嫡子というだけではないぞ」

「評判は私も聞いております。義弟《おとうと》として剣を指導してやれないのは残念ですな」

親族ではなく、別の貴族家である。いたずらに敵対する必要はないが、それ以上に気を使う理由もない。もしヴェルナーが義弟になっていたら親類にふさわしいような教育をしてやれたかもしれない、という程度には思っているが、それ以上でもない。

「それに、槍術《そうじゅつ》というのも残念です」

この世界では一般的に騎士の象徴は剣であり、槍《やり》は准騎士や兵卒の武器としてみなされる。騎士見習いの間は実戦でも刃のついた剣は持つことができないほどだ。そういう意味でも《槍術》スキル持ちのヴェルナーへの評価は高くはならない。

「それにしても、ヴェルナー卿がもし戦没したらツェアフェルト領は一族の誰が継ぐのでしょうかな」

「兄上……」

ミーネが心底呆《あき》れたような表情を浮かべる。兄は期待していないという水準ではなく、魔物暴走《スタンピード》ごときで戦死するかもしれないとさえ思っているようだ。確かに実戦経験の乏しい学生が暴走すれば危険かもしれないが、あの家騎士団の団長はツェアフェルト家にはもったいないほどに優秀なのだから、間違ってもそのようなことにはならないだろう。

そこまで軽んじられていてはツェアフェルト家のご子息もさすがに不愉快だろうな、と年少の学生相手にミーネは多少同情してしまった。

◆

気分の悪い義理を果たしてツェアフェルト隊に戻ってから、俺もマックスも何となく沈黙したまま馬を進めて、魔物暴走《スタンピード》の情報があった森を前にした平地に到着した。振り返れば王都の城壁が小さく視界の中に見える。俺の感覚では城壁まで三キロか四キロぐらいか？　馬ならともかく鎧《よろい》を着た歩兵が走り切るにはちょっと遠いな。

気のせいか前方の森の奥からは得体のしれない空気を感じる。馬が怯《おび》えたように身を震わせたので、首筋を軽く叩《たた》いて落ち着かせた。

ここで本陣からの指示があり、全軍に布陣を命じられる。中央が第一騎士団、右翼が第二騎士団、左翼が貴族混成軍と冒険者隊。中央の後ろに近衛《このえ》隊がいて総司令官である王太子殿下はそこにいるはずである。左翼が指揮系統的に真っ先に崩れそうな気がするが、なにせ情報不足なので何とも言えない。先入観はひとまず置いておこう。

左翼指揮官はノルポト侯爵と言う名の見た目ダンディなオジサマだ。侯爵家は普通西方国境の警戒と治安維持を任されているんで、一翼を指揮する立場としては適当ではある。ゲームには登場しなかったし、いままで興味もなかったんで、どんな性格かは知らん。実態を知らないからとはいえ、魔物暴走《スタンピード》を甘く見ていて部隊単位で勝手に戦え、みたいな態度なので、少なくとも今回はあまり頼りにしない方がよさそうだ。

「よし、騎士全員を集めてくれ」

「はっ」

マックスがすぐに小隊長に伝達し、小隊長たちが騎士を連れてくる。うんうん、一応機能しているな。

全員が集まったところで、俺は今回の戦いのやり方を伝える。負け戦で損害を少なくするための事前指示だ。

◆

「正直、ヴェルナー様のご指示とはいえ納得いきませぬ」

「魔物なんかに騎士の戦いを挑んでも無駄だ。狼《おおかみ》の群れに一騎打ちを申し出るのか？　獣が受けるわけがないだろ」

俺が全員に指示したのは徹底的な集団戦だ。魔物一体に最小単位となるチームの騎士と直属従卒が一斉に襲い掛かり、確実にしとめる。それが終わったら隣で戦う別の騎士のチームを助けに入る。単純だが効果的だ。

反論が出るのはなまじ魔獣や魔物と戦った経験がある騎士には実力を軽んじられているように思えるのかもしれない。個人武勇の世界は頭が痛い。そうでなきゃ少人数の勇者パーティーだけで旅立たせたりしないか。だが凡人の戦いはゲームとは違うんだ。

「魔物暴走《スタンピード》という事だが、規模がどれだけかわからん。大集団だと丸一日かかるかもしれないが、その間戦い続ける事ができる体力のある奴《やつ》はいない。体力の温存だ」

そう考えるとゲームの勇者すげーな。食事もとらず寝もしないでフィールド歩き続ける事もできるんだからな。

「それに、集団に囲まれると怪我《けが》の治療が追い付かなくなる危険性もある。こっちは怪我をしないで相手を殺すのが理想だ」

「それは確かに……」

オーゲンが頷《うなず》いてくれたので他の騎士も反論は控えたようだ。こういう時に立場が上の人物が好意的な反応をしてくれると助かる。

「第一、今回はあくまでも王太孫殿下の初陣。あまり目立っても仕方がないだろ」

王太孫をダシに使う。大体、騎士団と本隊の支援隊も含めた総数から見ればツェアフェルト伯爵家隊は総兵力の約四十分の一である。本来目立てるような人数ではない。ついでに言えばお世辞にも精鋭ではない。そのうえ王太孫の初陣なのだから、伯爵家が目立ってもしょうがないと言われれば、残念だろうが事実だと理解はしてもらえる。もっとも、文官系の家に仕える騎士としては、小さなチャンスであってもものにしたいと思うのはわからなくもないんだが。

「したがってほどほどに戦果をあげつつ、怪我をしないで引き上げる。犠牲者は出さない。それが今回の伯爵家隊《ツエアフエルト》の目的だ」

そうはうまくいかないだろう、と俺自身は思っているがここで言ってもしょうがない。それに魔軍との戦いは勇者が魔王を倒すまでしばらく続くんだ。凡人はまず生き残る事が戦いだぜ。

◆

ざわざわと肌が粟立《あわだ》つような感覚が迫る。これが戦場の空気というものか。

配置場所は左翼の第二列、中央部隊寄りの場所である。精鋭の第一騎士団がすぐ隣にいるのはありがたいが、ピリピリとした空気が平地全体を覆っているので安心感は乏しい。とりあえず反対側の隣にいるフュルスト伯爵家隊は無視。

緊張しながら前を見つめていると、不意に騒音と共に森の方から土煙と得体のしれない振動が向かってきた。

視界に魔獣が映りだす。狩人狼《ハンターウルフ》や六足兎《モルティラビット》とか、人を襲撃するタイプの動物系。普段森からはまず出てこないタイプもいるな。それから虫系……大型犬サイズの蚤《のみ》とか、それよりでかいサイズで牙まで生えたゴキブリとか、勘弁してくれと言いたくなるような魔獣が数えきれないほど蠢《うごめ》いて押し寄せてくる。集団で押し寄せてくるので土砂崩れか何かのように見えなくもない。

「下馬！」

「馬から降りろ！」

相手が小鬼《ゴブリン》ぐらいの体高があればともかく、虫の体高では騎兵の高さからでは武器が届かないことも多くなるので、必然的にそのような指示が飛ぶ。もっとも、騎士が馬を降りて戦うことは実は前世でも珍しくなかったんだが。そのあたりは地形とかにも影響されるしな。

騎士が徒歩で戦う場合、馬が逃げたりしないように確保するのも従卒の仕事だ。馬は高価なので立派な財産である。ただそうなると戦力がひとり分減ってしまうので、後方の荷物持ちに手綱を預けてすぐに戻ってこい、と従卒に指示を出させた。行動は基本チーム単位で戦うと周知徹底してなければ何処《どこ》に戻るのかとか、ややこしい事になっていたかもしれない。

「放て！」

方々から声が上がり弓兵と魔法兵が遠距離攻撃を開始する。弓矢だったり火の玉《ファイアーボール》や氷の槍《アイスランス》、たまに雷電球《ライトニングボール》などが敵集団に次々と着弾する。見た目だけなら華々しい。

本来ならそれで恐れて向かってこなくなる魔獣もひるまず押し寄せてくる。なるほど、暴走と呼ばれるだけはあるな。俺はそう思っていたんだが一部の集団から動揺してるような気配を感じる。予想と違う、ということを感じ始めたのだろう。

　こっちからも左翼の一部は前進を始めるが、ツェアフェルト伯爵家隊はその場にとどまった。やがて敵に向かっていった部隊から順に、敵集団というか魔物の塊《かたまり》に激突する。少し遅れて伯爵家隊《ツェアフェルト》も向かってきた敵部隊と接敵した。

「突け！」

「突けっ！」

　各隊長の指示で全員が一斉に槍を突き出し、目の前の魔獣を一度に骸《むくろ》に変える。俺自身は単独で一体屠《ほふ》った。だがすぐに新手が目の前に躍り出てくる。一瞬驚いたが、訓練の賜《たま》物《もの》か、体は勝手に動いてそいつも叩き落とす。そうしたらすぐまた別の虫が眼前に出現した。胴体はバッタなのに蝙蝠《コウモリ》の頭で噛《か》みついてこようとする魔獣とか、気味悪いったらありゃしない。

「これが、戦場、かよっ！」

　一対一の戦いとはまるで違う。負けるまで続くのではないかと思えるぐらい、休みなく相手が目の前に出てくる。もちろん負けるイコール死だ。エンドレスバトル状態だ。

　文句を言いつつ槍を振るい、二匹、三匹と目の前の相手を斃《たお》していく。周囲に他の騎士たちがいるので、目の前の相手だけやればいいのでまだ楽か。伯爵家隊も次々と相手を殺していくが、やはり後から後から押し寄せてくる。突出した他の貴族家部隊の中には敵中に孤立してしまったのもいるようだ。

「剣をいたずらに振り回すな！　周囲の仲間と動きを合わせろ！」

「前に出すぎるな！　左右の仲間から目を離すなよ！」

マックスの怒鳴るような指示の後に俺も周囲に指導をする。仲間を援護し、仲間に援護されるのが集団戦の基本だ。とりあえず口で説明しただけだったが、目前の状況が状況だけに指示をよく守ってくれている。死にたくないのはみな同じか。

それにしても、だ。斃《たお》した敵の返り血というか返り体液を避《さ》ける余裕がないのは、このやり方の欠点だな。汚れるし、武器を持つ手も濡《ぬ》れて武器を取り落としそうになる奴もいるし、足も滑りそうになるし、なにより臭いったらありゃしない。とはいえ次から次に新手が出てくるのでもう気にしてる余裕もない。

「要するに今回の魔物暴走《スタンピード》に野戦を挑んだ時点で油断だったんだろうな」

俺は愚痴を言いながら忙しく槍を振り続ける事になった。

◆

「ひるむな！　所詮敵は雑魚だ！」

フュルスト伯爵の怒声が隊の中に響くが、応じる声は少ない。個々に戦いを続けるフュルスト伯爵家隊の人間の中には既に利き腕や足を負傷して戦闘力を失った者が出ており、戦線に粗密が生じ始めていた。

「く……っ！」

「兄上！」

魔獣の一体と戦っていたタイロンが足を滑らせそうになり、できてしまった隙をミーネがフォローする。

「すまない。思ったより足場が悪いな」

「足場だけではありませ……っ！」

顎を広げて目の前に出現した狩人狼《ハンターウルフ》の攻撃をミーネはかろうじて受け止めるが、剣に噛み付かれたことで動きが止まってしまう。そこに別の狩人狼《ハンターウルフ》が横から狙ってきたところを、今度は支援に回ったタイロンが切り倒した。ミーネもその間に何とか目の前の魔物を切り伏せる。

「一対一とはまるで異なります」

「ああ、同感だ」

妹の発言にタイロンもそう応じた。対人戦で一対一であれば、相手の攻撃を受け止めても力比べに負けなければ反撃の方法はあるし、仮に力比べに負けそうになっても技術で切り返す方法がある。

だが魔獣相手の乱戦ではそういった騎士の常識が通用しない。一体と力比べをする形になると自分の動きが止まってしまい、その間に他の魔獣が襲い掛かってくる。また一対一では最小限の動きで相手の攻撃を躱《かわ》す方が望ましいとされているが、足元から足首を狙う小型の魔獣がいる一方、ジャンプして首を狙う魔獣もいるような状況では、一体を最小限の動きで回避しても他の魔獣にとっては攻撃可能範囲のままということもあり得る。敵の体格や攻撃範囲が全く異なるので、騎士の戦い方が通用しないのだ。

ミーネが嫌悪感をむき出しにしながら大型犬サイズの蚤を突きぬいた。

「魔物暴走《スタンピード》というのはいつもこのような状況なのですか！」

「わからん！」

タイロンも怒声を上げながら一体屠りつつ応じる。それでも二人は相応の実力者であり、貴族として装備も恵まれているため致命傷は避けられているが、兵士たちはそうもいかない。

「ひぎゃあぁぁぁ！」

「たっ、たすっ……うわぁぁぁ!!」

足首を嚙み付かれて引き倒された兵に別の魔物が喉笛を狙い嚙み付く。その隣では奴隷兵が怯《おび》えて退《ひ》いてしまい、逆に背中から襲い掛かられる。隊の列が乱れ、集団の圧力により孤立する者が各個に倒され始めた。

「父上！　一旦隊を纏《まと》めましょう！」

「うむ、そこ、逃げるな！」

かろうじて聞こえたミーネの声に応じながらバスティアンが怒声を上げたが、崩れ始めた奴隷兵たちの足が止まるはずもない。それに伴い、本来ならば臆病でもない兵士たちまで列が乱れ始めている。

「ええい！」

バスティアンが崩れた戦線の方向にとっさに駆け寄り、兵を襲おうとしていた魔獣を切り倒す。兵や奴隷兵であっても彼らにとっては財産であり、無駄死にさせるわけにはいかない。だが乱戦状態で無理に動けば逆に隙を作る事にもなる。

「ぐおっ！」

「当主様を守れっ！」

魔獣に体当たりを受けて転倒した伯爵を救うため騎士や兵士たちが周囲に集まり、そこにタイロンも駆けつける。彼らの勇戦によりかろうじてバスティアンの命は守られた。その一方で、兵力が欠けた部分が魔獣の圧力にさらされることになる。

「く……っ」

周囲に無数の魔獣が群がり、ミーネも一瞬顔を引きつらせた。個々の強さはともかく、数という戦闘力の観点から見ても負傷は避けられない、と思った矢先に周囲の魔獣が蹴散らされた。自家の騎士ではない人影が周囲に展開し、そのまま魔獣を斃《たお》していく。

「無理押しするな、その位置で維持しろ。フュルスト伯爵令嬢、ご無事で」

「すまない、助かった……貴公らは？」

指示を飛ばした騎士に礼をいいつつミーネが問いかける。三十代半ばほどのその騎士は返り血ならぬ返り体液で汚れた顔で、それでも笑顔を浮かべて応じた。

「申し遅れました、ツェアフェルト伯爵家のバルケイと申します。ヴェルナー様のご指示で支援に参りました」

「……ツェアフェルト？」

ミーネが鸚鵡《おうむ》返《がえ》しに呟《つぶや》いたのは聞き間違いかと思ったためである。文官系のツェアフェルトに他家を支援する余裕があるとは思えなかったのだ。だが現実として、その方向に目をやると、ツェアフェルト隊は最初の場所から前進してもいないが後退もしておらず、戦線を維持してその場で踏みとどまっている。

それどころか、損害を被った貴族家隊のいくつかがツェアフェルト隊の周辺に集まり、ある隊はその後方で隊列を立て直し、またある騎士たちはツェアフェルト隊の動きに合わせるようにして敵と戦い、あたかもツェアフェルト隊に所属しているかのようにさえ見える。そのうえ、ツェアフェルト隊の後方にいる狩人《ハンター》隊はまだ戦闘に参加していない。予備兵力さえ残している状態なのだ。一瞬だがミーネは茫然《ぼうぜん》としてしまった。

「……見事なものだ」

「ヴェルナー様の事前指示のおかげです。よろしければフュルスト伯爵家隊も一旦下がり、戦列を立て直すようにご当主に進言願えませんでしょうか」

「わ、わかった」

父や兄はツェアフェルトに頼るなど恥だ、などと言い出しかねないが、現実はそんな贅《ぜい》沢《たく》を口にできるような状況ではない。当主である父を説得するためにも、ミーネは周囲の兵に声をかけて父のもとに駆け向かった。

◆

おかしい。

王太子は怪訝《けげん》な表情を隠そうとせず周囲を眺めやっていた。

周囲の騎士たちもいつもと違う、という様子を隠しきれなくなっており、その傍《そば》には少年の王太孫が不安げな表情で控えている。開戦直後は息子である王太孫も早く前線に出たいというようなことを繰り返し、周囲の騎士たちを困らせていたが、周囲の空気が変わったことには気が付いたのだろう、今では借りてきた猫のようにおとなしくなっている。

たびたび飛び込んでくる伝令は、味方の戦況を伝えるもの。表現を選んでいるが、勝報ではなく苦戦や混乱を伝えるものが多い。そしてそれ以上に多いのが敵の戦意と行動についてだ。

「殿下、これは……」

「普通の魔物暴走《スタンピード》ではなさそうだな」

魔物暴走《スタンピード》自体は珍しい事ではあるが、初めてではない。普段は人間側が様々な手段で対応すれば大体は散り散りになって解体し、解けてしまう。魔物側に指揮官がいない、ただの集団だからだ。だが今回はまるで……。

「死兵の軍、ですな」

「私も同じ感想だ」

腹心の騎士の感想に王太子も苦い表情で答える。何しろ相手は損害を無視して襲い掛かってくるのだ。勝手が違う、としか言いようがない。こうなると数は力である。騎士団ですら徐々に死傷者数が増え、損害が大きくなってきたことに気が付かないはずもない。

だが乱戦状態で撤退するのは用兵の観点でいえば下策も下策である。徐々に後退するしかないが、切っ掛けが摑《つか》みにくい。ずるずると乱戦が続き、気が付くと戦闘の音は本陣近くにまで及びつつあった。

「ノルポト侯からのご報告っ、クランク子爵、討死！」

「なんだと!?」

駆け込んできた伝令の伝えた内容に側近の騎士が思わずという形で声を上げ、王太子も無言のまま眉をしかめた。

クランク子爵その人についてさほど親しいわけではない。が、左翼は爵位貴族が戦死するような事態に陥っているという事になる。

実際のところ、本陣ですべての戦況が確認できるような楽な戦いはそう多くない。まして変化に応じてすぐに指示が届くわけでもない。混戦ならなおのことである。総司令官の指示が最前線の現場に届くまでの間、兵を指揮して戦線を維持し、指示を受け取り実行する前線指揮官の質が軍隊の質を評価するポイントの一つでもあるのだ。

この観点でいえばクランク子爵隊はもはや兵を指揮する人間がいなくなったわけで、子爵隊にあと何人の騎士がいたとしても部隊としては期待できない。部隊単位で副将がしっかり決まっているツェアフェルト伯爵家隊はこの世界ではむしろ例外である。

更にほとんど間をおかず、ドホナーニ男爵の負傷後送とミッタークク子爵の行方不明という報告が本陣に届き、王太子の周辺に重苦しい空気が漂い始めた。

中央の第一騎士団、右翼第二騎士団には指揮官級の人材に犠牲者は出ていないようだが、騎士の中にも犠牲者が出ていることは確かである。このままでは被害が大きくなる一方だ。

そう考えていた矢先、右翼の方向から歓声が上がった。

「何があった？」

王太子の発言にしばらくは答える者がいない。だが、本陣前でも歓声が上がると共に急に戦場の音が遠ざかっているような気配が感じられ、本陣の中に奇妙な静寂が生じる。

「申し上げます！」

「何事か！」

右翼の方向から駆け込んできた伝令に、騎士の一人が鋭く応じた。やがてその報告に、王太子の周辺から困惑と共に安堵《あんど》の声が上がる。第二騎士団が『人語を話す、巨大な人間の体に蛙《かえる》の頭をした魔物』を倒した途端、魔獣たちが後退を始めた、と言うのである。そのような魔物は聞いたこともなかったが、どうやらそれが敵指揮官であったに違いない、と王太子の周囲も信じたのだ。戦場の音が遠ざかっているのは、普段なら雑魚同然の魔獣に苦戦させられていた騎士団が逆撃に移ったためだろう。

「父上、僕も前線に出たいです！」

どうやら事態が好転したと理解したのか王太孫が再びそんなことを言い出した。王太子がすぐに応じなかったのは、いままで苦戦していた前線の有様をまだ子供である息子の目に触れさせるべきかどうか躊躇《ちゅうちょ》したからである。情景が凄惨な状態になっていることも考えられたからだが、そのような光景を見せるのも教育か、と考えた矢先、その耳朶《じだ》を本陣の外から届く声が打った。

「王太子殿下、進言したい事がございます！」

◆

時間は少々さかのぼる。

俺がいる伯爵家隊《ツェアフェルト》は、乱戦の中で組織的な戦闘態勢を維持し続けていた。左翼軍の中では稀有《けう》であるが、所詮一〇〇人程度の兵力である。伯爵家隊の人数では戦況全体には影響がない。それでもバルケイの隊にフュルスト隊を救援に行かせたのは、フュルスト隊が崩れると正面と左側面の二方面から襲われる事態になるのを避けたかったからだ。それより離れた場所の隊まで救う余裕はない。

左翼全隊が崩れないのは敵一体一体がこちらより圧倒的に弱いから、個々の実力でかろうじて戦線が維持されている。けどそれもいずれはこっちが負ける。数が違うから体力勝負で負けざるをえない。むしろ中途半端に敵が弱いのは、こうやって消耗戦に引きずり込むためじゃないかとさえ思えてきた。

というか、魔王は毎回勇者のスタート地点付近には最初雑魚しか配置してないよな。今現在は相手が雑魚のおかげで助かっているんで文句を言ったら罰が当たるか。いや今回は騎士団も甘く見ていたからお互い様か？

「クランク子爵が戦死した？」

「そのようです」

俺が血塗られた槍《やり》を手元に引き寄せたところで、足の代わりに無数の人の腕を生やした巨大ムカデを両断しながらマックスが戦況報告をしてきた。そんなこと俺に報告されても何の役にも立たないが、戦況が深刻になっていることの自覚にはなる。

「ヴェルナー様の判断が正しかったようですなっ！」

隣にいた騎士の一人が自分の従卒たちと共に三口狼《バイターズウルフ》と呼ばれる、狼《おおかみ》の姿だが前足にそれぞれ別の顎がついている魔獣を串刺しにし、死体に目もくれず次の相手に向き直る。

彼が鼻血を流しているのは興奮したからではない。魔獣の体液の刺激臭や土埃《つちぼこり》などで鼻の粘膜がやられているからだ。涙を流しているのも目に埃が入ったりしているからだろう。彼だけではなく周囲にも鼻血やら涙を流し、土埃と返り血と返り体液で顔だけでなく全身を汚した者たちが武器を振るっている。魔獣の体液に毒効がないのは幸いだな。

更に、倒した相手の内臓とか排泄物《はいせつぶつ》とかが地面に撒《ま》き散らされ広がっているので、その臭いがまたすさまじい。鼻の粘膜がやられて臭いを感じなくなっている方がましだろう。

血と埃と体液などの刺激臭が否応《いやおう》もなく目と鼻と皮膚を突き刺し、騒音と怒声と悲鳴と苦痛の声が耳を乱打する。ドラマやアニメみたいに綺麗《きれい》な戦闘なんてもんはここにはない。伝染病が蔓延《まんえん》して当然、そんなことを感じるほど清潔さからは程遠く、潔癖症でなくても逃げ出したくなるほど汚い。

移動しようとすると相手の死体や地面に広がった体液で足を取られないようにしなきゃならないし、手の方も油断すると柄が滑って武器を取り落としかねない。戦場では立っているだけでも精神的な疲労が半端ないわ。

「集団戦でなければとうの昔に体力切れを起こしておりますよ」

先程の騎士の傍で戦う従卒がいささか疲れたような声で応じた。彼はすでに武器を剣に持ち変えている。

槍という武器は有効で有益ではあるが、長時間の乱戦には向いていない。単純に乱戦だとスペースが取りづらいというのもあるが、それだけじゃない。槍の形状的には長い棒の先端が一番重い金属製で、その棒の反対側を持つ。バランス的にはテコの原理に真っ向から喧嘩《けんか》を売るようなもんである。長時間構えているだけでも腕の持久力が相当必要だ。

その上、単純に振り回すだけでさえ空振りした時は慣性の法則で体がもっていかれるんで、無駄に体力を消費する。はっきり言えば長時間使い続けるには向いていない。

一方、所謂《いわゆる》大剣はまた別として、剣とか刀ってのは身も蓋もない言い方をすれば『振り回しやすい長さとバランスの金属の棒』である。この際刃の有無はどうでもいい。体力や腕の筋肉疲労の観点だけでいえば、傘は振り回しやすく、床掃除の長い柄のモップは長時間振り回せないのと本質的には変わりはない。

乱戦状態の戦場にいればいるほど、槍などの長柄武器は持ち続けていられず、取り回しやすい長さの剣の方に持ち直すものなんだ。またそうでなければ何時間も戦場に立っていられない。

以前、日本でも戦国時代に刀は役に立たなかったとか言い出した学者がいたが、傘より長いものは箒《ほうき》さえ持ったことがなかったんだろう。カーボン製の軽い釣竿《つりざお》ですら、腕力だけで長時間持っていると腕がしびれてくるんだからな。地面で支えている待機状態ならともかく、柄も頑丈で重く、先端が金属製の長い棒である槍を何時間も戦場で振り回し続けられる奴《やつ》がいたら見てみたいわ。下手をすると早朝から日没まで白兵戦は続くんだぞ。

いや、もちろんたまにいるんだが、そういう奴は小さいころから身体《からだ》を作ることができる食生活ができて、かつ無駄のない槍の使い方を学ぶことができる時間もある俺みたいな支配者階級《きぞく》だ。普通の兵士には無理。大河ドラマみたいに三〇分弱の短い時間で戦争が終わるのならありなのか？

まあ俺みたいに槍を自分の手足のように扱える《槍術《そうじゅつ》》スキルでもないと、普通は無駄に体力を消耗する事になる。……そもそもここはそういう世界だった。スキルってやっぱ変だよ。スキル持ちだけ集めてれば相当な精鋭部隊が構築できそうなもんだが、スキルを持っているかどうかの鑑定にも金がかかるしなあ。

俺が蟷螂《カマキリ》の鎌腕を持つ猿を刺殺しつつ現実逃避をしている間に、少し前方にいた小部隊が丸ごと魔物の集団に吞《の》み込まれた。確かミッタータ子爵とかいう人の部隊だったな。前に出すぎだっての。

そろそろこっちにも助けに行く余裕がないので、そこから辛うじて逃れた従卒や騎士たちが逃げ出すのを横目に見ながら次の方法を模索する。まだ戦意のあるらしい貴族家騎士団や個人の騎士が俺の隊の周囲に集まりツェアフェルト家隊の外周を形成している。彼らは俺の隊に臨時に所属しているようにも見えなくもないが、実際は俺の指揮が届くわけじゃないから、この戦力で押し返したりするのは無理だ。とはいえ、逃げる人たちが逃げられるように踏みとどまるだけでも役には立つだろう。

ばたばた死人が出ているのにどこか冷静なのはゲームの世界だと思っているせいなのか、この世界で十数年生きてきて変に慣れたのか。どっちだろう。いや、そんなことは後で考えればいいか。斃《たお》した敵の数を数えるのももうやめた。数えるだけあほらしい。

「雇った後方部隊はまだ残ってるか？」

「何とか。逃げるに逃げられないというのが本心かも知れませんが」

俺の問いに別の騎士が答える。後方部隊が荷物を持ち逃げするのは最悪だが、彼らがいなくなるだけでもそれはそれで予定が狂う。だがどうにかこうにか彼らも残っているようだし、今はかろうじて戦線も維持できている。まだ使いたくないんだが狩人《ハンター》の投石紐《スリング》隊に合図をするか、と思っていた矢先、右手の方から歓声が聞こえてきた。

「何だ？」

「ヴェルナー様、敵が退《ひ》いていきます！」

言われるまでもない。目の前から急にすべての敵が後退していく。遠くの方で「騎士団が敵の親玉を打ち取ったぞ」というような声も聞こえる。

マックスが安堵の表情を浮かべた。

「どうやら騎士団がやってくれたようですな。我々の勝ちですか」

息を整えつつマックスの発言を咀嚼《そしゃく》する。騎士団が親玉を倒した？

そんなはずはない。こいつら魔物暴走《スタンピード》を操っていたのは勇者が倒す魔族《マゼル》だ。少なくともゲームで最初のボス戦でそう言われる。それに騎士団はまだ壊滅していない。ストーリーから見れば敵が退く方がおかしい。

もう一度敵の集団に目を向けた。……敵が一斉に退いている？

マジか。理由に思い至った俺は蒼白《そうはく》になった。

「マックス、部隊を纏《まと》めろ！　後方部隊の荷物にポーションがある、負傷してる奴に飲ませておけ！　後退準備だ！」

「は、はっ？」

「ヴェルナー様、敵は……」

「いいから準備しておけ！　俺は本陣に行ってくる！」

マックスとほかの騎士の疑問を怒鳴るように蹴飛ばすと、そのまま本陣に駆け出した。馬がないのがもどかしい。

途中、何度か誰何《すいか》されたがほとんど無視だ。全力で駆けて本陣前に到着すると、天幕の中に届けとばかりに腹から声を出して怒鳴った。

「王太子殿下、進言したい事がございます！」

◆

騎士団が追撃戦に入ったという事もあり、奇妙に弛緩《しかん》していた空気の中でのその声は本陣には異質なものに聞こえた。

「何者か調べてまいります」

「いや、構わん。通せ」

妙に切羽詰まった声だ。あるいは誰か貴族級高級指揮官の戦死が確認されたのかもしれない、と考えた王太子は声の主を通すように命じた。進言という言葉とはかけ離れた予想であったが、王太子自身もそれだけ苦戦と苦悩の後に気が緩んでいたのだろう。

招き入れられ、膝をついた騎士は全身が返り血や泥まみれだ。若いのはわかるが顔ははっきりわからないぐらいに汚れ、最前線で働いていたのが見て取れる。王太孫がその姿を見て息をのんだ。それを横目に見て、まだ戦場は早かったかな、と思いながら王太子は声をかける。

「何者か？」

「ツェアフェルト伯爵家のヴェルナー・ファン・ツェアフェルトと申します」

「典礼大臣のご子息か。聞き覚えがある。若いが優秀らしいな」

礼儀は少々問題があるもののここは戦場だ。今は厳しく言う必要はないだろう。それに若い人材は大切にしなければ、と考え発言を促した。だが次の一言には、眉をしかめて怪《け》訝《げん》な表情を向けざるをえなくなる。

「王太子殿下、兵を退かせてください」

◆

「王太子殿下、兵を退かせてください」

そういえば努力家の俺の名前は王家にも届いていたんだったな。発言を聞いてくれる下地になった、過去の俺よくやった。そんなことを考えながら発言を続けた。

案の定と言うべきか、周囲の騎士が何を言ってるんだ、こいつはという表情を浮かべる。俺だって驚きだよ。冷静さを失った前線はあっさりこんな手に引っかかるんだな。

「何を……」

「待て。ヴェルナー卿《きょう》、何故にか」

幸か不幸か、殿下は俺の緊張感を把握できる程度には冷静であったらしい。横の騎士を手で制してくれた。正確な情報が伝わってたら俺が来る必要もなかったのかもな。

「敵の動きが奇妙です」

「奇妙？」

「敵の首魁《しゅかい》と思《おぼ》しき魔物は騎士団が倒している。何もおかしなことはあるまい」

若い奴はこれだから、と言わんばかりに横から王太子殿下の取り巻き、もとい側近が割り込んでくるが、無視。

「敵は逃亡でも退却でもなく、後退しております。知恵のないと思われる虫型も含めて、一斉に」

事実だけを一気に口にする。そう、敵は一斉に、全部が森を目がけて後退したのだ。散り散りになって逃げだしたのとは違う。

相手は虫やら獣やらと、森の中でも行動の自由度は高い。一方で重い鎧《よろい》を着た騎士が森の中に入ればどうなるか。王太子殿下は一瞬でその言葉の意味を理解したらしい。血相を変えて立ち上がった。

「退き鐘を鳴らせ！　騎士団を呼び戻す！　それと残っている人員ですぐに陣を組みなお

せ！」

「で、殿下？」

「急げ！」

顔を向けられた騎士が飛び出していく。なるほど、これが命令し慣れている人間の声か。俺ですら思わず反射的に応じそうになったぜ。そう思いながら更に一言、これは俺個人の意見を追加する。

「殿下、僭越《せんえつ》ながら、王太孫殿下には王都城門の守備をお任せになられてはいかがかと存じます」

言外に言う。足手まといの子供は先に王都に帰してはどうかと。殿下はそれを言葉通りに受け取ったのか、言外の意味を理解したのかはわからんが頷《うなず》いた。

「そうだな。メーリング、ファスビンダー。ルーウェンを補佐し、補給部隊と共に負傷兵を連れて王都北門の守備に入れ」

「……はっ」

「承りました」

騎士二人がまだ戸惑っている子供を連れて本陣を出ていく。王太孫殿下ってルーウェンって名前なのか。ゲームだと名無しで死亡報告しかなかったから気にしてなかったぜ。

「ヴェルナー卿、卿《けい》の隊は本隊に合流せよ。もう少し働いてもらうぞ」

甲高い金属の鐘音が響き出す中でとんでもないことを仰せになられましたよ、王太子殿下。断るわけにはいかないだろうなあ。

「かしこまりました。すぐに部隊に戻ります」

もう少し頑張るとしますかね……はあ。

◆

「まさか魔物が釣り野伏を使ってくるとは思わなかったぜ」

「ツリノブセ？」

「気にするな。独り言だ」

伯爵家隊として本隊に合流、その後の指示を受けて本隊右側に移動してから思わず愚痴っていた言葉が聞こえたらしい。騎士の一人が怪訝な表情で聞いてきたがスルーした。

釣り野伏とは囮《おとり》部隊を後退させることで敵を引っ張り込んで、待ち伏せていた包囲部隊が囲んで袋叩《ふくろだた》きにする戦術の事だ。日本の戦国時代、薩摩《さつま》島津《しまづ》氏が使った例が有名だろうか。あれ考えてみれば何で野に伏せるなんて名前なんだ？　森じゃダメなんか？

そんなことを考えていた俺の耳にカーンカーンという退却合図の鐘音が突き刺さる。音としては高い音の方が遠くまで届くし、金属の音は自然の音ではないから注意を喚起するのにいいらしい。そのため、攻める時は腹に響く重低音に近い音の太鼓を使って戦意を高め、後退する時の合図には鐘の音を使って兵士たちに把握、認識させようとする。

話では聞いていたが現実に聞くとなるほどなと思う。とはいえタイムラグは避けられないけど。チート才能があれば魔法の無線機でも作るところかね、ここは。

しょうもないことを考えながら森の方を見やる。森からは更に禍々《まがまが》しい気配が押し寄せてきているが、戦いの騒音は一度に押し寄せてくるのではなくじりじりと近づいてくるような感じだ。どうやら後退指示はぎりぎりのタイミングで間に合ったようだな。

とはいえ、ひっきりなしに伝令が前線から王太子の本陣に戻ってくるのを見ると、包囲殲滅《せんめつ》こそされなかったとはいえ、騎士団にも損害は出てるようだ。

森に引きずり込むのに失敗したとなれば、次は総力戦だろう。敵側に反転した囮部隊に追加して待機していた包囲部隊が全部出てきて、後退中の騎士団を襲撃すれば損害も出て当然か。

「負傷した者は先に王都に！」

「まだ戦える者は本隊の周囲に集合せよ！　臨時に配属を決める、文句があるなら先に王都に戻って構わん」

王太子殿下の側近たちが騎士の中でも余力のある人間を集めて混成部隊ながらも形を整えていく。立派な事に本隊も撤収準備は整えているが、王太子殿下自身はまだ本陣の中だ。

ころかな。

部下を見捨てて逃げるわけにはいかない、という事らしい。指揮官としては褒めるべきと

いや、そんなことより。

「ヴェルナー様、ライニシュ卿隊、再編配置終わりました」

「デーゲンコルプ卿の隊とゲッケ殿の部隊も指揮系統を整えて配置終わっております」

「ああ、わかった」

いやわかんないよ。何で若造の俺が複数の部隊の臨時指揮官してんの？　どうやら王太子殿下の指示らしいがわけわからん。左翼からこっちに移動する前にはこれからの戦況に関する助言とか求められる羽目になるし。俺みたいな若造に聞くなと言いたいわ。

「ツェアフェルト卿はあの状況で冷静に敵を観察していたのが評価された模様ですな」

汚れているが笑顔で声をかけてきたのはライニシュ卿だ。そんなこと言われても困るだけだけど。

というか、あそこで敵が逃げるのはおかしい、と『解答』を知っていたから状況をそれに合わせて答えを出しただけだ。冷静でもなんでもないっつーの。殿軍《でんぐん》として見捨てられるんじゃなかろうかと考えてしまうのは邪推だ、たぶん。

ちなみに〝卿〟というのは本来、同格から目下に対して使用される敬称だが、この世界のこういう場で卿をつけると当主ではないが貴族家の人相手の呼びかけとなる。父の代理

である俺も王太子やほかの貴族から卿付けで呼ばれるわけだ。ライニシュ卿やデーゲンコルプ卿も親なり兄なりが貴族家の当主なんだろう。

姓＋卿になるか名＋卿になるかは本家の地位の高さに左右される。伯爵家で大臣の息子である俺の場合、名前＋卿で呼べるのは当主が父と同格かそれ以上の人だ。当主が格下だと姓＋卿呼びになる。その場に一族の人が複数いる時はフルネーム＋卿だな。爵位持ちの当主は姓＋爵位で呼べばいいのでむしろ楽。まあわからん時は姓＋卿で呼んでおけば非礼にはならない。俺ぐらいの歳《とし》だと誰からでも名前＋卿でおかしくない気もするが。

これ、戦場礼と宮廷礼で敬称の付け方が変わるんだからややこしいったらありゃしない。宮廷礼だとむしろ名＋卿呼びが正式になるんだからな。多分この世界独自の使い方だと思うんだが、もしかしたら前世の中世貴族もそうだったんだろうか。だとしたら貴族を少し見直すぞ。このめんどくさい礼儀を暗記してたってだけで。

「お前」「貴方《あなた》」と同じような意味でただ「卿」とだけ呼びかけるのが一番多いのもある意味当然だと真剣に思ったわ。

なおオリヴァー・ゲッケ殿は元貴族家出身の傭兵《ようへい》で、冒険者と傭兵部隊の臨時指揮官である。王家基準の地位はないから、〝殿〟か〝さん〟呼びだ。ああめんどくせぇ。

内心で文句を言いつつ二〇〇人を超えた人数を、さっきと同じように五人の最小チームと小隊長という形で編成し直し、小隊長三人ごとに中隊長を置いた。とにかく所属と指揮系統だけは何とか整え、後はその指揮系統を維持するため使番隊も急遽《きゅうきょ》新設する。泥縄もいいところだが、二〇〇人も部下を持ったことなんか前世でもないんで、現場は専門家に任せるしかない。俺は中隊長に指示を飛ばすだけでその後は一騎士だ。

「敵は数が数倍に増えた上、ある程度統率されているようだが、同時に動きが変わっていると報告がある」

「どのように？」

「簡単に言えば、ただ突入してくるだけではないようだ。一方で魔法に怯《おび》えた様子を見せる敵もいたという」

王太子殿下のいる本陣から連絡に来た騎士から最新情報を受け取る。なるほど、釣り部隊はこちらを苦戦させて、かつ苦戦したことを怒らせるためにも魔獣ばかり集めていたのか。まあ伏兵が本能で動いたら伏兵にならんしそれも当然か。小鬼《ゴブリン》とかの待ち伏せる知恵がある魔物のお出ましってわけだな。

「相手に知恵や感情があるのなら、逆にこちらから攻撃を仕掛ければ動揺もするだろう。そこでだ」

本陣の合図と同時に、今現在後退しながら戦闘中の第一騎士団と第二騎士団は左右に分かれる。騎士団が左右に分かれ、がら空きになった敵の正面に、本陣とその左右両部隊が敵に逆襲をかけ、相手の足を止める。こちらは足を止めた一撃だけで距離を取り、その後徐々に戦いながら王都まで撤収する。

大雑把にいえばこういう作戦らしい。一度混戦から追撃になり、前線と本陣との連絡指揮系統も乱れている。その上損害まで出ている状況での撤退戦としては他にやりようもないか。

まあ、準備しておいたブツもまだあるしな。王都襲撃イベント前に死なないように頑張るか。

◆

本陣から合図の音が響き、その音と同時に目の前で戦っていた騎士団が向かって右手、戦場外側に向かって駆け出していく。この状況であそこまで統率されているのはすごいな。流石《さすが》本職の騎士団。

「突撃っ！」

俺が指示を出すと急遽編成された本隊右翼《ツエアフエルト隊》二〇〇人強が姿を見せた敵に一斉に襲い掛かる。とっさに騎士団を追いかけて、俺たちに側面を向けていた魔物軍は状況の変化についていけなかった。一体の小鬼《ゴブリン》に三本とか四本の槍《やり》や剣が刺さり、血しぶきをあげながらうめき声さえ出せず倒れる。俺も一体の多分犬人間《コボルド》だろう相手の喉をぶっ刺して斃《たお》した。

各小隊長が指示を飛ばすと刃物の列が一斉に動き、一体の敵に複数の刃が一斉に襲い掛かり、その魔物を串刺しにしていく。ばたばたばたっと魔物の死体が量産された。

「よし、後退！」

中隊長に聞こえるように俺が声を上げるとすぐ小隊長まで指示が伝達され、隊が多少不揃《ふぞろ》いながらも素早く後退する。空いた隙間に本陣の魔法隊が魔法を叩き込み、更に数少ない弓兵の矢も飛ぶ。敵左翼の足は完全に止められた。

「見事な指揮です」

「いや、殿下の事前指示通りだから」

謙遜じゃなく事実だ。先にやる事が解《わか》っているんでその通りに声を出しているだけ。生き残る事が最優先だからと、目先の戦果に喜んでいないのが落ち着いて見えているのかもしれん。そんなことを話していると、右翼の更に右手側、戦場の最外縁部に抜けた第二騎士団の伝令がこっちに向かって来た。驚いたような表情を浮かべている。

「第二騎士団所属、バヒテルと申します」

「ツェアフェルト伯爵家のヴェルナー・ファン・ツェアフェルトだ。バヒテル卿《きょう》、ご苦労」

「ツェアフェルト伯爵のご子息でしたか。お若いと思いましたが」

若くて悪かったたな。俺だって何で俺が指揮執ってんのかわかんねーよ。

「右翼のこの後の動きについてご相談したく」

「本隊からの指示は？」

向こうの方が二〇歳は年上っぽいが、戦場だし状況的にもこの言い方でいいだろう。バヒテル卿も文句はないようだ。

「一撃を加えた後は協力して敵を追い返せと」

「協力の仕方か」

少し考えて確認する。

「第二騎士団の疲労度はどの程度だ？」

「万全とは言えませんがまだしばらくは問題ありません」

さすがにタフな事で。ならむしろこっちは任せるべきだな。

「解った。そのまま右翼に入って本隊側面を守備する位置にまわってくれるよう伝えてくれ。俺の隊は本隊中央の前衛支援に向かう」

「……承知しました」

現在本隊は相手に一撃を加えるためとはいえ、王太子殿下周囲の近衛《このえ》まで剣を抜いている状況だ。相手が中央突破を狙ってきたら数で近衛が圧倒される危険性もある。騎士団が左右に分かれた結果、本来なら本隊の前衛にいるはずの第一騎士団は全軍の左翼の更に外側に逃れて、再編成された左翼ノルポト侯の部隊と共闘しているはず。

ちなみに左翼の状況は伯爵家隊《ツエアフェルト》が抜けた後の事はさっぱりわからん。教えてもらっても何もできないから知らぬが仏という事にしておく。この世界に仏様はいないが。

微妙な沈黙の裏には、騎士団にしてみれば近衛の前に立つのは自分たち騎士団であるべきだという考えもあるんだろうな。

だが現状、最右翼と最左翼に騎士団が分かれている以上、敵と味方の間を通り抜けないと本隊前には移動できない。そんなことをしたら他の部隊が混乱する以上、玉突き的に今現在本隊のすぐ右側にいる俺たちが本隊前に移動する方が早い。

「ですが、伯爵家隊の方は疲労は大丈夫でしょうか」

「あーまあ、きついはきついが」

ついでに言えば本当はそんなあぶない事はやりたくない。しかしここで大将でもある王太子殿下が戦死でもしたら全軍が瓦解して魔物の波に呑《の》み込まれるのが落ちだ。何とか持ちこたえて小細工が有効なうちにマゼルが魔族を斃《たお》してくれるのを祈るしかない。

死にたくはないから逃げる方法も考えておこうかとは思ったが、ＴＰＯ的にそんなことをここで言うわけにもいかないだろうな、さすがに。

「余裕がある部隊の方が存在していないだろう。ならできる奴《やつ》がやるだけだ」

「それは確かに……」

そう言ってバヒテル卿が頭を下げた。

「ツェアフェルト卿のご決断に感謝いたします。必ず右翼は我々が維持いたします」

「うん？」

そこまで頭下げられることか？　と思ったがバヒテル卿は身を翻して走り去ってしまった。代わってマックスが傍《そば》に寄ってくる。返り血とかすごすぎて怖いぞ。

「どういたしましたか？」

「副将がわざわざ来るなよ……と言いたいがちょうどいい。ツェアフェルト隊は本隊中央の支援に向かう」

俺の指示に驚きの表情を浮かべたマックスだが、急に納得したように頷《うなず》いた。

「なるほど。王太子殿下の盾になると……。騎士団の者があのように感動した表情を浮かべるわけですな」

「……あー、そうなるの、か？」

時間稼ぎはするが、いざという時は逃げる気だったんで、盾になるとか忠誠心とか自己犠牲精神と勘違いされるとむず痒《がゆ》い。だがこれ以上問答してる暇もない。

「もう一度前に押し出して敵前面を突き崩す。そのまま足を止めずに中央に向かい本隊の前に出るぞ」

「了解致しました！」

マゼル、なるべく早く頼むぜ、ほんと。生き残ってたらメシぐらいおごるからさ。

神様を信じない元日本人らしく、俺は神様より勇者に祈ると槍の具合を確かめなおした。

◆

怒声。悲鳴。液体が大地を打つ音が耳に響き自分の呼吸と周囲の騒音もよくわからん。体感では前世の三〇分ぐらいか。実際はどうだろう。もう現実逃避の方が普通になりつつあるな。

「三歩前、押せっ！」

「おうっ!!」

複数の声が俺の指示に合わせ数歩前に出ながら、一斉に眼前の敵に向けて武器を突き出す。魔物の集団がたちまち骸《むくろ》になって転がった。

「本隊に連絡、少し後退！」

「はっ！」

我ながらよくこんなに声が出続けるな。いや、がらがら声になってるのは確かだ。明日は声が出なくなってるかもしれん。そんな思いと裏腹に、出す声に応じて隊の人間が少しだけ後方に駆け下がり、そこで武器を構えなおし、時々飛んでくる石礫《いしつぶて》などをぎりぎりでよけながら隊列を組みなおす。

誰だ前世で石なんか武器として役に立たないなんて言った奴は。鎧《よろい》着ててもペットボトルサイズの石が飛んできたら普通に怖いわ。顔面直撃でもしたら怪我《けが》じゃすまんし。犬人間《コボルド》とか小鬼《ゴブリン》とか手を使える魔物が危険なわけだよ。小鬼《ゴブリン》にはたまに魔法使う奴もいるけど、そんな能力がなくても普通に危なっかしい。

撤退戦のしんどさを実感している。終わりが見えねぇ。

◆

騎士団のバビテル卿との打ち合わせを終えてから本隊の前に割り込むのはうまくいった。王太子殿下は数少ない弓隊や魔法隊を左右両翼の支援に回していたようだ。近衛の実力を信じていたんだろうし、それは間違っていない。実際、見た限りでは魔物の攻撃をものともしていない様子だったしな。

左右両翼と違い、弓や魔法が飛んでこなかったため、突出していた敵の中央部隊は近衛の実力に弾《はじ》き返された上、その左側面に俺の部隊が突入した事で一気に追い立てられた。そしてそのまま本隊の前に割り込んだ俺の隊は、敵との戦いの最前線に立ち続ける事になったわけだ。

隊の荷物に用意してきたポーションがなかったら倒れてる奴続出だろう。鎧着たままバスケやサッカーの試合を数時間休みなしで続ける方が多分楽。実戦は命がかかってる分神経も磨《す》り減るからな。交代要員が豊富な大軍が有利なわけだよ。

「裏崩れ、ってのはどういう事かよくわかるわ」

ぶん、と槍を横に薙《な》いで相手の足を引っかけ倒す。そこに周りの騎士が武器を突きこんで死体に変えた。中には負傷しただけの小鬼《ゴブリン》とかもいるが、倒れた敵の身体《からだ》自体が敵の進軍には障害物となるため、放置してさらに数歩後退する。

戦記ものとか歴史小説で、たまに裏崩れが起きるというシーンがある。戦場で後方部隊が勝手に逃げ出し、前線の部隊も巻き込まれるように崩れる状況だ。

今ちょうど逆の状態になっている。後方に近衛隊がいるから下がるに下がれねぇ。見ようによっては前線部隊を戦わせるために後方部隊がいるようにも見えるが、いざと言うときには交代してもらえるだろうという安心感もあるんで踏みとどまれる。というか、後方に味方がいなくてただの空き地になってたらさっさと尻尾巻いて逃げ出してるねこれは。

最前線をマックスに任せ、数歩だけ下がると負傷者を下がらせるように指示を出し、負傷者が出て隊の人数を維持できなくなった隊があるなら人数の調整を行い、指揮系統の再編成を済ませる。敵に向かって武器を振るうだけでは指揮官は務まらない。頭でわかっちゃいたがまさかこんな状況で実践する羽目になるとは。

愚痴を言っていても仕方がない。ともかく指揮官としてやらなきゃいけない事と、一騎士としてやらなきゃいけない事を並行してこなしながら、前線指揮官としての撤退戦を続行した。

◆

ヴェルナーたちツェアフェルト家隊を含む一部の戦力を本隊右翼に割いた一方、戦意の残る騎士たちを再編成し、一部隊として運用を始めた王国軍左翼は、本隊左側面を守りながら、かつ戦いながらの後退を継続していた。

「押し返せっ！」

大盾を並べた一団が一列になって前方に向かって進み、暴走状態で後ろから押し出されてくる魔物に盾を叩きつけて《シールドバッシュ》足を止める。その盾の隙間や上部から剣や槍《やり》が突きだされ、盾に足止めされていた魔物たちがその場に崩れ落ちる。崩れ落ちたものを無視して全体が下がるという形で、左翼全体は徐々に後退を繰り返す。魔獣ではなく小鬼《ゴブリン》や犬人間《コボルド》が敵の主体となったことで、盾を効果的に使った戦い方がようやく可能となっていた。

「見事なものだ」

左翼の総指揮官であるノルポト侯爵が素直に感心した口調で声を上げる。そのまま、伝令役として左翼本陣にいるフュルスト伯爵家次女に目をやった。

「実に見事な戦い方だ。さすがフュルスト伯爵家は武門の家柄であるな」

ノルポトの称賛に対し、わずかにミーネは躊躇《ちゅうちょ》したが、他人の進言を自分の功績にするなどという事は騎士としての誇りに背く行為である。正直に口にすることにした。

「いえ、これはツェアフェルト伯爵の嫡子たるヴェルナー卿《きょう》の発案です」

「ほう？」

ノルポトは軽く目を細める。先ほどまでは左翼で自分の指揮下にあったツェアフェルトは、現在王太子殿下のお声がかりで本隊に参加している。その際にいくつかの貴族家隊も支援に差し出したのだが、緊急という事でヴェルナーはノルポトに断りを入れていなかった。無論ノルポトも王太子の指示と一刻を争う事態であったという事は理解しているが、王太子への直接提言も含め、必ずしも好意的とはいえないのも事実である。

「ツェアフェルト伯爵家のご子息に間違いはないのか？」

そうノルポトが聞いたのも文官系のツェアフェルト家の提案とは思えなかったためである。ツェアフェルト隊の指揮官がまだ代理の学生であるということもあり、にわかに信じられなかったのも無理はない。ミーネも確認するように口を開いた。

「ヴェルナー卿が本隊に合流される前に相談に向かいました。その際にこの戦法を助言していただいたのです」

この発言に嘘《うそ》はない。なぜ自分に、という表情を浮かべつつも、盾の壁を構築する事、盾を持つ者が崩れたら戦線が崩壊するので、特に勇敢な騎士に盾を持たせる事、その盾の隙間から兵士や奴隷兵に攻撃をさせて、撤退する際に敵の死骸を利用する方法など、簡潔な説明ではあったが、これらすべてがヴェルナーの提案である。

もっともこれ自体はヴェルナーが前世知識から引っ張り出し、うろ覚えの知識で構築させた、密集隊形《ファランクス》と呼ばれた陣形の簡易的運用版である。ヴェルナーも詳しく説明する時間もなかったし、そもそも密集隊形《ファランクス》を実戦で運用などしたこともなかったのだから、あくまでも助言を求められた際に説明した程度でしかなかった。

だが、その助言をミーネ経由で聞いたバスティアンが苦い表情を浮かべつつ「理にかなっている」と応じ、ノルポト侯爵にも伝えるようにとミーネに命じたのだ。ヴェルナーの提案を実戦で使えるように修正を加え、運用しているバスティアンやノルポトが優秀な現場指揮官であることも疑いない。

「そうか。思ったより優秀ではあるようだな」

「優秀なのは確かかと」

ノルポトと副官はやや微妙な表情で視線を交差しあった。言いたいことがないわけではないが、それも撤退戦を成功させてからの事である。

「王太子殿下には報告を上げないとならぬな」

小さな声でそう呟《つぶや》くと、ノルポト侯爵は再び前線向けの指示を出し始めた。

◆

何度目かの後退指示を出し、敵の動きを見ながら俺は声を上げる。

「投石紐隊《スリング》に合図！」

「はっ！」

性懲りもなく突撃してくる魔物軍を確認すると指示を出す。汚れて擦り切れて何とも味のある状態になった大きな旗が振られると、少し遅れて後方から無数の壺《つぼ》が宙を舞い、敵の前衛部隊よりやや後方に着弾して炎が上がった。

何のことはない、火炎瓶ならぬ火炎壺である。ただ魔法のある世界だ。本来なら魔法の方がよほど効率がいい。爆発燃焼するガソリンはないしな。

だが、精油であるターペンタインがこの世界にあるのを知った時には驚いた。典礼大臣である父によると本来は薬油として開発されたらしい。今は香油としての用途が多いそうだが。

とはいえ相当に値段が高く、普通は量が揃《そろ》えられない。無理やり買い占めたのは外交儀式なんかでも香油を使う事があるため、流通を把握していた伯爵家の実力だ。勝手に父の名前で買い占めたんで後で怒られるだろうが死ぬよりまし。短時間で量が揃ったのは王都付近での戦いだからで、この点だけは有利に働いたな。

所詮というか、一〇人程度の投石紐《スリング》隊だ。火炎の壁ができたりするわけじゃない。だが、魔法は被害を与えるとすぐ消えるが、火炎瓶ならぬ火炎壺の炎は地面に広がった時はもちろん、魔物相手でも一度着火したらすぐに消えないのだ。この辺、どういう原理かよくわからん。そもそも魔法の原理が謎だ。とりあえず使えるので理屈は気にしない。

火炎壺の直撃を食らった魔物が転がりまわる。熱いものは熱いらしい。その転がりまわる魔物そのものが障害物となって集団としての敵の動きを阻害する。それどころか、魔獣の中には暴走状態のためか、地面が燃えていても勝手に踏み込んできては熱さにのたうちまわるような奴《やつ》さえいる。こっちから見ればありがたい。

そうやって炎の影響を受けた奴が列を乱して動き回ることで、第一陣となる目の前の敵と、第二陣になるはずの次の敵との間に間が生じる。そうなると、目の前の敵を倒せば後退する余裕がほんの少しできるというわけで、一気に押し返す。

「押せっ！」

「おうっ！」

「この野郎っ！」

もう何度繰り返したのかわからないぐらい繰り返した方法だ。俺の隊の面子《メンツ》も慣れた様子で、火炎壺が飛ぶと反撃の準備を整えていたので指示への反応が早い。接敵距離にいる敵前衛を殲滅《せんめつ》してまた少しだけ下がる。本心では走って逃げたいけど、後ろに味方の軍がいるので踏みとどまるしかない。弓や魔法での支援は時々もらえるし、負傷者は本隊の方で引き取って庇《かば》いながら後退しているようだから文句も言えないが。

もっとも魔獣の方が人間よりもはるかに足は速い。全軍が背中向けて逃げ出してたら逆に犠牲者増えまくっていただろうな。

「ヴェルナー様、そろそろ火炎壺も切れるとのこと」

「おーう。荷物持ちと狩人《ハンター》隊はポーションを使い切る前だが撤収許可する。馬だけはツェアフェルトの屋敷に連れてってくれ」

緊張感が抜けたような返答になってしまったが、これは大声で指示を出すほどの体力も惜しいからだ。敵の圧力が減らないので心理的にきつい。そういえばゲームってレベル限界まで魔物を倒し続けても絶滅しないよな。どっから湧いて出てくるんだろうか。

王都の城壁はだいぶ近くなってきたが、いよいよ切羽詰まってきたのが自覚できる。最後に派手に火炎壺を投げて足止めしたら魔物との徒競走始めるか？

そんな覚悟をした直後、急に目の前の敵の動きがおかしくなった。なぜここにいるのか、というような戸惑いを浮かべる奴、目の前に人間がいるのを見て逆にうろたえる奴。虫型の中には他の魔物の中に駆け込む奴までいる。

俺は理由を理解するのではなく直感で感じ取った。

「今だ、押し返せっ！」

「ヴェルナー様!?」

何人かが驚きの声を上げたが、その声を無視して前進し槍を相手の一体に突きこむ。開戦直後から俺の指示をずっと聞いていたツェアフェルト家の騎士と従卒たちが僅かに遅れて俺に続き、周囲の魔物を突き倒した。さらに遅れて臨時配属されていた連中が動く。結果的に俺の隊は紡錘《ぼうすい》陣形となり、魔物暴走《スタンピード》ではなく、ただの魔物集団となった敵の列に食い込んだ。

……実はそのあとのことはあまり覚えていない。後で聞いたところによると、俺は取り憑かれたように目の前の魔物を突き斃《たお》し、打ち倒し、戦意を失った敵の群れの中で大暴れしたらしい。むっちゃストレスたまってたんだろうな、たぶん。

さらにその後、戻った王太孫と随従の騎士たちの報告があったのか、急遽《きゅうきょ》編成された第二軍が王都から出撃、今まで戦っていた軍と合流し敵の集団を撃砕。相手を文字通り追い散らした。

「勝った……」

「勝ったぞぉぉぉっ!!」

「我々の勝ちだ！」

方々から勝利の歓声が沸き上がる。その中で何とか槍を杖《つえ》にして俺は立っていた。

……あれ？　嘘だろ？　勝っちゃったよ!?

やらかしたかもしれない、と今頃になって状況を理解したが、そこでスタミナ切れ。俺は意識を手放した。

◆

あの魔物暴走《スタンピード》の日から数日後の早朝。俺は礼服を着て、謁見の間で玉座の方に向かって跪《ひざまず》いている。俺一人じゃないからいいようなもんだがどうしてこうなった。

あの戦いの翌日は筋肉疲労と精神的疲労でぶっ倒れて丸一日寝ていた。病気とかではなかったが、両親とか執事とか親族とか使用人とかメイドさんとかをえらく心配させた。ポーションをがぶ飲みすることになったのは、喉が完全に馬鹿になって声が出せなくなっていたからだ。

王宮からもわざわざ見舞の使者が来たらしいが、ちょうど爆睡していたんで親が代わって対応したとかいう話も聞いた。聞かなかったことにしておく。あとフュルスト伯爵家からも見舞が来たらしい。そっちは意図的にスルーで父に任せることにした。

そのさらに翌日は状況把握と親に文句言われた……油買い占めたのは悪かったたって……まあ最終的によくやったと褒めてもらったが。

予想通りというか、あの敵の急変化はマゼルが魔族を倒し、コントロールをしていたらしい水晶が割れた結果だったようだ。時間的にはちょうどそうなる。その水晶に関しては破片を現在分析中だそうだ。ゲームでそんなんあったかな。覚えてねぇ。

「戦利品にも黒い宝石があったけどこっちは素材からして不明なんだって」

「金属でないからとりあえず宝石か」

いやよく考えれば宝石と言っていいのか？　価値があるなら宝石と言っていいんだろうが、呪いとかだったら宝じゃないだろうな。魔石は違うし悪石《あくせき》か呪石《じゅせき》？　語呂がよくないか。言葉は難しい。

「それにしても、魔族がいたのも驚きだけど、戻ってきたらヴェルナーの活躍を聞いてもっと驚いたよ」

「偶然だって」

治癒魔法で怪我《けが》や筋肉痛はなくなったが、一応ということで、まだ自宅療養中の俺を見舞に来てくれたマゼルと紅茶を飲みながら状況報告をしあう。

伯爵家《うち》のメイドさんは紅茶を淹《い》れるのが上手《うま》い。学友の中にはそれが目的でうちに来た奴もいたな。背が結構高いんだが、おっとりした優しい感じのお姉さんで、仲間からも人気があった。いやそれはどうでもいいか。

俺の活躍……不本意だなぁ……はマゼルが言うところによると、学園でもすっかり評判になっているらしい。何人も貴族階級出身の学生がいるしな。中には親が参戦していたって生徒もいるだろう。あんまりそういうの話さないでほしい。

「尾ひれに背びれと胸びれまでついてるだけじゃねぇかなあ」

「学生で話題になるだけで普通じゃないと思うよ」

マゼルが笑いながら応じる。

「敵の動きを見て罠《わな》を看破し、敵の崩れるタイミングで反撃に転じた。戦機を見る目が素晴らしいって王太子殿下が絶賛していたらしいね」

「勘弁してくれ……」

そう言ってテーブルに突っ伏したくなったが、そうすると紅茶と茶菓子が被害を受けるだろう。このクッキー旨《うま》いんだよ。

ぐっとこらえてマゼルに視線を向けた。

「そういうマゼルだって魔族倒したんだから評判になってるんじゃねぇのか」

「うん、だからここに避難させてもらってる」

「おいまて」

笑いながらとんでもないことを言ったマゼルに素で突っ込んでしまった。マゼルはすまなそうな表情を浮かべたが、苦笑交じりに訴えてくる。

「そうは言うけど、僕は一般平民階級出身だから。貴族のお誘いの断り方とかもよくわからない」

「あー、まあ、それはあるだろうな」

貴族の礼儀なんてうるさいことこの上ない。ゲームで貴族が出てこなかったのはそのあたりをデータにすると膨大な容量食うからだったんじゃないかとさえ思う。

学生だから。理由はそれでよさそうなものだが、主人公属性のマゼルは何となくそういう逃げ方が思いついても、学園に迷惑かけたくないとでも考えたんだろう。うちに迷惑かけるのはいいのか？　とは思わない。マゼルにしてみれば伯爵家にではなく友人である「俺個人」に助けを求めてるつもりなんだろう。学生としては精一杯の逃げ場だな。

そう思うと無下にもできない。そういう発想ができるのは貴族としての教育の賜物《たまもの》だろうか。内心複雑だが見捨てるのは冷たすぎるだろう。

だから無下にはできないんだが……大丈夫だろうかコレ。ゲームのシナリオ的に。

「そんなわけで、明日の王様への謁見と戦勝祝賀会の相談に乗ってほしいんだよね」

「まず服は学生服でいい」

「いいの？」

「学生服は礼服だぞ」

そうなのだ。本来学生服は礼服扱い。学生服を着崩すってのは礼服を着崩すわけで、普通の服を着崩すより見苦しいと評価される。はっきり言えば礼儀知らずを通り越しただの馬鹿という扱いになる。もっとも、前世日本ではまず大人がその認識を持ってないから、単に学校の規則を盾に着崩すなとしか言わない。そりゃ学生も聞きゃしないわけだ。

「国際儀礼《プロトコール》じゃねぇし謁見も向こうがわかってることだから、難しく考えなくても大丈夫だ。跪く位置とこっちから話しかけないという二つだけ守って、後はまわりの真似《まね》しときゃいい」

「そんなので大丈夫なの？」

「学生相手にうるさくは言わねーよ。言う方が頭悪いと評価される」

俺と違ってな、という言葉は飲み込んでおく。ただ実は貴族以外には細かく言わないのは事実だ。礼儀作法できる俺すごい、できない平民は人間のレベル低いと内心でマウントを取っているのが理由だが。だから学生に怒るような真似をすると「無知な平民と同レベル」扱いされることになる。争いは同レベルの相手としか発生しないってやつだ。注意ぐらいがせいぜいだろう。これが貴族とかだと些細《ささい》なマナーがやたらうるさく言われるが。

俺は学生だからぎりぎり大丈夫だが、親が典礼大臣だから礼儀知らずのふるまいもできない。ああめんどくさい。

「マゼルは家族を呼ばないのか」

「無理だよ」

それ以外に二つ三つ注意点を説明した後、話題を変えて問いかけたがマゼルはそう言って苦笑した。まあそりゃそうか。マゼルの出身は王都から見ればずいぶん端……もとい、田舎だからな。フィノイの大神殿に向かう巡礼者が一泊するための村と言ってもいいが、その分王都よりも隣国との国境の方が近いぐらいに田舎だ。大神殿そのものが山の中だが。

ゲームでも結構移動した記憶があるし、前世のように旅行なんてものが一般的でないこの世界では移動も一苦労だ。ゲーム中に出てくる魔道具《マジックアイテム》があれば話は別だが、そんなことに使えるような金額のものじゃないし、大体、王都近郊では販売していない。そうなると徒歩しかないわけだが、数日しか余裕がないんじゃ呼ぶ暇もない。せっかくの晴れ舞台なのにな。

「それに、お店やってるしね」

「そうなのか」

と応じたが、店っていうか両親と妹がやってる宿屋だったはず。

マゼルの出身であるアーレア村は田舎で武器とか防具とかにはめぼしいものはないが、実家であるマゼルの家に泊まると宿代がタダ。なのでアーレア村である程度レベルを上げてから大神殿の次に攻略する星数えの塔に向かうのがゲームではお約束。

そういえばゲーム中でも久しぶりに帰ったようなセリフがあったような。やっぱりほとんど帰ってないのか。

「ならマゼルの家族には伯爵家から伝えておくか」

「そういうの勘弁して」

慌てたように手を振った。俺は思わず笑ってしまう。こんな形でしか反撃できないのは多少悔しいが。

うん、多少じゃなく悔しいから魔族を倒した勇者マゼルの話を盛って伝えてやることにしよう。年甲斐《としがい》もない？　ほっとけ。

何か忘れてるような気もしたがひとまず明日のイベントが終わってからだ。謁見とか俺だって面倒だよ。

二章（戦後処理～配慮と手配～）

「まずは戦功一位、ヒュベルトゥス・ナーレス・ヴァイス・ヴァインツィアール。よくやった」

「すべて陛下のご威光の賜物にございます」

国王陛下が王太子殿下を褒めてるのを耳に挟みつつ、肩を竦《すく》めないようにするのに多少努力した。まあ総指揮官だから勲功一位になるのはしょうがない。そういうものだしな。参謀の功は将軍に帰すというが、今回の軍の勝利は王太子の功績になる。ヒュベル王太子殿下万歳、ってわけだ。

一応王太子といえども報酬は出ている。金銭の他に王家に伝わる宝剣とかで、これでその地位は盤石だな。身も蓋もなく言えば箔付《はくづ》けだ。

「続いて第二位、インゴ・ファティ・ツェアフェルト。卿《けい》の部隊はこの度の戦いで重要な働きをもたらした。その功績を高く評価するものである」

「ありがたき幸せにございます」

父が頭を下げる。俺は今回父の代理として出陣したんで、あくまでも家の軍の評価となると、褒められるのは父ということになる。これも当然。報酬に結構な額の金貨が出てるのでちょっと安心した。油の代金をチャラにしておつりが出るぐらいだ。香油不足は……これからそんな国際晩餐会《ばんさんかい》なんかしばらくやる暇なくなるはずだし。

ツェアフェルト家は文官系というのが一般的な評価だったが今回ひっくり返すことにもなったしな。

「また、それに付随して卿の嫡子たるヴェルナー・ファン・ツェアフェルトに子爵を名乗ることを許す」

「過分なる報酬に感謝の言葉もございません」

「……謹んで陛下のご高恩に感謝申し上げます」

俺が連れ出された理由はこれらしい。そうきたか。一応現場指揮官だった俺向けの報酬というわけだな。そう思いながら斜め前にいる父に倣って深く深く頭を下げる。

◆

ややお勉強じみた話になるが、これはちょっと説明しないと混乱すると思う。話はこの国の爵位に関してだ。

だいたい前世では、爵位は公・侯・伯・子・男の五段階に分けられてる。たまに男爵の下に準男爵とか准爵とか勲爵（勲功爵）とか士爵なんていう準貴族の爵位があったりもするが、まあ貴族の基本は五だ。

　その中で、中世風世界である我がヴァイン王国も五つ……と言いたいところだが、我が王国は貴族に六段階あったりするんで面倒くさい。その中に普段王宮で仕事をしている宮廷貴族と地方に領地を持つ地方貴族があるのはもちろんだけど、ちょっと変わった爵位もある。俺の知ってる貴族階級と違うって当初は面食らったもんだ。


　男爵は想像している男爵とあんまり変わりはない。騎士が功績をあげたり王のお気に入りの平民とかが男爵号をもらって宮廷官僚になったりもする。騎士との違いは例えば宮廷晩餐会とか王族の結婚式に列席することができるということだな。騎士だと護衛として会場にいることはできるが、会話とかに参加することはできない。

　領地はないか、あっても農村レベルで猫の額だ。自分で畑を耕す男爵もいる。貴族らしい優雅な生活なんかはまず無理。むしろ裕福な村の村長の方が生活は楽かもしれん。

　反面、一代限りの男爵号だと授与する土地とかもないので、名誉職というか名誉称号として権力者側から見れば使い勝手はいい。準貴族より上で、一応貴族扱いになるがメリットってあんまりない。貴族には法的に軽い犯罪とかで逮捕されにくくなるとか、平民を処罰する権利があったりするとか、都市間を移動した際の通行税とかが優遇されるとかはあるけど、男爵レベルだとそもそもそんな権利を使うこともあんまりない。

子爵。男爵より功績をあげた奴《やつ》がなる爵位で済めば話は楽なんだが、それだけでもない。なんせ中身が三つに分かれている。

もともと子爵ってのは伯爵補佐の意味がある。だから伯爵より狭い領地だと辺境子爵になったりするが、それとは別に高級官僚にも子爵位が与えられる。この場合官僚子爵とか略して官爵とか言われたりする。王家の領地の代官なんかは大体この官僚子爵だ。この国では男爵だと大臣になった例はないと思ったが子爵だとたまにいる。本当にたまにだが。

地方に領地を持っていると辺境子爵もしくは地方子爵だ。どういうわけか地方子爵は王都の高級官僚的地位に就くことはない。不文律みたいなものがあるんだろう。というか、だいたい領地に引きこもっていてたまに王都に顔を出す程度だ。ぶっちゃけ全員の子爵の顔を覚えている奴は、同じ子爵の中に一人もいないと思う。

管理できる土地もそれほど広くない。町一つ持っていたりすると結構有力な子爵だ。大体は村以上町未満ってところ。もしくは小作人もいるレベルの大きな農村。

これとは別に、侯爵とか伯爵の息子とかが今回の俺みたいに〝副爵〟に任じられることもある。子爵とほぼ同じ地位で子爵を名乗れるが、子爵とはちょっと違う。名誉子爵の方がイメージは近いか。「子爵に任ずる」だと文字通りの子爵で「名乗ることを許す」だと副爵だという事。この辺の言い回しが実に微妙だと思う。副爵はかって子爵と別の一個下に位置する階級だったらしい。最初は六段階ではなく七段階だったわけだな。

この副爵になったからといって俺にメリットはあんまりない。一応少しだけ宮廷俸給は出る。男爵の俸給とほぼ同じだけど。家族がいるなら養えるが問題はそこじゃない。

この地位の目的はむしろ「王家が認めた高位貴族家の後継者」であり、父親が宮廷貴族の場合はその貴族の領地を預かる代官職がくっついてくることがある。兄が生きていたら俺が兄を飛び越えて次期伯爵が確定したことになるんだろうが、今現在、子供は俺一人だからお家騒動の心配はない。

問題なのは代官職の方だ。代官ということは領地を守る仕事もあり、当然そこには自衛戦力としての貴族騎士と私兵がいて、代官はその指揮権も預かっている。今回、平たく言えば「父親である大臣は戦場に出ていけないからお前がこれからがんばれ」と王様から言われたわけだ。

なお何で副爵なのに子爵と言われるかというのは簡単。子爵クラスの副爵と本当の子爵のどっちが偉いのかで揉《も》めた歴史があるから。

身も蓋もない言い方をすれば、後継者認定の地位で親の補佐官でしかない副爵より、中央で財政とか行政の高級官僚としての子爵のほうが国政での業務権限は強い。ところが副爵の親が侯爵で大臣だったりするとややこしいことになってしまう。大臣の息子とはいえ、副爵に官僚子爵が忖度《そんたく》するだのしないだのですったもんだが起きるわけで。その手の騒動が頻発したので書類上は副爵、呼び方や立場は子爵という形に落ち着いた。扱いは全員子爵相当だ。宮廷晩餐会なんかの列席順位は国政における本人の功績、社会的地位、親の立場、婚姻先の家柄、本人の年齢とかを総合的に判断して決められるが、大体席順で一番もめるのが子爵らしい。

だからなのかどうなのかよくわからないが、晩餐会の出席条件が伯爵以上になっている事が大変に多いのもまた事実。男爵もだが子爵も爵位のありがたみがあんまりない。

伯爵もこの世界だと扱いが結構違っていて、表記だけはあまり変わらず宮廷伯と都市伯、辺境伯に分かれる。とはいえ伯爵ぐらいだと領地を持っているのが当然。呼び名が分かれているのは、普段の活動拠点がどこかという程度の差だな。まあ中にはどうしようもない程荒廃した土地しか持ってない伯爵家もあるが。親とか祖父とかが遊び人だったせいもあるんで、一概に本人が悪いとは限らないけど。

都市伯ってのは大きな町一つを所有している貴族で、農地もあるけど面積は狭い。町や商人からの税金、関税なんかが主要な収入源ってわけだ。それだけ聞くとたいしたことはないように思うが、港町で軍船なんかを所持している都市伯もいるんで馬鹿にならない。あと鉱山に近い町の都市伯は技術者集団に顔が利くから、嫌われると面倒。町には冒険者もいるし傭兵《ようへい》志願者なんかもいるんで、質的に戦力を整えやすいメリットもある。商人とのつながりも強いんで流通に詳しかったりと、要するに隠れた実力者が都市伯だ。これも前世とだいぶ違って混乱した。前世の都市伯は子爵より下だもんなあ。

辺境伯は逆に広い農地が売りで、農産や畜産、林業で領地が成り立っている。現実の中世もその傾向はあるが、この世界でも農村のほうが圧倒的に人口は多い。というか、実は農業ってものすごい人数の労働力を必要とする。この世界でも産業革命が起きて魔力で動くトラクターとか出てきたらわからんが、現時点では労働力の基幹は農村だ。ということで、いざという時は農民を動員できる辺境伯の影響力は結構でかい。そもそも、食い物を押さえている時点で影響力がある。軍事的には武器を持ち慣れてなくても、輸送部門とかでは力だったりするし、魔法がある世界でさえ公共工事なんかでも人手は必須だ。解《わか》りやすい実力者が辺境伯だな。

宮廷伯は伯爵だけど宮廷で働くもの、という方が近い。元々伯爵ってのは地方の領地を持つ人間に与えられた爵位だからだ。ただ普通は領地で働くのが伯爵なので、宮廷伯っていうと地方に領地を持ってはいるが中央で働けるぐらい政治的に優秀な人、ってイメージが強くなる。正直父が政治的に優秀なのかどうかはよくわからんが。

そういう意味では前世では辺境伯の方が有力者扱いされることが普通だが、この世界では辺境伯の方がやや立場が弱い。前世だと辺境伯って侯爵とだいたい同格、下手すると公爵レベルの実力者だもんな。

侯爵は都市に広い領地持ち、というのが基本。複数の伯爵領と同等の領地を持っているのが侯爵だと思って間違いないか。

ただ侯爵は普通、中央にいる。だから辺境侯って表現はまず聞かない。領地に帰らないわけじゃないが、普通は領地を治めているのは子爵とかの代官だ。中央にいないのは外交官で外国に赴任してるとか、軍人として出征中とかの本当に特殊な例だな。

暗黙の了解的なものが多いのが侯爵家だ。騎士団長とか軍務大臣とか、国政の中枢で公的に軍系の役職には侯爵がなることが多い。管轄地域ごとに軍事指揮権も持っている。それなりの数の家騎士団団員を持っているのは侯爵から。国境防衛を担う役目も基本は侯爵がやる事になっているらしい。いつも王都にいるけどな。

あと制度的には王妃が選ばれるのは侯爵家以上という事になっている。まあ第二夫人とかはそんな決まりはないけど。歴史上、搦《から》め手《て》を使った伯爵家より下の出身の王妃もいないわけじゃないし。

また侯爵領からはある種の特権があり、一部だが司法に関する権限が移譲される。要するに「侯爵領独自法」ができるわけだ。伯爵家まではそれがない。

ある侯爵家では「山賊は必ず死刑」って法律を作ったら、領内から山賊がいなくなったなんてこともある。その分、山賊の移動先になった近隣の領主が迷惑したわけだが。

もちろん国法と侯爵領法の前後が矛盾した場合は国法が優先される事が多いが、それでも両方の法律を比較調査して、侯爵領法の結果が承認されることもある。国法が古くなって時代にそぐわなくなった時に現場に近い方が優先されるというのは、悪いとばかりも言えないだろうな。


本来ならこの次は公爵になるわけだが、この部分は日本人である俺の知識だとより中世欧州《ヨーロッパ》に近い。この世界では公爵が二段階ある。

というより、もとの世界でも実際は二段階あるにはあるんだ。日本語訳だとどっちも公爵だが、イギリスで言うPrinceとDukeの両方をこの公爵に突っ込んだんでわかりにくい。

欧州におけるPrinceは基本的には小国の君主や王族の称号。王太子もPrinceだ。王に濃いつながりを持っているとPrinceってことだな。一方Dukeは大諸侯の称号。侯爵よりでかい貴族だ。大きな町を複数持っていたりするのも珍しくない。戦功を上げた貴族が就くことが多いな。ほとんど独立国並みに権限持っているし、実質、独立国だったこともある。

何がこの差を生んでいるかというと、複数の理由はあるんだが、王族の数もそこに挙げられるだろう。日本や中国の漢字文化圏だと複数の妻がいてもめずらしくなく、その子供も普通に王族とか皇族として扱われている。

それに対して欧州の暗黒時代と呼ばれる時代では教会の力が肥大化していた。王の子が次代の王になるためには親より教会に認められなきゃいけなかったぐらい。そしてキリスト教には有名な一文がある。「汝《なんじ》、姦淫《かんいん》するなかれ」って奴だ。結果、教会に認められるためには第二夫人なんかとんでもないということになる。実態はともかく。

そうすると、当然ながら王族の人数が変わってくる。第二夫人以下の子はストレートに王族とは認められないからな。国王が励んで毎年子供が生まれてもそんな増やせるはずもないので、勲功を上げた貴族家はDuke、王族はPrinceと分かれていてもしょうがない。むしろ分けたほうがわかりやすい。Princeの方は政略結婚があるんで隣の国の王位継承権まで持てたりするんで、ややこしくなる一方だし。

その一方でDukeですら教会が「神がこの者を国王として認めたのじゃ！」と言い出したら王に即位できる時代を経ていたというのもあるだろうが、この二つを分けても問題はなかった。分かれたまま制度が残ったんで、よそから見れば理解はしやすいといえる。

一方の漢字文化圏では正妻以外の息子だろうが娘だろうが、父親が王なら王族だし皇帝なら皇族だ。権限はなくても看板としての価値は十分。中国の皇帝には娘だけで二〇人以上なんて例もあるんで、一族として婚姻関係を結んだ家もPrinceの資格を持つ。極端な例だと、ある貴族の息子に皇女が降嫁したときに父親には公爵号が持参金扱いでついてきた事も。はっきり言えば漢字文化圏の公爵は Prince と Duke を分ける必要性がなかったわけだ。分けたほうがややこしくなることさえある。

そのくせ王位とか帝位継承権には公爵とは違う基準があるんで、別の意味でややこしいことこの上ない。日本の公爵家、例えば山縣有朋《やまがたありとも》が天皇になれたかってーとなれないのと同じだ。欧州風に言えば山縣有朋は Duke の方の公爵家だったわけだな。平安時代の藤原一族も藤原姓だと天皇にはなれないのもこの別基準の例にはなるか。俗に言う『外戚』の扱いが欧州と東洋だと違うってことになる。

しかも公爵の権限そのものが時代によって変わりまくっているのも漢字文化圏の公爵の特徴だ。中国で国が変わり皇帝が変わると、同じ公爵と言いながら中身が全然違う事も。だから、欧州の Prince と Duke を漢字文化圏で公爵と表現するとき、どの時代の公爵を根拠にしているのかがさっぱりわからん。というか都合のいいところを継《つ》ぎ接《は》ぎしている可能性さえある。山縣有朋公爵に皇族と血のつながりがないあたりも欧州寄りだな。

要するにややこしいのは、だいたい欧州の政治制度を無理に漢字圏の表現に落とし込んだ明治政府の御用学者のせい。

ものすごーく大雑把にまとめると

欧州的公爵：王族との関係がある家（Prince）とない家（Duke）がある／王族との関

係がある家（Prince）は王位継承権を持つ
東洋的公爵：（欧州寄りの明治政府を除き）ほぼすべての家に何らかの形で王族と血縁がある／基本的に王位継承権とは関係ない
こんな感じか。これでも結構誤解されそうな感じだけどな。

んで我がヴァイン王国では欧州寄りというかこの辺が分かれている。Prince の方は公爵だが、Duke の方は〝将爵〟という別の呼び名があるんだ。元々勲功を上げた将軍が就いたためこう呼ばれていたらしい。王太子は同時に公爵だし、宰相殿とかは将爵だったはず。わが国では公・将・侯・伯・子・男の六段階というわけだ。

さらに王太子の名前にあるヴァイスは王と次期国王のみが名乗れる。例えば勇者パーティーの第二王女は、フルネームがラウラ・ルイーゼ・ヴァインツィアールでヴァイスの文字はない。今のヴァイス公と言えば王太子のことだとわかるわけだな。言ってしまえばこの世界での「大公」か。前世世界での大公とはちょっと違うが。

この世界に生きている貴族として長々と復習してみたが、制度の話はここまで。

要するに陛下は俺に「まだ学生だけど伯爵家は間違いなくお前に継がせるから、その分軍事行動とかでは働け」と言ってきたわけだ。

本当にどうしてこうなった。

◆

表彰その他が終わった後は立食パーティーになった。正直、魔物暴走《スタンピード》でパーティーやるか？　という疑問はある。それとも何か別の目的でもあるんだろうか。確かなことは同年代の中ではすっかり注目の的になったということだ。

「いやもうほんとどうしてこうなった」
「叙爵《じょしゃく》して困っているのはヴェルナーぐらいじゃないかな」

魔族討伐の功績で勲功第三位に選ばれたマゼルが応じる。本来ならマゼルが一番褒められなきゃいけないはずだが。ゲームのシナリオに狂いが生じているのは確かだろう。そもそも、あの戦いの後でパーティー開く余裕なんかなかったはずだし。王太子が死んでいるんだからな。いや本当ならこれからも魔族や魔王関連の事件は頻発するからパーティーどころじゃないんだが、それを何で知っているのかって話になると何も言えん。

なおその王太子殿下は国王陛下と同じく早々に引っ込んだ。何かほかの仕事があるのかもしれないが、雲の上過ぎて解らんし知りたくない。

それにしてもこっちは貴族の礼服でマゼルは学生服なのに、あっちの方が格好いいのはどういうことだ。神が差別しているとしか思えないんだが。神を信仰していないのに神の

差別を信じるのは矛盾か？

「探せばほかにも一人ぐらい……いないか」

「いないと思う。学園でうらやましがる人はいると思うけど」

マゼルの奴《やつ》は他人事《ひとごと》である。まあ普通はそうか。だが俺個人の知識でいえば状況は最悪だ。学生だから王都から長時間離れられないし、爵位を授かった以上王城にいる可能性も高くなる。要するにあの王都襲撃イベントの時にここにいる可能性が上がったわけで。

「胃が痛ぇ」

「僕は昨日のほうが胃が痛かったんだけどな」

とてもそうは見えないが、多少は緊張から解放された雰囲気がある。やっぱり礼儀を気にはしていたのか。その割に陛下とのやり取りは教科書に載ってもいいぐらいだったがな。なんでもそつなくこなすのも主人公チートかねえ。まあ飯を食う気はないので胃が痛いのは好都合か。

ちなみに前世で転生とか転移ものは大体メシマズがネタになった。中にはそっちに特化した料理ものもある。一方、中世料理を誤解しているのも結構あった。要するにメシマズイコール味がない、もしくは素材の味だけパターンが非常に多かったわけだが、平民の世界ならともかく、貴族や王宮だとそんなことはない。彼らなりの豪華な料理を食うからだ。

彼らなりの、がミソだが。だからメシマズなのは確か。

要するに彼らはとても高級なものを食べている。この場合高級イコール金がかかるになるのだが。だから北の方の国だとドライフルーツとかが多くなるわけだ。これなんかましな方。海もなく、岩塩も近くで採れない内陸の国だと、とにかく大量の塩を使うのが高級品なんでなんでも塩っ辛い。高血圧まっしぐらだ。大きなテーブルでの会食で塩を入れた箱が置いてある席が上座なのはこの名残だろう。

極めつけはいわゆる香辛料時代。大航海時代開始前後の、胡椒《こしょう》が高級品としての価値があったころの国だな。当時の記録によると『どの食材よりも胡椒の入ったスープを口に運び、何の肉かもわからないほど胡椒を塗《まぶ》した肉を食べ、底に胡椒がたまったワインで喉に流し込んだ』……舌と胃が死ぬなこれ。

なお、前世だと胡椒が黄金ぐらいの価値と言われていたこともあるが、実際はそこまでの価値はなく、中世の物価を平均的に見れば砂糖の方が価格は高かったりする。中世後期に貴族が贅沢《ぜいたく》になったから砂糖の消費量が爆発的に増えたのはあるかもしれん。

それはともかく、何を食っても塩味しかしないとか、胡椒だけで舌が馬鹿になるとか、そんな極端な味付けが中世の一時代を飾った宮廷料理ってわけだ。大体、中世って分け方自体が広すぎるんだが。日本でいえば鎌倉時代から戦国末期までだからな。だから欧州の中世でも後半になると洗練された料理も並ぶようになる。

あと地域性もかなり大きい。イギリスとギリシャじゃ北海道—沖縄間より距離があるんだし。日本史でたとえるなら、鎌倉時代に京都と東北と九州でまったく同じレベルのものを食っていたらおかしいのと同じ。

　この世界というかヴァイン王国は食事の味そのものはそこまでひどくはないんだが、たまに珍味と称してよくわからん味のものが出てくるんだよな。魔物の肉ぐらいなら普通になってしまったけど、魔物の脳ミソを煮込んだスープとか独特の個性豊かな味付けで、食材知ったら食欲失うものもたまーに。うん、思い出すのはやめよう。そういえばこの世界でナマコ料理って見たことないな。食わないいんだろうか。

　そんなことを考えていたら背の高い立派な身なりの男性が近づいてきた。見覚えがある。ノルポト侯爵だ。

「ヴェルナー・ファン・ツェアフェルト卿《きょう》、まずは祝いの言を述べさせてもらおうか」

「恐縮でございます、ノルポト侯爵閣下」

　まずは、か。ああ、やっぱりなというのが正直な感想である。ここは先に謝る場面か。

「それと、先日の戦陣では大変失礼をいたしました。謹んでお詫《わ》び申し上げます」

「ほう」

　いやその反応、わかってて言ってるだろ。とはいえ順序でいえば俺のほうが先だし、問題行為は事実だから頭を下げておく。隣のマゼルが頭にクエスチョンマークを浮かべているが、事情を知らないから当然だな。

そんなことを考えていたらノルポト侯がふっと笑った。ダンディなオジサマがやると様になるな。どうして俺の周りは美男率が高いのか。

「解《わか》っているのであればよい。王太子殿下からも言われておるしな」

「殿下が？」

「相手は若いのだから咎《とが》めるのもほどほどにしておけ、と釘《くぎ》を刺されていた。それでも驕《おご》っているようなら一言言おうとは思っていたが、必要はなさそうだ」

「恐縮です」

ひえー、何か王太子殿下のお気に入り扱いじゃんか。どうすんだよこれ。

「ツェアフェルト伯爵はよいご子息をお持ちのようだ。今後も期待しているぞ」

「お心遣いに感謝いたします」

もう一度頭を下げてから顔を上げるとノルポト侯爵が歩み去っていくのが見えた。この程度で済んで正直ほっとした。

「何がどういう事？」

「あー、まあ、簡単に言うとだ」

ちゃんと空気を読んで疑問をこらえていたマゼルの質問に事情を説明する。要するに敵の釣り野伏に気が付いた後、直接王太子殿下の本陣に行ったのが軍隊のシステムでいえば問題だったわけだ。本来なら左翼指揮官のノルポト侯に報告を上げて、ノルポト侯から本陣に連絡が行くのが正道なのだから。

「でもそれだと危なかったんじゃない？」

「実際危なかったと思う。ノルポト侯爵を説得する時間がもったいなかった」

とはいえルール違反はルール違反。課長代理ぐらいが部長を無視して社長に話持っていったんだから、手順でいえばとんでもない。咎められて当然、というわけだな。

「功績上げればルール違反が許される、じゃ軍隊としての規律が保てなくなる」

「なるほどねえ……」

マゼルが妙な目でこっちを見る。なんだその眼《め》は。こっち見んなのＡＡ《アスキーアート》でも顔に張り付けてやろうか。

「ヴェルナー、本当に同い年？　僕は説明されるまで何もわからなかったよ」

「人生経験の差かもな」

嘘《うそ》じゃない。間違いでもない。前世込みだが。とはいえそんなことは言えるはずもないけど。とりあえず冗談めかして応じておく。

マゼルとそんな事を話していたら別の男女が近づいてきた。見覚えのある顔。フュルスト伯爵家ご当主のバスティアン卿とヘルミーネ嬢か。ヘルミーネ嬢はドレスじゃなく女性騎士としての姿で、見ようによっては男装の麗人に見えなくもない。嫡子のタイロン殿はいないな。

「ヴェルナー卿、お見事な武勲であった」

「いえ、騎士たちのおかげでございます」

バスティアン卿のお褒めの言葉に応じる。謙遜じゃなく事実だ。俺みたいな若造のいい加減な指揮でよく生き残れたと思うよ。

「……開戦前の非礼を詫びよう」

そう言ってバスティアン卿が、さすがに頭を下げたりこそしなかったが、それでも軽く目礼をしてくる。正直驚いた。伯爵クラスが子爵あたりに正面から謝罪するなんてことはそうはない。ヘルミーネ嬢が頭を下げてきたのもびっくりだがこっちは姉の方の印象が強すぎるせいだな。

「謝罪されるようなことではありません」

「いや、卿《けい》の指揮能力を軽んじていたことは事実だ」

そういう事か。めんどくせぇな。大臣でもある伯爵家《うちの》当主である父に伯爵家《フユルスト》当主が直接謝罪するのは面子《メンツ》とかいろいろある。だから開戦前の俺に対する態度だけを、俺個人に謝罪するという形をとりたいわけね。まあ貴族の面子なんてこんなもんではあるか。

「解りました、受け入れます」

謝罪を、という言葉を入れないのが貴族の礼儀。正確に言えば目下の側の礼儀か。相手が謝罪したという部分で面子を潰さないように配慮しなきゃいけないのが面倒くさい。

「ところで、タイロン卿は？」

「兄は足を負傷してしまっていて、今回は参列を辞退しています」

「お大事にとお伝えください」

ヘルミーネ嬢の発言に頷《うなず》いて応じる。負傷は事実かもしれんが、ポーションなり回復魔法なりで出てこようと思えば出てこれるんじゃないかと思う。とはいえ辞退の理由が一つとは限らない。俺が左翼から離れた後になんかやらかしたのかもしれないし。だからこういう時も詮索しないのが礼儀だ。

「領が隣接していることもある。これからもよい関係でいたいものだ」

「はい。父ともどもよろしくお願いいたします」

俺じゃなくて父を通せと副音声で応じておく。というか、変なことを言うと言質を取られかねん。貴族社会で日本人的なリップサービスは厳禁だ。

「いずれゆっくりと話をさせていただきたいです」

「お気遣いなく」

バスティアン卿が頷いて他の方に話をするためにその場を立ち去った後で、ヘルミーネ嬢が軽く頭を下げてきたうえでそんなことを言ってきた。少なくとも以前のように文官系と見下しているわけではないみたいだけど、こっちは特に話すことないんで。せいぜい近隣領なんで仲良くしましょう程度だし。

とりあえず二人が去るのに目礼だけはしておく。ああ面倒くさかった。

「なんかいろいろ大変だね、ヴェルナー」

「まあな」

俺の緊張に近いものを感じていたんだろう、そう言ったマゼルに対し短く応じていたら、どやどやと人が集まってきた。そのほとんどはマゼルに対して視線を向けている。魔族退治の勇者殿に顔をつなぎたい貴族が待ちかねていたんだろうな。しばらくは忙しい事になりそうだ。

……なってしまった。

◆

「と言うわけだよ。ぜひマゼル君には一度うちの娘に会ってみてもらえんかね」

「ウンガー子爵、子爵の娘さんは確か三歳ぐらいではありませんでしたか」

「……が、学生の身分ですのでいずれ機会がありましたら」

俺の横槍《よこやり》にマゼルですらかすかに引きつった表情を浮かべたが、賢明にも拒絶の声を上げるのは堪《こら》えて逃げ口上でお断りする。

さっきからこれだよ。というかほぼ同年代ならともかく、五十近い伯母とか十歳未満の子供とかまでマゼルに押し付けようとするのはやめろ。それだけ平民出身で《勇者》スキル持ちの、魔軍退治を成功させたマゼルは美味《おい》しい獲物に見えるんだろうけど。特に男子のいない家とか、嫡子が病弱だったりするとな。

なお俺にも話がないわけでもないがマゼルと比べるとかなり少ない。顔か。顔のせいか。貴族の女なんて面倒くさいイメージしかないから別にいいけどね。

それにしてもやっぱりおかしい。ゲームだとこんなシーンはなかった。当然か。そもそも貴族に言及はなかったゲームだし、もしあったとしてもあの魔物暴走《スタンピード》で貴族も多数出陣していたんだ。王太子まで戦死していたあの後では多数の貴族も戦場に屍《しかばね》をさらしたんだろう。敗戦後にはこんなお気楽やってる暇はなかったに違いない。というかこれからもお気楽やる暇ないんだけどなあ。

「……本当に助かったよ」

「おう、今度昼メシおごれ」

「三食おごってもいい」

珍しく心底疲れた表情でマゼルが言う。俺も疲れた。怒濤《どとう》のお貴族様ご挨拶時間中、しゃべりっぱなしだったからな。先日治した喉が痛くなりそう。この世界での宮廷作法とかの勉強が此処《ここ》まで役に立つとは。人生何が役に立つかわからん。

「それにしてもすごかったね」

「お前さんは学園でも人気者だろうが」

事実マゼルは人気がある。顔も良く人柄もいいので普通にもてる。いい意味で紳士《ジエントルマン》でもあるしな。学園には家の将来を見据えて、貴族狙いの女子ももちろんいるが、そういう女子でも「あれで爵位があれば」という言い方で好意は持っている。そういう独り言を聞くと、この世界でも自由恋愛なんかはじめからありえない、って子もいるんで逆に同情してしまうな。同情したって近づいてきてくれるわけでもないが。

話がそれた。とにかくマゼルは普通に優良物件ではあるんだ。しかもこれからもっと価値が上がっていく。ただ価値が上がる理由は魔物とか魔族討伐の結果に伴うものだ。本来ならこんな宮廷漫才……もとい、宮廷活動なんてしている暇もないはずなのに、なんだこの状況。この先どうなるのか逆に想像もつかん。

「ご歓談中、申し訳ありません」

「あ、はい……」

「問題はございませんが、御用でしょうか?」

突然聞き覚えのある女性の声で話しかけられた俺は相手の顔を見て絶句した。

マゼルは知らないからだろう、普通に応じたが俺の方はそう落ち着いてもいられない。

慌てて礼を返そうとしたが、その少女が笑顔でそれを制してくる。

「そのような礼は不要です、ツェアフェルト子爵。気楽になさってください」

簡単に言ってくれますね。というかあなたこの時点で王宮にいたんですか。画面越しでも話題になっていた美少女がリアルで目の前に現れるとインパクト絶大だな。

一礼すると長い綺麗《きれい》な金髪が揺れた。本物のカーテシーとかを見るのは今更じゃないが、なんつーか優雅さだ。流れるように、というのはこういう動きを言うんだろうな。

「私はラウラ・ルイーゼ・ヴァインツィアールと申します。お二人には少しだけお時間をいただけませんでしょうか」

このゲームのメインヒロインのお出ましだ。

◆

「綺麗な人だよね」

「顔というか外見も王族に必要なのかもなあ」

王女殿下の後ろをついていきながら、マゼルが小声で話しかけてくるんで同じく小声で応じる。この世界で遺伝云々《うんぬん》を言うわけにもいかんからありきたりな反応になったが。子ではなく人、というあたりマゼルも気を使っているようだ。まあわからなくもない。何というか高貴なオーラがあるんだよ、オーラが。本人前にしないとわからんわこれは。

とはいえマゼルも十分王族クラスのハンサムだけどさ。嫉妬する気はないが主役と脇役

ぱりだよ。

の格差社会を感じる。俺は脇役ですらない？　ほっとけ。何でお招きいただいたのかさっ

「こちらにどうぞ」

衛兵の前を通り、でかい両開きの扉が開いてその奥に招き入れられる。どうでもいいが

ただ招くだけの一挙手一投足に淑《しと》やかさと気品があるな。本物は違うわ。

しかし、前世で読んでいた異世界転生ものだと文字媒体だったんで流していたが、知っ

ている声優の声でしゃべる外見ヨーロッパ人って微妙に頭の中で情報が混乱する。その声

優に他のキャラクターのイメージがあると特にな。まあラウラも御茶目《おちゃめ》なところがあった

りするんだが、それを知っているそぶりも見せられないのがつらいところ。

それにしてもやたらお城の奥の方に向かっていませんかね。ゲームだとこのあたり、最

初は入れないいんだよな。ここが襲撃されて半分廃墟《はいきょ》になってから壊れた扉の奥に入れるよ

うになったはず。当然というか、その状況だと衛兵もいないしな。そう考えるとあの時

ゲームでこの先に行くことはできないと通せんぼしていたのはあの衛兵か。いや同一人物

かどうか知らんが。

そんなことを考えていたら噴水のある中庭に通された。庭園にはバラが咲き乱れて美的

感覚の乏しい俺でも綺麗だと思うし、噴水の彫刻もなんかやたらセンスがいい。

その噴水の近くにあるガゼボ……ガゼボって実は十七世紀頃からの物だから中世にはな

いはずなんだよな……ゲームだからいいのか。そもそもこの世界、中世と近世がごちゃごちゃだし、ゲームだと宮殿《パレス》と城《キャッスル》の区別さえあやふやだ。

ともかくガゼボにお茶の用意されたテーブルがあるんだけど、そこに座っていらっしゃる男性には見覚えがございます。

「ようこそ。ヴェルナー・ファン・ツェアフェルト子爵とマゼル・ハルティング君。わざわざすまない」

何で王太子殿下がお待ちかねなんですかね？

◆

おっかなびっくりという表現が一番近いだろう。けど、王太子殿下からお招きいただいたのに、はいさよならってわけにもいかない。というわけで俺は腰が引けた状態で椅子に座る、というなかなか情けない有様を示していた。マゼルはというと変に自然体である。これも主人公補正だろうか。

しかし王太子殿下とその妹の第二王女でメインヒロイン、勇者で主人公と一緒にテーブルを囲んでいるとか、場違い感が半端ない。と思うのは俺がゲームだと知っているからで、世間一般だとマゼルの方が場違いなのか。俺は一応爵位を名乗れる貴族だからな。

知っている？　俺は自分の考えに引っかかった。ただ何に引っかかったのかがよくわからん。というか今は考えが纏《まと》まらない。そもそも王太子殿下の前で物思いに浸《ひた》るわけにもいかんしな。

「今回は二人に助けられたな。礼を言う」

「いえ、偶然にも助けられましたので」

「自分ひとりの力ではないと思っております」

ヒュベル殿下が軽く頭を下げる。胃が痛くなるからやめてほしい。マゼルも俺も多少慌てて答える羽目になった。とりあえず話をそらす事にする。

「王女殿下が……」

「この場では宮廷礼は不要です。名で呼んでも咎《とが》めたりはしませんよ」

「あ、いえ、ですが……」

「構いません」

これで親しくなると笑顔で片目つぶって「ラウラでいいです。呼ぶの大変じゃないですか」とか言ってくるんだがそれは勇者《マゼル》が言われるセリフ。とりあえず俺は一度ヒュベル殿下の方を見て、頷かれたんでそう呼ぶことにする。しかし兄妹のはずが年齢的に親娘《おやこ》にしか見えないな、この二人。

「ラウラ殿下が王宮におられるとは思いませんでした。てっきりフィノイの大神殿にいらっしゃるのかと」

「よく知っているな」

「父から耳にしておりました」

「典礼大臣だったな。それなら知っていてもおかしくはないか」

ラウラより先にヒュベル殿下が応じる。実際はゲームで知っているんだけどな。

フィノイの大神殿が三将軍の一人に襲撃され、大神殿にいたラウラと襲撃の情報を聞いて駆け付けたマゼルが顔を合わせる事になる、はずなんだよなあ。もうここで顔見知りになってるじゃん。どうなっているんだか。

なお王家挙げて神を崇《あが》める儀式のうち、祈りの部分は教会の役目だが、それまでの下準備は典礼大臣の担当である。なのでこの言い訳にはさほど違和感がない。

「ラウラは神託を受けてそのことを伝えに戻ってきたのだ」

「神託ですか」

「魔王が復活したらしい」

茶を噴き出さなかった俺を褒めてくれ。というかそれ機密情報ですよね？

「事実なのですか」

マゼルが真顔になって質問する。かつて存在していた古代王国が魔王に滅ぼされたって事になっているし、実際にその遺跡も存在しているとはいえ、一般的には魔王なんか御伽《おとぎ》噺《ばなし》の中だけの話だもんな。笑い出してもおかしくないんだが、まず冗談を言っている空気ではないし、相手が相手だ。真顔で問うしかないか。

ヒュベル殿下の反応は慎重だった。

「神託があったことは事実だ。復活が事実かどうかは情報が足りない」

半信半疑ではなく六信四疑から七信三疑という感じか。ラウラが口をはさむ。

「あまり知られていませんが、神託にも段階があるのです。といっても神託を受けられる人にしかわからないのですが」

歴代最高クラスの聖女って設定だったなラウラ。だから魔族の襲撃対象になっちゃうわけだが。というかそんなＶＩＰなら警備はしっかりしておけと言いたい。ゲームあるあるな話だけど。

「今回の神託は非常に重要性の高いものでした。そのため、私が直接父王陛下にお伝えしようと王都に戻ったのです」

「なるほど」

そこまでの理屈はわかった。陛下が信じたかどうかは解《わか》らないが、異常な魔物暴走《スタンピード》に遭遇しているヒュベル殿下はある程度信憑性《しんぴょうせい》を感じたんだろうな。解らんのは俺とマゼルがそれを聞いていい理由だ。

そう思っていたら疑問が顔に出ていたのかもしれん。ラウラが言葉を続けた。

「その神託の中で勇者様が今後非常に重要な立場になるともあり、一度お目にかかりたいと思っておりました」

あーそういうことね。ゲームでもこの神託そのものは陛下に伝わっていたんだろう。だから勇者マゼルがお使い……もとい魔王討伐の旅に出る事になるわけだ。

普通、スキルがあるかないかは教会で鑑定するしかないが、これも結構カネがかかる。まあ教会も霞《かすみ》食って生きていくわけにはいかないしな。そのため、平民レベルだとスキルを知らないまま一生を終える事も多い。スキルがなくてもクラスレベルを上げていけば生活には不自由しない水準の技術は身に付くし。マゼルは国のお声がかりで鑑定して王都の学園に入学しているが、更に勇者が重要になるって神託があったってとこか。

するとと、今回は魔王復活の神託にある程度の信憑性を感じているヒュベル殿下が、この会談の場をセッティングしたわけだな。いい機会だとでも思ったのか。だがそうすると。

「勇者……マゼルの事は理解しましたが、私がここにいる理由はなんでしょうか」

そう、俺はなんでここにいるのかって問題だ。その質問にヒュベル殿下が答える。

「端的に言わせてもらうと、ヴェルナー卿《きょう》には窓口かつ壁役になってもらいたい」

「窓口かつ壁役?」

ますますわから……ああ、窓口ってそういう事か。

「まだ公表はできないし、平民のマゼルをちょくちょく王家が呼ぶわけにいかないという事ですか」

「察しがよくて助かる」

　王太子戦死なんて大事件の直後なら魔王復活も説得力があるし、勇者を王が呼び出すなり直接話を聞いてもいいだろう。だが現状はそうじゃない。

　一方で魔王復活が事実だったら大騒ぎだ。事実だと知っているのは現時点で俺ぐらいだろうしな。公表判断を慎重に行わなきゃいけないのは理解できる。

　だがそうなると魔王復活と関係もないのに王家がマゼルを毎度呼び出すわけにもいかないし、理由もなく王城の城門をくぐらせるわけにもいかない。その点、まがりなりにも子爵扱いの俺なら城内に入るのも問題はないわけだ。窓口というより取次役《メッセンジャー》だな。

「壁役というのは？」

　マゼルが不思議そうに口を開く。俺が答えるべきだろう。

「さっきみたいにマゼルを抱え込もうとしている他の貴族から庇《かば》うのが仕事ってこと」

　貴族に抱え込まれると王家としては面倒な事になる。魔王復活公表後なら強権発動もできるかもしれないが、公表までは勇者を駆り出すために貴族と交渉しなきゃならなくなるし、そうなるとぐだぐだ交渉に引きずられて時期を失うかもしれない、という程度には危惧してるわけだな。

「何ならマゼル君をヴェルナー卿の騎士という事にしても構わないと思うが」

「勘弁してください」

ヒュベル殿下の発言をきっぱり拒絶する。そんなことしたらややこしい事にしかならん。というか、いくら勇者であっても一貴族《ツエアフエルト》の騎士《ぶか》と王女……目の前のラウラが仲良くなるとか、騒動の種にしかならんわ。ゲームのストーリー的にも貴族的保身のためにもこんな話は打ち消しておかないといけない。

「私とマゼルは友人です。上下関係はありません」

俺とか言いかけた。やべえやべえ。

「王家のご指示には当然従いますし、マゼルへの協力も惜しむつもりはありませんが、主人と騎士とかそういう関係になる気はありません」

「形だけの上下関係という選択肢もあるだろう。私にも友人がいる」

「それでもです」

形だけじゃ済まなくなるんだよ、絶対に。ええ。王太子殿下は俺が妹《ラウラ》さんの恋人の主人とかになった時どう扱うお方ですかね。

というか変にしつこいな……ああ、そういう事か。怖いから余計な騒動のタネは蒔《ま》かれる前に磨《す》り潰して下水に捨てておく。

「解った。だがマゼル君の王都における活動のサポートは君に頼みたい」

「謹んで承ります」

本音を言えばそれも避けたいんだが、そこまで断るといろいろ問題が。うん、王太子殿下のご希望を全部蹴飛ばすと今後どうなるかわからなくてね？

ここまでの時点でゲームのシナリオからはだいぶ離れているしな。ほどほどに行動の自由を確保しつつ身の安全を最優先に考えよう。一緒に冒険に出ろと言われたわけじゃなく貴族の地位でのサポートだ。そのぐらいなら何とかなるだろう。

それにしても想定外の状況だわ。実際はゲームでも勇者に国からサポートがあったりは……ないな。

魔王討伐に出るのに、店で売ってる最高の鎧《よろい》も買えない程度のはした金で旅立たせるゲームの王様はひでぇサドだと思う。

◆

「で、どうであった」

「裏も表もない友人だと。少なくとも表向きはそのように言っておりました」

国王、マクシミリアン・ライニシュ・ヴァイス・ヴァインツィアールは私室で国政の休憩時間に息子の報告を聞いて顎に手を当てた。

「伯爵の入れ知恵は？」

「まずないかと。友人でいたいという意思に嘘《うそ》は感じませんでした」

「ふむ。すると一応は信じてもよいか」

魔王復活に関しては態度保留であったが、それ以外の面で以前から王家として《勇者》というレアスキル保持者の存在は注視されていた。そのレアスキルの存在に価値を見出《みいだ》した王家側が改めて調査報告を出した際に、勇者の親しい友人の中にツェアフェルト伯爵家の嫡子もいたのである。

むろんそれ以外の貴族家にも調査をかけていたが、怪しい企《たくら》みのありそうな相手には先に釘《くぎ》を刺すなり相応の態度を取るなど、様々な手段を取り黙らせていた。

そこに降って湧いた魔王復活騒動。《勇者》の価値の変化と共に、今すぐに王家が全面協力するというわけにもいかない政治的な状況に対し、ヴェルナーは有効な駒である。

「自家に取り込む気がないのなら取次としては有益であろう」

「私もそう思います。貴族としては賢くはありませんが」

「その評価の割には機嫌が良いな」

珍しく父王の不思議そうな表情に、王太子は笑って応じる。

「息子《ルーウェン》より少しだけ年上で爵位も申し分なく、欲深くないようですし将才はある。側近候補としては悪くないと思います」

「ふむ」

国王は顎に手を当てて考えこんだ。三十八歳の王太子がいることでわかるように国王は高齢である。それだけに可能であれば孫には優秀な補佐をつけておいてやりたい。勇者はもちろん候補の一人であるが、それとは別に代々の貴族で優秀ならその選択肢は悪いものではないだろう。取次役《メッセンジャー》で済ますには惜しいともいえる。

「なるほど。しばらく様子を見てみるとよかろう」

「はい」

「それと、魔王復活の件だが」

「はっきりとした事実がないと公表した時点でパニックが起きましょう」

「余も同感だ。念入りに調査を進めよ。それと念のためヴェリーザ砦《とりで》の改修を進める」

「御意」

ヴェリーザ砦は国境に接していないため半ば放置されていたが、王都に万一のことがあった時の援兵や、逆に王都からの脱出先ともなる拠点である。奇妙な魔物暴走《スタンピード》を原因とするにはそのぐらいが打てる手であった。

「騎士団の負傷者分の再編と民兵の戦力確認は進めておけ。うまくやるように」

「かしこまりました」

王と王太子は準備を進める。だが危機感に温度差があったことは否めない。二人から見れば当然ながら勇者個人に対する評価もまだ高くはなかった。

◆

「兄が大変失礼いたしました」

「いや本当に気にしておりませんので」

王太子殿下が先に席を外した後、こうやってラウラに頭を下げられると慌てるしかない。

別に非礼だと思ってもいないし。

しかし腰の低い王女様だこと。ゲーム中もそう思っていたが、実際にこの王族オーラでぺこぺこ頭を下げるのはやめてほしい。胃が痛くなる。

「えっと……？」

マゼルが困惑した表情を浮かべている。そりゃそうか。だが、王太子殿下が勇者を独り占めする気がないかどうか試してたんだ、なんて正直に言う必要もないだろう。いやむしろこれは微妙にチャンスか？

「ところで少々トイレ《レストルーム》に失礼。マゼル、あと頼むわ」

「えっ!?」

おお、マゼルのこんな声は貴重だな。だが無視してラウラに一度頭を下げると、早々にその場から戦略的撤退を開始する。周囲でそれとなく見張っている騎士やメイドからは、王女様に頭下げさせているのから逃げたように見えただろう。それも間違ってはいないんだが、主目的は主人公《マゼル》とお姫様《ラウラ》の交流を進めさせたいってのがある。なんかゲームとシナリオが変わっているが、あの二人がお似合いなのは確かだしな。

近くにいるメイドさんにトイレまでの案内を頼む。場所が解《わか》らないとかじゃなくて、一人で変なところに入り込む気はありませんというアピールだ。こういう配慮をしなきゃいけないのはほんと面倒臭い。

ちなみに本物の中世欧州《ヨーロッパ》と違ってこの世界は風呂とトイレ完備である。ありがたい。ゲームでトイレまで表現されていた記憶はないので、どうして上下水道がしっかりしているのかは謎だ。

もっとも魔法がある世界で水道がない方が変といえば変か。水は生きていくのに重要だし、無から有を作り出せる魔法があるなら当然研究するだろうな。中世欧州でトイレがなかったのはだいたい暗黒時代の教会のせいだし。風呂どころか、生涯水浴びさえしたことがないことを自慢する文化とか、元日本人から見れば変態以外の何ものでもないわ。

とはいえそれも中世の前期頃の話。中世後期の騎士物語とかだと、旅をしてきた騎士が王に面会する前に風呂に入るような描写はあまり珍しくなくなる。これがフランスの騎士物語になると、風呂に薔薇《ばら》の花びらが浮いていたりして、それはそれでやっぱりちょっと引いてしまうが。平民階級は依然として衛生面に関しては後回しになっていたことも事実だし。

その他、石鹸《せっけん》も九世紀ごろには既に開発されていた。ただ、その頃のものは植物油じゃなくて獣脂を使っていたらしいんで、洗濯物の汚れは落ちそうだが別の意味で臭かったんじゃないかという気もする。使ったことはないからわからんけど。この世界ではどっちも前世の日本的に充実しているんでその辺は考えなくてもいい。

しかし本当に宮殿だな。まあ〝外観は質素に、内装を豪華絢爛《ごうかけんらん》にして心の豊かさとして表す〟のカトリック系の宮殿ではあるが。シャンデリアに白亜の壁にセンスのいい金の飾りとガラス……そうだった、この世界だとガラスは高級品なんだよな。地方の村出身であるマゼルが学園のガラスに驚いていたっけ。ここが全部廃墟《はいきょ》になるのかと思うともったいないと思う。だからといって何ができるわけでもないけど。

そんなことを考えていると、ふいに前を歩いていたメイドさんが振り向いた。

「突然ですが、失礼をお許しください、ツェアフェルト子爵」

「は、はい？」

さすがに王宮のメイドさんだけあって美人だわとか思っていた人に突然呼びかけられ、多少挙動不審な返答になってしまう。

だが次の行動には本気で困惑した。メイドさんがいきなり頭を下げたのだ。

「子爵には心から御礼申し上げます」

「は？　いえ、あの、お礼を言われるようなことを？」

何かしたか、俺？

困惑しまくりの俺に頭を上げてメイドさんが説明する。

「私の父と兄は騎士団に所属しているのです。子爵が魔物の罠《わな》を見破ってくださったとお伺いしました。もし子爵がいらっしゃらなければ、二人とも戦死していたかもしれません」

「あー……」

絶句するしかない。そりゃそうだ。当然そういう人もいるよな。

まさか自分が死にたくないだけでしたと言うこともできず、あいまいな反応で沈黙してしまう。その反応をどう思ったのか、メイドさんはもう一度頭を下げる。

「このような廊下で立ち話など非礼だと承知しております。ですが、一言どうしてもお礼を申し上げたかったのです」

「え、いえ、どういたしまして」

なんか変な返答になってしまった。いや、よく返事できたと自分を褒めてやりたい。明日には多分もっとうまい言い回しはなかったのかと自己嫌悪に陥りそうな気がするが。

「失礼いたしました。それでは、こちらにどうぞ」

そう言ってメイドさんはもう一度案内に戻る。俺はといえばまだ動揺が抑えきれない。

綺麗《きれい》な人に感謝されたからではない。俺にとってここはゲームの世界でしかなかったが、確かにこの世界で生きている人がいて、この世界の人間関係があるのだ。

わかっていたつもりだがこうして俺の意図しないところに助けられた人がいて、しかもそのことを助けた人以外から感謝されてしまうと困る。ゲームだから、でこの人たちを切り捨ててよいのだろうか。いや、本当にこの世界は俺の知るゲームなのか？

俺は戦闘力では勇者マゼルの足元にも及ばないだろう。チート能力はない。だけど、ゲームでの知識はある。貴族として一般人より恵まれた立ち位置でもある。何もできないわけじゃないはずだ。

当面の目的に『自分が死なない』のほかに付け足したとしても……いいよな。

◆

翌日は学園に行ったが早朝から学友やら教師やらに囲まれて大変だった。もちろんマゼルも一緒だ。

ちなみに先日、あのあとは少しラウラ殿下と話をしてから戻る事になった。学園での話を楽しそうに聞いていたのが実に御茶目《おちゃめ》なラウラらしかった。後、どうでもいいが俺のことをネタにするのはやめてくれ。そりゃ貴族の子弟でありながらやらかしたこともあるけど。とりあえず王家が結婚を取り持つとかいう話が出なかったんでそこはほっとしている。

ただ、昨日は昨日、今日は今日である。戦場に直接参加していた学生はそれほど多くないようだが、親から聞いたとかいう奴《やつ》は当然多い。

言ってしまえば平民の星であるマゼルと貴族の出世頭である俺だ。話題には十分だろうし、中には多分親から言われての事だろうがハニトラ仕掛けてくる奴までいる。邪魔だっての。

「気が休まらないね」

「まったくだ。授業が始まるのがこれほど待ち遠しかったことはない」

マゼルも俺も朝からへとへとだ。むしろラウラと話してる時の方が楽だったかもしれん。なおマゼルには先日に続き今日もお茶会のお誘いとかは全部断るように言ってある。薬でも盛られたらシャレにならん。既成事実作ろうとか考えるのもたまにいるからな。貴族の女は油断ならない。いや貴族の家が油断ならないというべきか。そういう教育が普通だと思っているんだからな。多少偏見があるのは否定しない。

「そういえば、ヴェルナー」

「何だ？」

授業中にこそこそ。褒められたもんじゃないがこんな時間でもないと話もできない。

「今度知り合いに会ってほしいんだ」

「うん。今回の魔族討伐で協力してくれた人」

あーあー、はいはい。誰だかは解った。そういえばこの時点での勇者パーティーは二人組だったな。

「そりゃ構わないが何で俺？」

「これから力になってくれると思う人だからかな」

魔王討伐の際のパーティーメンバーだしな。マゼルの判断は正しい。今後魔王討伐に参加するのなら王城窓口となっている俺と顔をつながせておきたいというのもわかる。断る理由がないな。

「解った。俺も話すことがあるしな」

「例の件だね」

まだ魔王復活はシークレットだ。例ので済ますしかないが、お互いそれで十分ともいえる。やることはいっぱいあるからなるべく雑用は早く済ませたいんだが。

「あ、授業の終鐘だ」

「よし、逃げるぞ」

まずは学園の生徒から逃げるミッションのスタートである。校庭はさっき使ったし図書室は追いつめられると逃げ場がない。屋上もダメとなると屋内剣技場がいいか。あそこからなら窓を乗り越えて裏口方面にも抜けられるしな。

マゼルと素早く打ち合わせて逃亡開始。廊下は走るなと怒られるのが前世を思い出してつい笑ってしまう。同級生は魔物より手強《てごわ》いです。

結局これから数日は騒動が収まらなかった。仮病でも使えばよかっただろうか。マゼルが一人で困るか。貴族社会の縮図だからな、学園の一部は。

◆

「ルゲンツだ。よろしく頼む」

マゼルの会わせたい相手というのはやはり予想通りだった。ルゲンツ・ラーザー。ゲームの設定だと二十代半ばだったたか。

町の酒場で向こうはいかにも冒険者風。こっちは学生服じゃないがまあ学生っぽい格好だ。お忍び？　まあ俺は一応子爵ではあるがお忍びってもんでもない。というかまだ学生だしな。

それはそれとしてルゲンツだ。マゼルのというかゲームの主人公の頼れる兄貴分って感じのキャラなんだよな。イベントでの出番は多くないけど。スキル《武器の達人》のおかげで勇者には及ばないが、物理攻撃面では相当強い。ただし魔法は使えない典型的戦士だ。

最初の迷宮《ダンジョン》から参戦して最後までパーティーメンバーで居続ける。かわいい女の子じゃないが人気は結構あったような気もする。声が渋いんだよな、この声優さん。

「ヴェルナーです。よろしく」

「ほう」

軽く頭を下げるとルゲンツが驚いた表情を浮かべた。そうそう、こいつはこういうキャラだ。横でマゼルが言った通りでしょ、とでも言いそうな表情で笑っている。

「ね」

「確かにマゼルの言う通りだな。お貴族様なのにお高くない」

フルネームを名乗らなかったのもその反応を予想してのことだ。貴族の家柄をアピールするのはルゲンツ相手には悪手になる。卑屈になりすぎない程度にマゼルの友人として接するのが距離感的には一番いいだろうという判断だ。これで王族のラウラとは不思議と仲がいい……ってラウラの方も王族とは思えんタイプだったな。

「話には聞いていたが、実際に会ってみるとまた違うな」

「聞いていた？」

「仲間からな。ゲッケの奴が槍使《やりつか》いとして見どころがあるって言っていた」

あー、オリヴァー・ゲッケさんか。あんまり話はしていなかったが、魔物暴走《スタンピード》の時は小隊長として頑張ってくれたっけ。父が特別報酬も出したとか言っていたな。まさかこんなつながりがあるとは。いやありうるか。傭兵《ようへい》と冒険者だもんな。

「で、マゼルが会わせたいって話だから顔合わせをしたが、その顔はそれだけじゃないんだろう？」

とりあえず酒を注文しつつルゲンツが俺に話を振る。解《わか》ってらっしゃる。

「傭兵とか冒険者は秘密保持も仕事だよな」

「当然だな」

俺の問いにルゲンツが何をいまさらという口調で応じてジョッキを傾ける。

「どうやら魔王が復活したらしいんだ」

あ、むせた。そりゃそうか。

「冗談にしちゃきついな」

「それが冗談じゃすまなさそうなんだ」

俺より先にマゼルが答える。今度はルゲンツがジト目を向けてきた。

「本当だったらこんなところで言う事か？」

さすがに多少声を潜めながらそう口にする。実のところマゼルもそう思っているだろう。

だが、俺としては一般に知れ渡るのもどうせ時間の問題だと思っている。むしろ下準備の時間が欲しい。

それにこの店はそういう意味では密談に向いている店でもある。周りが大騒ぎしているから、よほど注意深く聞き耳を立てないと隣のテーブルの会話も聞こえないんだ。ここの方が冒険者を一人だけ貴族の屋敷に招くよりよほど秘密を守りやすい。勇者パーティーメンバーのルゲンツなら口の堅さは十分信用できるしな。

「大声で言う気もないけど、事実だと判明する前にいろいろと準備しておきたい。国は国で動いているだろうけどね」

「……マゼルの言う通り、学生には見えねぇな」

マゼル、何を言った。思わず視線を向けたら思いっきり目をそらしやがった。何か話盛ったなこいつ。

「んで、何がご希望なんだ」

◆

「つくづくヴェルナーって変だよ」

「変言うな」

ルゲンツに頼んだのは護衛のために旅慣れた傭兵や冒険者の中でも口の堅い人の選別。ゲッケさんにも伝えておくという事でまとまった。

目的を説明するとルゲンツは納得して了解してくれた。今後、マゼルと協力して行動してほしいと言ったら「マゼルの成長が楽しみだから」とゲーム中のセリフで了承してくれたのは面白かったが。

そしてマゼルから非常に不本意な評価を受けている最中である。

「そうは言うけど、大陸のどこに町があるとか、把握しすぎ。僕なんか地図を見たこともないのに」

「多分全部は把握していないぞ」

覚えていないぞ、の方が正しいだろうか。三十年ぐらい前にやったゲームの中身なんか完璧に覚えてないって。まあそれでもイベントがあった町の場所とか、いい装備を売っていた町の場所とかは大雑把になら把握してある。大体西の方とか北に行って東に行って川渡ってとかそんなレベルだが、ないよりましだろう。

そういえばゲームでは王様のくせに地図もくれないとぼやいた記憶がある。まあ結局攻略本――ネットがない時代の話だからなあ――とかに頼って済ませたわけだが。

これがこの世界だと正確な地図は国防のための国家機密になっていると言われて一応納得してしまった。とはいえ、ないと困るのでそこはいろいろ記憶を何とか穿《ほじく》り出して大雑把な大陸の地図を作り上げた。俺頑張った。

この時に気が付いたが、ゲームで登場しない町も結構多い。いや、逆か。要するにゲームに登場する町は何らかのイベントがある町限定だったようだ。ちなみに我が伯爵家の本拠はゲームに登場しなかった。田舎だからかと思ったがイベントがないだけか。

　そういえばゲーム中で貴族にご挨拶とかなかったし、ゲームに登場した町に領主の館とか貴族の屋敷なんてのは……一か所あったか。隣国だが、領主が魔族と入れ替わっていた町が。

　そういうイベントのある町以外はゲームでは綺麗《きれい》にスルーされていた。だからこの地図を作る際にはゲームのマップの記憶と今の知識のフル回転で大変疲れた。ルゲンツはこの地図だけでも売れるとか言っていたが売らないでくれ。

「予算はどうするの？」

「最初は伯爵家の予算が基になるが最終的には国に出させる」

「出させるって……」

　マゼルが苦笑した。まあ当然か。だが現実的に最後には国に動いてもらわんとどうにもならんのだよな。

　実際父には了承をもらっている。王太子のお声がかりの関係だと言ったからでもあるが。一応大臣という事で父も魔王復活の件は知っていたし。それに対する対策に関して相談にも乗ってもらっている。

「こっちはこっちでやる事やっておくから、マゼルは自分を鍛えておいた方がいいぞ」

「そうなるんだろうね」

実際そうなるんだよ。最後には勇者パーティーで魔王を倒してもらうしかないんだから。言っていてなんだが英雄待望論ってのが問題になるのもよくわかる。そう都合よく物事の最も面倒なところを処理してくれる人がいてくれたら楽だよな。ある意味で俺の考えもそのダメ人間的思考なのかもしれない。とはいえ俺の実力だとついていくのは無理だ。むしろ確実に足手まとい。となればせめてできる事をやるしかないからな。

「南に少し行って川にぶつかったら東へ。その左手の森の中に古い祠《ほこら》があってそこはちょくちょく魔物が出るらしい。腕試しにどうだ？」

「わかった。ルゲンツさんとの息を合わせるのも必要だと思うしね。授業がないときに行くことにするよ」

「ああ、気を付けてな」

ゲームでは最序盤の稼ぎポイントなんだよな、古代の祠。ドロップしょぼいけどエンカウント率高くて、序盤なりに経験点が美味《おい》しい。

ちなみにこの世界でも一週間は七日だ。曜日の概念は何とかの日で分かれている。農漁、商売、鍛冶、狩育、芸術、神儀、生誕のそれぞれの日だ。林業はなぜか狩育日に含まれるらしい。生誕日が日曜日にあたるが、演奏会開催は芸術日がいいとか、結婚式なんかは神儀日に、みたいな縁起担ぎがこの世界にもある。まあそれは余談だ。

マゼルとルゲンツが実戦訓練に励んでいる間に、こっちもいろいろやっておかないと。

◆

「ふむ……」

提案書として提出した書面を見ながら王太子殿下が軽く考え込んでいる。流石《さすが》に王族は生誕日も何もないらしい。

今現在、畏れ多くも俺は殿下の執務室で殿下と一対一である。殿下の部下とかも同室にいるが、話には参加しないので数えない。まあ今回は俺一人での話になるのは仕方がない。胃が痛い。

「内容は大体理解した。実物を見てから判断するという事で構わないな？」

「はい。先に了解をいただきたいと思いまして」

「理由は理解している。よく先に伝えてくれた」

根回し大事ですから。突然持ち込んでも困ることもあるだろうしな。日本的と言えなくもないのは日本のゲームだからか？

「しかし本当にそんな質の武器が手に入るのか？」

「調べた限りでは。ただ数に関しては把握できておりません」

「そこは仕方があるまい」

時々思っていたんだが、ＲＰＧ《ロールプレイングゲーム》、特に王都がスタートのゲームだと、なぜ辺境の町とかで王都より高性能の武器や防具を売っているのか。というか王都で売っている武器よりも桁二つ値段が違う武器とか、そんな辺境でどうやって手配してどこに売るのか。そもそも買う人いるのかって疑問が。

そう思っていたら意外な事実を聞いてびっくりである。一言でいえば、あれは発掘品というか、もっと露骨にいうと墓荒らしの結果なんだそうだ。

いや遺跡とか迷宮《ダンジョン》とかある世界だから、発掘品を売ること自体は違法ではない。ただ、たまに遺跡とか迷宮《ダンジョン》クラスではない集合墓が見つかったりするらしい。

以前、歴史的にいえば先代の魔王に滅ぼされた古代王国の風習だったのか、兵士とか騎士とかは纏《まと》めて巨大な集合墓地に埋められている。しかも装備を着たまま。そこを掘り当てると大量の装備が手に入るんだそうだ。

数千人の軍団単位で同じ武具を身に着けて埋葬されているので、品揃《ぞろ》えは固定されるが高性能な装備でも数が揃えられる。その結果、その近くで生活しやすい所に発掘品販売用の町や村が自然形成されるらしい。なんてこった。

装備類は呪われてたりしないのかと思うのだが、例えば迷宮《ダンジョン》で死んだ冒険者の装備がいちいち呪われているわけでもないとの事。そりゃそうだというしかない。

高級品ばかりで生活成り立つのかと思っていたら、あの手の店は前世でいうところの金物屋らしい。普段は包丁や鍋を売ってるんだそうだ。ヤカンや鍋と墓から掘り出した金属鎧《よろい》を一緒のスペースで売るのはどうかと思うが、この世界では普通だということで考えるのをやめた。

ちなみに道具屋で売ってるレアなアイテム類は墓の副葬品らしい。使うと強制戦闘に入る魔呼びの笛なんかはこれ。何のために作ったんだ古代王国。墓から掘り出された笛を吹いたりしていたのかと思うが、吹いていたのは俺じゃなくてゲームの中のマゼルか。

魔力切れじゃなくて――いやそれもあるのかもしれんが――古い笛だから何度か使うと壊れて買いなおすしかなかったのか。納得いくような、いかないような。うーむ。

「わかった。やってみるといい」

「ありがとうございます」

王太子殿下から必要な許可を書面でいただく。ないと後でややこしいから。

さらにもう一つお願いをする。ヴェリーザ砦《とりで》の改修に関する件だ。王太子殿下の方から改修工事に携わる関係者に、狼煙《のろし》の準備と夜間連絡用の道具も準備してもらう。念のためとか万一に備えてという事にしてあるが、襲撃があるのは確実だからな。時期が不明なだけで。怪しい占い師になるから時期が確定できないことはしゃべらない。

話を終えると早急にその場を退かせてもらった。前世で社長室に入るときより緊張したわ。当然か。殿下がその気になれば物理的に首が飛ぶしな。

◆

王城を退去し、向かったのは商業ギルドである。流通を含む商売ならここを通した方が確実だし、通さないと後でいろいろ嫌がらせがあったりする。貴族相手にそんなことがあるのかと思われるかも知れないが、貴族だからこそメンツが必要な事がある。例えば別の貴族同士の結婚祝いとか。そういう時にありきたりの物しか揃えられないと軽く見られることになるわけで、商人ギルドにレアものを押さえられたりすると困るのだ。餅は餅屋？ちょっと違うか。

「先日は大口のお取引、ありがとうございました」

「いや、こちらも急な依頼に応じてもらい感謝している」

実際交渉したのはノルベルトだけどな。内心付け加えつつ、縦横比が樽《たる》といい勝負できそうなおじさんの前に座る。

ビアステッド氏は王都では大手商人の一人で商業ギルドの重鎮でもある。貴族が商人に氏をつけるなという向きもあるが、内心でつける分には構わないだろう。ターペンタインを大量に集める際には相当に面倒をかけたが、言い値で買ったので利益も出しているはず。商人ってそういう生き物だ。この点でいえば前世の企業もそうか。

「ところで本日は何の御用でございますか」

「遠方の町で購入してほしいものがある。信用できる商人に商隊を結成してほしい。護衛はこっちで雇う」

「それはそれは」

探るような目を向けてきた。子爵を名乗れるとはいえ学生が取引を求めてきたんだ。気持ちは理解できなくもない。無茶振りしているのは自覚がある。

「行ってもらう町のリストがこれだ。購入品予定も記載してある。それとは別に各町ごとに品揃えの確認も頼みたい」

「拝見いたしましょう」

魔皮紙のリストを手渡す。羊皮紙や犢皮紙《とくひし》みたいなものだが、この世界では魔獣が多い上、魔石を得るために狩ることも多いせいか、魔獣の皮を加工した魔皮紙の方が安かったりする。一部の魔獣限定ではあるが、その魔獣にしてみれば肉は食われるわ、皮は利用されるわで人間を憎むのも理解できなくもない。なお内臓は農地の肥料にされる。

昔から言われることだが、一番怖いのって人間じゃね？

「ずいぶんと珍しい……というか本格的ですな」

体感時間でたっぷり五分は書面をにらんでいたビアステッド氏が顔を上げてそんなことを言ってきた。まあそうか。普段から流通しているなら王都に売っているはずだ。普段売ってない新しいものを調べに行くという事は遠征に近いもんな。貴族の思いつきにしては本格的だと思ったんだろう。

「知っていると思うが、先日の魔物暴走《スタンピード》は今までと違っていた」

「存じております」

どこまで存じているやら。だが商人の情報網ってのは馬鹿にできない。王城にも口が軽いのもいるしな。酒と女の前ではどうしたって口は軽くなるから仕方がないんだが。

「魔族が暴走を発生させた。そういう事ができるとなると、第二第三の魔物暴走《スタンピード》が起きるかもしれない」

このぐらいならぎりぎり口に出しても問題ないレベルだろう。魔王の事は知っているかもしれないが、こっちからは言わないし、向こうも知っていても口にしないはずだ。

「それにどういうわけか私は武門の人間という印象が付いているらしい」

「先日のお働きは耳にしております。お若いのに優れた判断であったと」

「ありがとう」

見え透いたお世辞だがこの世界では謙遜・謙譲は必ずしも美徳ではない。というか貴族が商人に謙遜するわけにもいかん。スルーしておくだけにする。

「つまりそういう事で装備を整えたい。理解してもらえるだろうか」

魔物暴走《スタンピード》の再発の危険性。今まで文官肌の家で突然武官としての活躍を期待される立場。

いきなり優れた騎士を揃えられるはずもないのでせめて装備を充実させたい。口実はそういう事だが、要するに本来ゲームでは後にならないと購入できないような高性能な装備品を先に手に入れようとしているわけだ。

「なるほど。了解致しました。簡単ではございませんし値段も張りますが」

「それは理解している。とりあえずリストの武器は各八本、防具は八領を伯爵家に納品してほしい。その分の費用は出す」

可能であれば王城の兵士分もだが、これは次の段階になる。現時点では伯爵家分の装備すら揃えられない。カネがかかるんだよ。

今回納品分の半分は王太子殿下に献上する。今はどういうわけか国の上層部に情報が行っていない、高性能装備の現物を知ってもらう事が優先だ。王城強襲イベント前に騎士や兵士の装備を充実させないとな。

「それ以上の数を仕入れても？」

「運べるなら。商会の費用で購入するならそっちで売っても構わない。当然だ」

流通をコントロールしたいわけじゃない。それに王都の中で高性能装備が売られるようになるなら悪い事じゃない。現状ではそんな装備があると知るだけでもこの場合は重要だからな。下から突き上げがあればまた状況も変わるかもしれん。

ただ鎧ってそんな数運べるのかね。ゲームだと鎧もたくさん運んでいたけどな。高く売れるドロップ品の鎧ばっかり所持品欄にためこんでいた事もあった記憶が。

この場合も量が入る魔法鞄《マジックバッグ》持ちを集めればいいのか。とはいえ魔法鞄《マジックバッグ》はそれなりに高価なんだけどなあ。ビアステッド氏なら持ち主を集められるのかもしれん。

「とはいえ聞いたこともない町の名がありますが」

「地図は用意する。国境越えの許可証は王太子殿下からいただいている」

地図、と聞いて商人の目が光ったのはさすがだ。大商人が俺ぐらいの年齢相手に興味を隠しきれないあたりに地図の価値がよくわかる。

「その図もいただけるのですか」

「伯爵家の人間が持っていく。一度行けば二度目に道案内はいらないだろう」

「ごもっともです」

おとなしく引いたな。俺が臍《へそ》曲げてこの商談を別の商会に持っていかれることを恐れたか。なぜそんなものがあるのかとは問わなかった。国境越えの許可証の話を先に出したからだ。国からの密命も兼ねているのだろう、と思われるような話の運び方をしてはいる。海千山千の商人相手にどこまで通じているかはわからんが。

「それに、ご期待通りの質の装備があるかどうかは行ってみないと解《わか》りません」

「それは当然だな」

ゲームでは売っているがこの世界でもあるかどうかはわからない。ない事も一応は想定している。ただゲームでいうところのフィールドの敵が強くなるのに、人口の少ない町や村が襲われないのは、結界の魔道具《マジックアイテム》のほかにそういった装備で自衛している事もあるんじゃないかと俺は思っている。だとすると問題なく手に入るだろう。

後は時間だな。装備の優秀さが解れば国が動くだろうが、イベントが進めば今後フィールドの安全性が下がるだろう。そうなると、今までなら行けたはずの所に行けなくなる可能性が出てくる。それまでに最低限、足跡を付けたい。タイムイズマネーな状況だ。

◆

商業ギルドを後にして冒険者・傭兵《ようへい》ギルドに向かう。文字通り冒険者や傭兵が集まる所だ。

もともとは別組織、というか今でも別組織ではあるんだが、仕事が被《かぶ》る事もあるので同じ大きな建物の中で併設している状態。情報交換とか仕事斡旋《あっせん》の場になっている。一階が酒場なのはまあこの手の店のお約束か。王都でもここにしかないのは元がゲームだからか？　ゲームに出ない町だとどうなっているのか確認しておく必要はありそうだ。

そんなことを考えながら建物の中に入ると、一度視線がこちらに刺さるが、それ以上の事はない。お約束の新人いじめのようなものがないのは先日の魔物暴走《スタンピード》の件の結果だろう。

俺は最前線で槍《やり》を振り続けていたし、傭兵隊の負傷者にポーションを分けたりもした。どの程度評価されているかはわからないが、ここで俺を知らないとなるともぐりだ。

冒険者や傭兵も情報には敏感である。そりゃそうだ。変な奴《やつ》や馬鹿な奴に雇われたら命の危機だからな。中にはそういうのに雇われるかわりに吹っ掛けるのもいるが。

「ようこそ、冒険者ギルドへ。今日のご用件は？」

「何人か雇いたいんだが」

「ご依頼ですね。こちらにどうぞ」

受付のお姉さんは美人だった。冒険者みたいな荒くれ者を相手にできるんだろうか。いや案外あのぐらいになると逆に手を出しにくいのかもしれない。

奥の部屋は防音室になっている。依頼内容によっては情報漏れがはばかられることもあるからな。奥で話を聞いてくれる職員は男性だった。悔しくなんかない。

「どのようなご用件ですか？」

「調査依頼だ。斥候《スカウト》を雇いたい。腕が立つ人物をそれなりの数」

「それなりとおっしゃいますと」

「調査先が複数でね。だから総数は判断しづらい。全部で二〇人ぐらいを見越しているが、単独で優秀なら、あるポイントには一人で行ってもらうとかになるだろう」

「なるほど」

おじさんが手元の板に書き込んでいく。メモ帳代わりの記録板だ。内容を魔皮紙に清書した後に板の表面を薄く削れば、メモ帳としての効果復活。削った木くずは焚《た》き付《つ》けに使うので捨てるとむしろ怒られる。ゴミが出ないという意味ではエコだな。

鉄筆と蠟板《ろうばん》を使う事もあるんだが、蠟の質がいまいちなのか、あまり使っているのを見たことはない。このあたり貴族の俺は魔皮紙であっても自由に使える、恵まれている立場だということを実感するな。

「調査目的の優先順位はこちらでつけてある。グループで雇われたいという奴や、単独で仕事したい、という相手ごとにこっちから調査先を割り振る事になるだろう」

「解りました。その場合、話を聞いてから断るという選択肢は」

「有りだ。安全な調査ばかりでもないからな。危険手当も出す」

頷《うなず》きながらがりがりと板の上でペンが走る。羽根ペンだがこれも鳥型魔獣の羽根だ。よくわからんが普通の鳥の羽根ペンより文字が長持ちするらしい。ファンタジーだな。

板に書くというか削った所にインクが入り込んでいるのが見える。あのインクも魔物の血を加工したインクで、安い油程度の可燃性があるんで、火を点《つ》けて焼却処分するときに便利らしい。燃えやすいイカスミみたいなものか。魔獣や魔物の買い取り素材とかってこういうところでも使われるんだな。

ちなみに黒板もどきもある。ただチョークの質が良くないのでちょっと擦《こす》るとすぐに読めなくなるんで使いにくい。高級チョークは黒牛馬《ブラックブルホース》という牛なのか馬なのかとツッコミどころ満載の名前を持つ魔獣の骨を焼いた灰を固めたものだという事は考えないでおく。

「しかし、そうすると報酬が記載できませんが」

「最低報酬にプラスで調査先により上乗せされる形になるな。ギルドには当然同じ方式で支払うし色も付ける」

「ありがとうございます」

当たり前だがギルドもボランティアじゃない。スタッフの給与もいる。魔物の下調べをする際にかかる費用はギルドが出すこともあるし、建物の維持管理も結構カネがかかるらしい。荒くれが飲んで暴れたりするし。

そのほか、身寄りのない死亡した冒険者の合同葬儀費用なんかも実はギルドの持ち出しだ。そんな必要あるのかって？　死体から疫病が発生したら困るんだよ。

だから子供がギルドに登録できない理由もその辺にある。身も蓋もない言い方になるが、すぐに死ぬようなやつをギルドに登録すると葬儀代でマイナスにしかならん。

そのギルドの主な収入は買い取った魔獣や魔物の素材売却と依頼仲介の手数料だ。だから、こういう面倒な依頼の仕方をしたときには多めにギルドに払う。大体二割増しなのは不文律みたいなものだな。

なお、よくギルドの壁に依頼が張り出してあるパターンがあるが、あれは必要最低限の情報しか書いていないことの方が多い。まあ当然だ。注意事項まで全部書き込むにはスペースが足りない。依頼人が気難しいとかお忍び護衛の時とか、オープンにできない情報もあるしな。

だから冒険者が依頼を確認したら、その依頼を受ける前に窓口で細々とした注意点を聞くわけだが、その時に備えて、依頼する側もギルドに細かい内容を説明しておく必要があるわけだ。ここで齟齬《そご》がないようにギルドに説明するとなると結構な時間がかかる。依頼する内容の説明だけで数時間かかるなんてことも少なくない。

ちなみに大雑把に模様で仕事内容が把握できるようにもなっている。右上のマークが二重丸なら討伐依頼、三角と丸なら護衛依頼って具合。文字の読めない冒険者にも最低限の情報が解るようになっているわけだ。

その他、色々なギルドのルールもあるんで、費用も含めて依頼する側も意外と手間がかかる。迷子の猫さがしとかなら依頼する側はそんなに手間はかからないだろうけど。

細かく説明できないときは依頼人に直接確認してくれ、とギルドから冒険者に言うわけだ。今回の俺の依頼はこのパターンになるだろう。

「では調査先ですが、いくつか例をお伺いしても？」

「今言えるのはグーベルク近郊で魔物の出現頻度調査、デルメルン付近陽炎《かげろう》遺跡の魔物出現状況、ビーレリッツの橋の警備状況あたりかな」

外国の地名もちらほら出たんでギルド職員がこっちをうかがうような視線を向けてくる。戦争準備と見えなくもないか。

調査場所の例を聞いたのは国内貴族の素行調査とかだったりすると面倒だからだな。明確な証拠の挙がっている場合を除き、政争には等距離を維持するのがギルドの賢い立ち回りだ。

「ちょっと手広く商品を仕入れる必要があってね。商隊を派遣するんだが、先日特殊な魔物暴走《スタンピード》があっただろう」

「ああ、なるほど」

魔族が魔物暴走《スタンピード》を引き起こしたという情報ぐらいは当然ギルドも手に入れているだろう。同じことがほかの地域で起きていることも視野に入れなければならない。単純に領主が無能で山賊が増えているとかならギルドで情報を購入すればいいことだが、今回のようなパターンだと情報がリアルタイムに近い形でないと困る。

「だから斥候《スカウト》には情報収集しつつ現地で駐在してもらい、商隊が到着したら合流して情報共有、そのまま商隊と共に現地からここに戻ってくることになると思う」

「承りました。その分は」

「商隊警備に参加する場合、その分の日当も出す。ただし本来の調査任務で必要な情報漏れがあった場合はペナルティで減額」

「先に王都に戻りたい場合の許可は」

「商隊責任者に言ってもらえればそれでいい。その場合は当初契約分の報酬だけだが」

「当然でございます。調査にかかる費用ですが」

「調査先によるな。街中での聞き込みがタダで済むとは思わないが、無制限というわけにもいかない。そこは本人と相談だ」

　こんな感じで依頼の細部の条件までギルドには伝えておく。言えないことは言えないと断りつつ可能な限り話しておかないとあとが面倒。

　恐らく斥候《スカウト》たちもここに戻って来てから現地最新情報という形でギルドに報告する事になるだろう。そのあたりは当然の事として受け取らないといけないし、実のところ、魔王復活の結果、今までと魔物発生分布が激変するだろうから、むしろギルドにも最新情報を持ってもらった方がいい。正確な情報があれば死人の数は減るだろうからな。

◆

　色々説明を終えて多少疲れたが、続いて隣の傭兵ギルドに顔を出す。といっても建物内を移動するだけだ。こっちの方がやや酒臭く感じるのは先入観だろうか。

「傭兵ギルドにようこそ。何の御用で？」

「商隊警護の依頼をしたくてね」

「奥へどうぞ」

冒険者ギルドと違ってこっちは結構な年のおっさんが窓口。荒事前提の傭兵に仕事を依頼するようなのに美人の愛想はいらんしな。あのおっさんは元傭兵で年取ったか怪我《けが》が理由で一線を退いた人だろう。福利厚生というほどでもないが第二の人生の手伝いもギルドの存在意義の一つだ。

傭兵と冒険者の違いは、と問われると結構説明は難しい。まあ迷宮《ダンジョン》に入ったりするのは冒険者、フィールド対応が多いのが傭兵だと思えば基本間違いはない。

一番の違いは汎用性だろうか。冒険者は基本何でも屋だ。迷宮《ダンジョン》にも入るし、さっきのように調査のみの依頼でも受ける。反面、少人数での行動が多い。またその分、個々人に応用力や様々な状況に対応するだけの知識や経験がないといけない。さめた言い方をすれば、そういうのが足りない奴から死んでいくともいう。

傭兵は基本的に戦闘が想定される状況で雇われる。調査や薬草採取、迷宮《ダンジョン》探索とかは傭兵はほぼ受けない。遺跡調査もまず受けないな。遺跡調査の研究者護衛、なら受けることもある。あと冒険者の中には対人戦闘を好まない人もいて、山賊退治とかは断る場合もあるが、傭兵は基本断らない。戦闘面のスペシャリストってところか。

そのほか、市中警備や治安維持任務とかを受ける事もあるので、長期にわたる依頼だと傭兵の方が多い。冒険者の場合、短期任務は受けるがいろいろやりたがる傾向があるように思う。

今回の俺の例でいえばA町からB町までの商隊護衛だけなら冒険者でも可。A町からB、C、D町と移動しE町を経てA町に戻るという長期商隊護衛任務だと傭兵向き。特にルールとかじゃなくて、そういう傾向というだけではあるけどな。商人と仲のいい冒険者なら長期護衛を受ける事もあるし。

雇う側は傭兵団という形で集団を丸ごと雇い入れたりもする。傭兵団の内部には経理担当とか結構役割分担がされていて、一つの組織として運用されている場合も多い。組織が始めからできているんで、護衛任務とか警備任務とかの際に手間がかからないという一面はある。冒険者だと組織立って動くのは苦手な奴も多い。

ただ、傭兵団の場合、指揮者の力量ひとつで集団能力が激変するんで見極めが重要。職業倫理の高い傭兵団もあるが、中には山賊と区別つかんような集団もいたりする。そういうやつらは戦闘力だけは高いんで、国と国との争いなんかでは役に立ったりするんだが、嫌われる事も多いな。

「警護のご依頼とか」

「ああ、具体的には……」

商隊が向かう予定の町の名前を伝える。移動する商隊の規模予定や今までの魔物出現状況などを加味しての日程調整、町での商売に必要な期間などをここで大体擦り合わせた。

話を聞いているうちに相手が驚いた表情を浮かべたのは貴族のお遊び商売には思えなくなったからだろう。話を持ってきたのが学生の年齢の俺だからな。本気だと思えないのは無理もない。

「では、護衛人数はどの程度の規模になるでしょうか」

「馬車七から八台、人数は荷物持ち含め四〇人ぐらいになるだろう。荷馬は別だ」

「護衛も交代要員を含めると同数かそれ以上になるかと」

「だろうな。総勢一五〇人前後か、やや下回るぐらいか」

危険地帯を経由し複数の町を梯子《はしご》する商隊規模としてはそこそこと言うところか。大規模商隊と言うほどではない。少なくとも伯爵家クラスから見れば。マゼルあたりからは突っ込まれそうだ。

荷が多くなるのは普段の流通に関係しているところが多い。地方だと服がまず貴重品だったりするからだ。服の大量生産は産業革命後の事なので、この世界でも基本的に新品の服はオーダーメイドになる。お仕着せの統一デザインですら新品だと割と高い。布そのものを作るのにも手間と人手が必要だからな。

高価だからこそというべきか、たまにだが一部贅沢《ぜいたく》貴族の中には一度袖を通した服は二度と着ない、なんてのもいる。そこまでいくと浪費だろうとしか思えない。成金や悪役令嬢はそのぐらいでないと格好がつかないか？

　市井ではどうかというと、オーダーメイドで服を作らせた人間が着なくなった古着や、城などで従者や使用人が着ていた普段着が町の古着屋に流れるわけだ。古着でも十分高価だから商売になる。平民はそういった古着を修復したりして着る事になるが、オーダーメイドで服を作れる階級の人間が多い町だと古着もそれなりに流通する。

　余談だが仕事着は端切れにしてからそういう店に卸す。仕事着のままだと変装道具に使われるからな。出入りの商会が複数あるのは、一か所に全部のパーツを卸すと再生される危険性があるから。むしろ礼服やドレスとかの方がそのまま古着に出せる分、手間がかからないともいえるかもしれない。

　話がそれた。逆にそういった階級の人間があまり住んでいない町だと、そもそも古着の流通が少なくなるんで、自分たちで布から作るか、古着屋のある町まで買い物に行かなきゃならない。結果、そこそこ綺麗《きれい》な古着なら地方中堅の町で売るとかなりおいしい商売となる。ビアステッド氏も王都から古着を運ぶ気満々だった。

　ちなみに服だけってこともまずない。大体陶器とかの緩衝材に古着や古布を使う。スペースの有効活用だな。そういうのを馬車に乗せて運び、荷馬に乗せるのは塩やら砂糖やらといったものになる。何かあったら馬車を見捨てて、荷馬だけ引いて逃げるわけだ。そうすれば荷馬の荷物だけでも守れて、最低限、次の商売の元手が残る。塩は価格さえ考えなければ大体の町で売れるし。

まあ今回は護衛も付けるんでそんなことにはならないだろう。ならないんじゃないかな。ならないといいな。

「後は人選ですが」

「ルゲンツ・ラーザーとオリヴァー・ゲッケの二人に人選の下準備を頼んである」

「なるほど、あのお二人に。流石《さすが》ですな」

何が流石なのかよくわからん。お世辞だろうと思って流す。

「大筋では以上だ」

「解《わか》りました。後は人数を見繕いましょう」

「頼む」

ああもうほんと忙しい。そう思いながら傭兵ギルドを立ち去ろうとしたら、横から声をかけられた。元気のいい、聞き覚えのある声だ。

「なあなあ、子爵様。なんかお仕事あるんだって?」

……驚いた。ラウラもだけどこいつも王都にいたのか。

「おいらフェリってんだけどさ。おいらにも話聞かせてくんない?」

◆

フェリ。正確にはフェリックス・アーネート。勇者パーティーの斥候《スカウト》だ。設定年齢十四歳だが腕は超一流。フェリがいないと攻略できない罠《わな》だらけの迷宮《ダンジョン》もある。かわいいという方が近い外見だが、キャラクターの性別は間違いなく男。このゲームが二十年遅れて発売されてたら多分女の子だっただろうな。

後、どうでもいいが、外見デザインは小さい頃に見た某海外有名会社のアニメ作品に出てくる空飛ぶ少年のイメージだろこれ。

そんなことを考えながら冒険者ギルドの席の方に座りなおす。もちろんフェリも一緒だ。やる事がないわけじゃないが、フェリ《こいつ》がここにいる以上、顔をつないでおいて絶対に損はない。

「よく知ってたな、俺の顔」

「子爵様は有名人だしね」

身長が低いせいで大人用の椅子に座ると床に着かないからか、足をぶらぶらさせながらフェリが応じる。前に置かれているのは酒でもよかったんだが果実水だ。ちなみにテーブルの上にあるドライフルーツやナッツも含めて俺のおごり。

「そんで、子爵様は何をやろうとしてるんだい？」

「簡単に言えば買い出しだな」

そう言ってビアステッド氏にも語った表向きの理由を説明する。魔王関連はともかく、この装備品集めの件ならフェリならすぐに調べるだろうから、隠しても意味はない。

「へぇ、あちこちの町で装備品買いあさるんだ」

「買いあさるは表現がよくないな」

「じゃ、買い占める」

「それは全然違う」

どこまで本気かわからん。フェリってこういう性格だったな。冗談を言っても嫌われないタイプだ。相手の懐に入り込むのがうまい。

なお物理的にも懐の物に手を伸ばすのもうまいんだが、この場ではさすがにやらない。冒険者ギルド内部でスリなんぞやったらギルド追放ものだからな。ただこのスリのうまさが役に立つイベントがあるだけになあ。相手から重要アイテム掏《す》り取るとか、考えてみれば当時はめちゃくちゃ斬新だったわ。

「面白そうだなぁ。おいらも参加したいかもしれない」

「なぜ疑問形なんだ」

「遠い町に行くのは楽しそうだけどそれだけだと行く必要性がよくわからないからかな」

まあそうか。まして魔王復活の件は秘密だしな。

さて、しかし考えてしまう。フェリという大駒をどこに配置するかだ。しばらく王都での情報収集系の作業を裏で支えてくれる人材が欲しかったのも事実。フェリならそのあたりもそつなくこなすだろう。

一方で、商隊に参加して地理や移動先を確認してもらう手。これはむしろマゼルとパーティーを組んだ後で勇者パーティーの役に立つ。消費アイテムだが、一度行ったことのある町にテレポートできる飛行靴《スカイウオーク》ってアイテムを購入すれば、フェリの加入時点で行動範囲がぐっと広がる事になるからな。そしてその飛行靴《スカイウオーク》を購入できる町にも商隊が行くわけで、二つ三つ予備を用意しておけばマゼルの方が楽になるだろう。

「フェリは何をしたいんだ？」

ストレートに聞くがこの聞き方は人が悪い。故意にぼかして聞いているからだ。だがフェリはあっけらかんと応じる。

「何もないかも。面白ければいいかな」

「……ある意味解りやすいな」

だが同時にこれほど解りにくい答えもない。確かなことはこのタイプを罠ではめようとすると、罠から脱出する自分に面白みを感じて全力で逃げ出そうとすることだ。ある意味一番面倒なタイプでもある。こういう新入社員に苦労させられた。

「なら面倒くさいがそれなりにスリリングな仕事をうけてもらえるか？」

「へえ、どんなの？」

「さっきの商隊に同行する側の斥候《スカウト》」

そう言ってから先日の魔物暴走《スタンピード》が仕込まれていたものであること、ほかの地域でも同じことが起きている可能性があること、魔物の出現分布が変わる可能性などを説明する。実際は可能性じゃないんだが、それを知っているのは今の段階では俺ぐらいだ。

「要するに今までは安全な道も安全じゃなくなっている。出てくる魔物も違っているだろう。それを警戒することになる」

「時間もかかるし大変そうだなあ」

「そのかわり新しい町でそこにしかない物を買ったり、珍しいものも食えるぞ」

うん、少しだけ表情が変わった。やっぱり色気より食い気だな、フェリの年だと。そういえば王都には色町があるけど、地方の各町にもあるんだろうか。その辺あんまり気にしたことなかったな。

「日当とは別に買い食いの予算を付けてもいい」

「それはおいしい条件と言えるかも」

「俺にしてみれば商隊が無事戻ってくれればいいからな。その程度の出費は惜しくない」

それも嘘偽《うそいつわ》りのない事実。というか本当に無事に戻ってきてくれないと困る。商隊の安全確保にフェリがいればその可能性は上がるだろう。何より、王都の細々した作業は俺が大変なだけだが、マゼルが有利になる事はそのまま全体への波及効果が期待できる。そう考えるとフェリに外界《フィールド》を回ってもらう方が今後の投資になるはずだ。

ただ積極的に参加する気とまではいえない表情だな。後はフェリの設定から切り込んでおくか。

「詳しくは数日後に伯爵家で顔合わせの懇親会をやるんで、その時に顔を出してくれ」

「気が向いたらね」

「これは足代だ」

ぽんと金貨と銀貨が入った袋をテーブルの上に投げ出す。その音だけで中身を大体把握したんだろう、フェリが驚いた表情を浮かべた。

「いや、いくら子爵様でもこれは出しすぎじゃないの？」

「俺はそんなに金には余裕はない。名ばかり貴族だしな」

半分以上事実。俺の金は伯爵家である父のものがほとんど。今回は親から借金してるようなもんだ。だがこれは先行投資になる。

「けど渡した以上フェリの物だ。どこに寄付したって文句は言わねーよ」

「っ！」

確か養護施設出身って設定だったな、フェリ。そしてゲーム中にそんな描写はなかったが、主人公パーティーに参加するこの性格だ。絶対にそことのつながりは切れてない。そういえばゲームのマップにはそんな建物はなかったな。

「狩育日に顔合わせする予定だ。じゃ、またな」

後は養護施設出身であるという事を俺が知っている、という点をフェリがどう判断するかだ。何処《どこ》で知ったのかと疑われて警戒される可能性が半分はある。だがこの博打《ばくち》は賭ける価値が高い。これ以上の問答を切り上げて日付だけ伝えるとすぐにその場を後にした。活動資金がなくなったんで今日は切り上げだな。

本来なら休日の生誕日はこうして忙しく終わった。はあ。後は槍《やり》の訓練だけして寝るとするか。

◆

昼から王城に出仕して王太子殿下や王宮詰めの父と打ち合わせか、冒険者ギルドで打ち合わせか、自宅の庭とかで家騎士団を相手に槍の訓練。一応学生のはずがマンガかと自分で突っ込みたくなるような生活を送る羽目になっている。

ゲームなら遠征部隊の担当を決定すればその日のうちに出発できるが、現実にはそうはいかない。まず何よりも宿泊する町ごとに人数分の宿を手配し、食料品や消耗品の確認、途中の町に貴族がいるなら挨拶状や手土産などの準備も必要だ。準備期間に一週間という時間は短すぎるぐらい。お貴族様特権で無理押ししているとしか言いようがないだろう。

傍《はた》から見ればなぜこんなに急いでいるのかと思うだろうな。

そんな忙しい中で狩育日の夜。

「んじゃまあ面倒なんで自己紹介。ヴェルナー・ファン・ツェアフェルトだ」

「マゼル・ハルティングです。学生です」

「ルゲンツ・ラーザー。冒険者だな」

「オリヴァー・ゲッケ。傭兵《ようへい》をやっている」

「ビアステッド商会のアヴァンと言います。商隊の責任者を任されました」

「おいらはフェリ。フェリックスだ」

主役級三人と無名三人という奇妙な組み合わせだな。フェリの存在にほとんどの人間は妙な顔をしていたが。

最年長は商人のアヴァンだがそれでも三十代ぐらい。学生が二人でフェリにいたっちゃ十代前半だ。伯爵家《うち》のメイドさんが淹《い》れた紅茶に全員が満足してくれているんでよかった。フェリの奴《やつ》は遠慮なく砂糖ぶち込んでたけど。砂糖は高いんだぞ。

「お集まりいただき感謝、と言いたいところだが忙しいだろうから貴族的な挨拶はすっ飛ばさせてもらう。全員敬語もなしだ」

ぶった切った。といってても社交辞令に慣れていそうなのはアヴァンぐらいでフェリあたりは飽きて帰りかねん。ざっくり進める。

「まずマゼルとルゲンツ。先週の古い祠《ほこら》での件を簡単に説明してくれ」

「わかった」

俺が商隊編成の下準備をしている間に、マゼルとルゲンツは俺の助言を受けて、古代の祠で腕試しを行っていたらしい。それ自体は問題がなかったらしいが、ルゲンツが異変に気が付き彼らなりに調べていたようだ。

「結論から言えば、道中がおかしい。俺は何度かあのあたりに行ったことがあったが、見たこともない魔物が出没していた」

「先日の魔物暴走《スタンピード》の残党かと思ったけどどうもそれとも違うみたいです」

「商人仲間からも似たような話は聞き及んでいます。見たこともない魔物の目撃例が王都近辺でも起きていると」

アヴァンが口を挟んだ。やはり商人は情報が早いな。フェリとゲッケが何も言わずに紅茶を口に運んでいるが、表情は真剣だ。

「どうも予想より面倒な状況になっているみたいだ。アヴァン殿、それにゲッケとフェリ。商隊はかなり危険かもしれない」

半分嘘。予想通り、という表現の方が近い。だからこそあえて聞いてみた。ティーカップを置いたゲッケの反応はシンプルである。

「仕事である以上、問題はない。いつもより警戒度を上げて荷を守るだけだ」

ちなみにゲッケが商隊の護衛隊長を引き受けてくれたと聞いたときは結構驚いた。どうも、彼も先の魔物暴走《スタンピード》で俺を高く評価してくれているらしい。貴族家との関係があるのは利点と欠点の両方があるようだが、それを考慮しても今回はこの面倒な仕事を引き受けてくれるとの事。

予想外ではあったが正直俺の方もありがたい。あの混戦で隊長級の仕事ができたという事は統率力に優れている証拠だしな。ただこの人も結構ハンサムなんだよ。何度か思っているがなぜ俺の周りは顔面偏差値がこうも高いのか。

「おいらも構わないよ。周辺警戒が大変になるのと、襲われるかもしれないってことだよな」

フェリがあっさりと言うが俺以外の全員が疑いの目を向ける。そりゃそうか。フェリが有名になるのはこれからだからな。とりあえずそっちはスルーだ。

「俺が言うのも何だが本当に大変だぞ」

「やる」

即答だけして茶菓子をかじりだしやがった。なんだかよくわからんがどうやらやる気になってくれているらしい。正直助かる。そのやる気というか覚悟を感じ取ったのかゲッケとルゲンツは何も言わなかった。小声で口を開いたのはマゼルだ。

「……ヴェルナー、彼、大丈夫なんだよね」

「ああ。実力は信用していい」

「ヴェルナーがそう言うならいいのかな」

お前も何でそう信じるかねマゼル。変な宗教家に騙《だま》されても知らんぞ。それともフェリが後で仲間になる事を本能的に察しているんだろうか。それはそれとして俺としても聞きたい事がある。

「ところでフェリ、ずいぶんやる気になってくれてるみたいだな。助かるけど」

そう話を振るとフェリが茶菓子を口から離してこっちを見る。真面目な目だ。自然と背筋が伸びた。

「この間、声をかけさせてもらったときさ」

「覚えてる」

いきなりだったから驚いたが。

「あの日、施設で酷《ひど》い病気の子がいてさ。でも施設には医者に見せる金も薬代もなくて。だから仕事が欲しかったんだ」

……ああ、そういう事か。フェリから声をかけてきた割に、気が向いたらとか途中で意欲を感じなくなったのは。あの日すぐに金をフェリは必要としていたんだ。長期の仕事は必要じゃなかったんだな。

「けど、あの袋の金貨があったから、その子を医者に診せられたし薬も買えた。助かったんだ」

はっきりと俺と視線を合わせる。この時点だと十四歳のはずなのに意志の強さとかやる気がすげぇ。これが勇者パーティーメンバーの眼力か。

「子爵様には借りがある。だからやる。それだけ」

「よくわかった。だが子爵様はやめてくれ。それと恩に着るのは勝手だが、貸しにしたつもりはないぞ」

「ん」

最後のは返事なのか。ともかくやる気はよくわかったし、あの時の投資がこんな形で返ってくるとは思わなかったが、結果オーライという事にしておこう。中断していた菓子の咀嚼《そしゃく》に戻ったフェリからアヴァンに目を向ける。途中でマゼルが軽く頷《うなず》いていたのは理解したのか納得したのか。

「私も大丈夫です」

最後にアヴァンが気合を入れるように頷いた。この中で一番荒事向きではない人なので、念のために確認しておく。

「本当に大丈夫か？」

「ええ、危険な時なら仕入れた品は高く売れます」

商売根性だった。商人つええ。商売目的でモンスターとの危険に命をかけられるって、やっぱすごいなこの世界の住人。感心しつつ話題を次に移すことにする。

「次にこっちの状況だが」

地図を広げる。大陸全体の地図ではなく目的周辺に限定した地図だ。町の名前と場所の他に橋などの目立つポイントを記入した図で、そこに人名がいくつも記入してある。

「この町とか、この橋の近くにあるこの村とかにあらかじめ斥候《スカウト》を派遣してある。状況をそいつらに確認してくれ。状況を確認して、もし危険だと思ったらルート変更も認める」

「ルートの最終決定権は？」

「伯爵家の執事補を同行させるが、危険に関する感度は現場の方が強いだろうから、ゲッケに決定権を持ってもらう。書面にも記す」

むしろ執事補あたりだと伯爵様のためにも危険だろうと進むのだ、とか無茶を言い出しかねん。忠誠心高い奴ってのは別の意味で扱いに困る。臆病な奴を偵察に出すべきだって言ったのは確か武田《たけだ》信玄《しんげん》だったか？　まあ正直誰でもいい。とにかく今は【いのちをだいじに】だ。

「ここまで手配しておいていただけたのは助かりますな」

アヴァンが感心したように頷く。地図はやらん。そう何が何でも頭の中に刻み込んでやると言わんばかりの目で見るな。さっさと仕舞う事にしよう。

「相変わらず学生離れしてるよね、ヴェルナー」

「まったくだ」

ルゲンツまで頷きやがる。何を言ってるんだ。工数管理は大事だぞ。時間のかかるところに先に人手を手配しておくのは当然だろうが。

「それと、ヴェリーザ砦《とりで》の修復が始まったのは知ってるか？」

「ああ」

代表して答えたのはゲッケだがそれ自体は全員が知っているはずだ。名目は次の魔物暴走《スタンピード》に備えての対策という事になっているけどな。違うと解っているのは俺とマゼルぐらいか。

「俺に言わせればあれは悪手だ」

「悪手？」

「王都からの避難所という事だが、防御力も中途半端だし距離だけは近い。俺が魔族ならほどほどに改修できたところであそこを襲撃して橋頭堡《きょうとうほ》にするね」

シナリオをネタバレするだけだ。とはいえヴェリーザ砦が落城する時に近くにいるのは俺以外にはマゼルとルゲンツだけになるだろうが。それをわざわざ口にしたのにはわけがある。

「可能性はないとは言えないな」

「相当に面倒なことにならないか？」

　ゲッケとルゲンツが顔を見合わせて唸《うな》る。傭兵とか冒険者ならそういう危機意識もあるだろう。ゲッケの方がそういう戦略的価値に敏感なのは元貴族だからだろうか。

　フェリが口の中のお菓子を飲み込んでから口を開いた。

「で、兄貴はどうするんだい？」

　誰が兄貴だ、と思いながらフェリに応じる。

「俺ができるのは忠告までだしそれは終えている。ここで皆に伝えたいのはその時の行動指針だ」

　一息置く。

「まず砦陥落の情報が聞こえても予定を切り上げないでくれ。商隊組は急いで戻る必要はない」

「理由は？」

「ヴェリーザ砦奪還目的を理由に装備を没収されかねん。自分のためだ」

　ゲッケの疑問にきっぱりと断言する。実際はそれだけでもないが、この方が解りやすいし納得もしやすいだろう。と思ったらマゼルがやや納得できないように口を開く。

「それもどうなのかなあ」

「ヴェリーザ砦の奪還が簡単に済むならそれもしょうがないと思うけどな。相手だって馬鹿じゃない。それに、もし砦を占拠されたとして、魔族がそれだけで満足すると思うか」

そう言われてマゼルも理解した表情を浮かべる。

「砦が占領された後に王都の襲撃の可能性もあるんだね」

「すぐにかどうかは別だが、確実にな。それに占拠された砦を攻めて取り返すより、砦から出てきてもらった方が相手をしやすい」

本心としては異なる。というか、奪還はマゼルにやってもらわんと困るんだ。ヴェリーザ砦を奪還する事でマゼルが勇者と認められることになるんだからな。マゼルに確実に成功してもらうためにはいい装備があった方が絶対にプラスになる。

ゲームでそんなことはなかったし、多分向こうから打って出てきたりはしないと思う。思いたい。変な言い方だが魔物暴走《スタンピード》で騎士団の損害が少なかったために、国の動きが読めないんで判断が難しい。マゼルが強くなるまでは騎士団におとなしくしておいてほしいぐらいだ。ほとんど悪党の思考だな。

「だから少々遅れてもいい。迎撃作戦時に間に合えばな。可能な限りいい装備を手に入れてから戻ってきてくれ」

「承りました」

アヴァンが頷いてくれた。その横でゲッケも無言で首肯している。助かる。

「マゼルとルゲンツは腕を磨いておいてくれ。反撃の時に活躍してもらいたいからな」

「解った。その時は暴れさせてもらおう」

「だいたい理解したけど、砦の人たちはどうするんだい？」

　マゼルがそんなことを言い出した。うん、主人公らしい配慮だな。

「完全に被害ゼロは無理だろうが、念のためにと王太子殿下にいくつか提案はする。後は受け入れてもらえてることを祈るさ」

　実際そうなのだ。俺としてもなるべく被害は出したくないが、俺の権限などたかが知れている。損害を少なくするための準備はするが、恐らく恨む人も出てくるだろう。

　そう思うのは俺がこれから起きる事を知っていて、しかもそれを口に出していないからか。けど口に出しても信用してもらえるかは別なんだよな。信用されてもそれはそれで怖いし。何で知っているんだとか、裏で魔族とつながっているとか父の敵対派閥の貴族から足引っ張られたらたまらん。正確さが事実にならない貴族社会の怖さだ。ゲームは単純でよかった。

「ま、神ならざる身なんで何でもかんでもは無理だ。できる範囲を可能な限りでいこう」

　最後にそう言ってこの日は解散となった。無い物ねだりはできん。失敗してゲームオーバーだけは避けないといけないけどな。

◆

商隊出発に立ち会ったり、王太子殿下と打ち合わせをしたりで、あわただしく二週間が過ぎた。俺個人の訓練もそうだが伯爵家の騎士や従卒に集団戦を訓練するのも増えた。

その間、大きなニュースは隣国にある町、スブルリッツの陥落だろう。魔軍の侵攻が確固たる形で伝わったことで逆に魔王復活を公表できるようになったわけだ。ゲームだとスブルリッツは死霊の町になっているんだよな。お約束で秘宝が隠されているんだが。滅ぼすだけで家捜ししない魔軍も相当に抜けていると思う。

その辺のご都合《シナリオ》はひとまず置く。恩恵にあずかれるのはマゼルであって俺じゃないからな。俺としては魔王復活が公表されて、急ピッチでの改修作業が行われているヴェリーザ砦からの人員脱出・救出計画とその後の展開を考えるので今のところ手一杯だ。

そして実はその脱出救出計画で頭を抱えている。半分は俺のせいじゃないと思いたい。

「要するに一番の問題はクナープ侯だってことだよなあ……」

オリヴァー・ハインリヒ・クナープ。少なくとも弱い者には寛大な立派な侯爵だ。ただ、どちらかというと脳筋で政治家肌ではない。そして厄介なことに武断派なんで文治派の父とは敵対派閥。魔王復活が発表されてから、ヴェリーザ砦の改修責任者として新しく任命され、騎士と兵士と労働者を率いて指揮を執っている。王都から指示だけ出すんじゃなくて、自ら現場に行っているあたり真面目でもあるんだろう。

ただ、向こうから見れば俺は敵対派閥の息子で、しかも年齢的には若造。そんな奴《やつ》の言う事なんか欠片《かけら》も聞く耳持ちゃしないってタイプなんで、どうにも俺の打てる手に限界があり、現状では俺からのアプローチは王太子殿下経由の助言ぐらいしかできん。それもちょくちょくだと疑われるし。

まあしょうがない。ヴェリーザ砦の陥落はむしろ起きてもらわんと困る。クナープ侯本人には恨みはないが、この際失敗者となってもらおう。ただ、改修業務に従事している労働者や警備の騎士は可能な限り何とかしたいところだ。

ない知恵を絞りつつ改修状況を確認する。幸か不幸かクナープ侯は真面目な人柄ではあるので、王都には進捗情報が確実に届く。計画の大体九割を終えたらしい。ゲームのヴェリーザ砦はどこか工事中って感じじゃなかったから、完成とほぼ同時ぐらいが怪しいか。そういえばゲームのマップだとあの砦にトイレってなかったな。そんなところだけ中世だったんだろうか。やだなあ。

そんなことを考えながらも改修終了までの工数を逆算する。来週には終わるという事をほぼ確信して、殿下にお願いをしに行った。

「演習？」

「はい、集団戦の実践演習をしたいのです」

怪訝《けげん》な顔の殿下に笑顔で応じる。今日も衛兵というか側近の騎士があそこに立ってるな。無言で怖いよ。

とはいえ変に気にしてる方がおかしい。この世界の貴族は大体こんなもの。というか、今の俺は子爵相当の副爵になっているが、典礼大臣の父の傍《そば》にああやって立っているのが本来ありうる姿。そうやって偉い人同士の会話を聞きながら自分自身の知識や経験を積むわけだ。それはこの際余談。

「もちろん、それだけが理由ではないのですが」

「ヴェリーザ砦の件か。侯爵にも襲撃の可能性は警告してあるが」

「ありがとうございます。どこまで本気にしていたのかをお伺いしても？」

「話半分という所だな」

そんなところだろうなあ。非礼にならないように気を付けつつもため息が出る。肩を竦めそうになったのは何とか隠せた。

「それで卿《けい》は何を提案する気だ？」

何度も話をしているのですぐに本来の目的に話が移る。しかしさすがは王太子というか、この人と話をしているとこの件以外でも次々と話を先回りしてくる。頭の回転が半端なく速い。まあ立場的かつ年齢的にはそのくらいで当然なのかもしれんが。

暴走王族なんて物語の中だけ……あー、アンゲロス王朝の諸王とか皇帝だが新《しん》の王莽《おうもう》とか宋《そう》の徽宗《きそう》とか、現実にもいるにはいるのか。いや、そんなことはどうでもいい。

「率直に申し上げまして、改修中の段階で魔軍の襲来でもあれば全軍が崩れるでしょう」

「騎士や兵士ならともかく平民の労働者では耐えられまいな」

殿下も頷《うなず》く。パニックに巻き込まれるのは人間心理だ。だいたい労働者の方が多いのだから兵士が巻き込まれるのは当然だが。ただそうなると被害が大きくなる。

「最善なのは砦付近に兵力がいる事で砦が攻撃されない事。次善は砦が攻撃されて内部で混乱が生じたときに脱出してきた者を避難させられること」

「砦の救助には行かないと？」

「もし魔軍襲撃で混乱している状況になっていたら、とても抑えられる自信はありません」

「確かにな。私にもない」

正確に言えばできてたまるかというのが本心。パニック中の人間は脳が逃げる事に全力を傾けているんで、余計な情報が入ってこなくなるんだよ。止まれとか踏みとどまって戦え、なんていう声がパニック中の相手には聞こえるはずがない。避難誘導に全力を傾ける方が正しいだろう。どうでもいいが、そういうときでも逃げるために必要な声とか情報って脳が認識するんだよな。人間の脳の超能力と言うべきか？

まあ、その情報が正しいかどうかっていうとまた別なんだが。こっちだ、って声だけ認識してついて行ったら行き止まりだったとか。思考の輪がそれた。

「また、ヴェリーザ砦から脱出したとしても、王都まで逃げる際に、他の魔物に襲撃されて命を落とす危険性があります」

「兵士とは異なるからな」

ゲームだとなぜかそういう人たちって襲撃されないで無事避難に成功するんだよなあ。本当に謎だ。

「もちろん、逆に砦の外《とりで》にいる軍が襲われる可能性もありますが」

「その場合はヴェリーザ砦の軍との連携はどうする」

「戦闘訓練に編成する軍ですので多少は独力でも耐えられるでしょう。砦の軍が援軍に来てくれれば言う事はありませんが」

「ふむ。労働者のいない戦闘部隊だけの軍ならそう簡単に崩れはしないか」

「そうありたいものです」

唯一怖いのは魔軍が両面作戦を展開してきた時だが、それはないんじゃないかという気がする。人間の国に対する威圧を兼ねて砦の制圧を優先するだろう。砦の軍を全滅させた後にこっちを襲いに来る可能性はあるが。俺はその前に可能な限りの人数を助けて逃げるつもりだ。

「ヴェリーザ砦が襲撃されないに越したことはありませんが、もし襲撃があるなら完成直前の時期が一番危険であると考えます」

「なるほど。納得できる。そのための〝演習〟か。砦が改修終了の後に襲撃される可能性はどう考える？」

「ありうるかもしれませんが、それならそれで砦側が抵抗できる状態にはなっていると考えます」

モブの兵士や騎士だと魔軍が攻めてきたら耐えられないんじゃないかという気がしなくもないけど。というかゲームじゃ実際に攻め落とされているし。ただ非戦闘員がいなければ状況も少しは変わるだろう。何より非戦闘員の被害はなるべく減らしたいのが本音。

「ふむ。魔軍から見れば、完成して兵まで籠《こ》めた砦を攻め落とす方が我々に威圧を与える効果があると考えるかもしれんな」

「その際には援軍としては無駄になりますが、労働者に被害が出なかったことを喜ぶべきです。一度に何もかもを求めるのは無理かと」

「確かにな。砦が落とされた場合の民衆の声が怖いが」

そりゃ確かに怖い。特に為政者には。その一方でまだどこかに魔軍を軽んじているような空気があるのも事実なんだよな。王太子殿下やラウラはともかく王宮の貴族には特に。

国を挙げて本気で取り組んでもらうための荒療治と割り切る。犠牲者を考えると胃が痛い。けど軽く見ているうちに泥沼になる方がもっと怖い。その方が被害も増えるし。

「それでも労働者も騎士も揃《そろ》って全滅、よりはましかと存じます」

「攻め落とされぬのが一番だが、次善を準備する余地も必要か」

そのための演習という名の遊撃兵力展開である。もっとも俺の中では避難してくる人の救助が最優先だ。砦の失陥《しっかん》はしょうがないとさえ思おう。襲撃があっても援軍は多分無理、と王太子殿下にもここで了承の言質を取れたしな。

「その上でご相談なのですが」

「聴こう」

◆

俺は一〇〇人隊長として王都とヴェリーザ砦との中間あたりの平原にいる。それも平日に。やったぜ、合法的に授業サボりだ。いやそういう話じゃないか。

ゲームでは名もないフィールドだがこの世界ではヒルデア平原って名前が付いている。この辺もゲームとは違うよな。単純にデータ量の問題かもしれんが。

全体では三〇〇人の正規軍、といっても騎士と兵士との混成軍だが、ともかく三〇〇人ほどの兵士が、今回の集団戦闘訓練という事でこの平原に展開している。期間は一週間という予定だ。

三〇〇人という人数は軍隊としては少ないが、それでも結構な補給物資を必要とする。一食に一人パンを一個消費すると仮定しよう。一日三食で一人三個だ。三〇〇人いるから九〇〇個。一週間、一食パン一個でもパンだけで六三〇〇個必要になる。ここにチーズとか肉一切れずつとかワイン一袋とか追加していくと、食い物だけで荷物が膨大な量に。更に、馬の食う餌やら補給部隊がいれば補給部隊の人数分の食料やらで、荷物が加速度的に増えていく。基本的に補給部隊は戦闘が苦手かまったくできないんで護衛も必要だ。人員プラス護衛隊の食糧まで考えると食い物だけでどれだけ必要かって話になる。

さらに武器やら防具やら雨具やら防寒具やらがあるんだから、軍ってのは本質的に金食い虫だってことだ。人や金がどっかから湧いて出てくると思ってる奴は気にしないんだろうが。前世には札なんか刷ればいくらでもできるとか言ったバカもいたな。この世界は金貨とかの貨幣だが。

まあそれは今回どうでもいい。演習の目的はヴェリーザ砦対策ではあるが、同時に演習しておきたいのは集団戦と対範囲魔法戦だ。使われたらどうにもならんから耐える方の耐範囲魔法戦という方が正しいのか？　面倒だから対魔法戦でいいか。

騎士とか兵士とかの場合だけ見れば、中世からせいぜい近世世界だが、範囲魔法に関して言えば手榴弾《しゅりゅうだん》とかナパーム弾とか火炎放射器とかの現代戦兵器に近い。そして王都付《スタート》近の雑魚なら範囲魔法は使わないが、四天王のいる迷宮《ダンジョン》雑魚ぐらいになれば範囲魔法を当たり前に使いだすし、そういう奴らが王城襲撃をしてくると考えておく必要がある。つまり王城破壊と大量被害を食い止めるためにはどうしても対魔法戦のシステムを確立させなくてはならない。

今までは王都からどうやって逃げだそうか、と考えていたからこの問題からは目をそらしていたが、これからは本気で考える必要が出てきてしまった。

しかしこれが難題だ。ぶっちゃけ野戦なら塹壕《ざんごう》戦をすればどうにかなる事が多いだろう。騎士に塹壕戦やらせるのもそれはそれで一苦労だろうが。

しかし攻城・籠城戦では？　まさか王城の床に穴掘るわけにもいかない。対抗魔法だって攻撃魔法を使う魔族の数が多ければジリ貧だ。そして人間の対抗魔法使いより魔法を使える敵の方が数も多い。

何とか抜け道はないかと学園で魔法のシステムを研究したり、宮廷魔術師長や国の有力者に相談を持ちかけたりと、この一週間脳細胞がストライキを起こしかねないぐらいいろいろ調査してきた。宰相閣下がその対策を確立させることができればヴァイン王国の有利さが一段と高まると期待していたが、そういう方面での期待はしないでくれほんと。

「それでは、実験を開始したいと思います」

「うむ、頼む」

俺たちに声をかけてきたのはフォグト魔術師。宮廷魔術師団の一人で若手の実力者。若手といっても俺より十歳は年長。俺が若すぎるのか。

それに応じたのはこの演習隊の指揮官であるクレス・ゲオルク・シャンデール伯爵であ

る。伯爵は四十代半ばでこれまたハンサムだ。悔しくないぞ。

俺は今回、あくまでも一〇〇人隊長。ただ俺の指揮するツェアフェルト隊は集団戦のエキスパート扱い――俺自身は否定したい――なので、今回の演習では中核部隊となっている。

ちなみに一〇〇人隊長という肩書だが実際に率いているのは六〇人。それ以外の二四〇人のうち、二二〇人はシャンデール伯爵やそれ以外の貴族からの選抜隊。一〇人は実力こそさまざまながら、宮廷魔術師団に所属している若手魔術師だ。そのほか一〇人は戦場事務官という文官で記録係になる。そのあたりは納得しているんだが、どうにも納得いかんのが。

「ツェアフェルト子爵、的の距離はあの程度でいいのですか」

「全員の魔法が届かないといけないから」

「そんなものですか」

なんでヘルミーネ嬢がここにいるんですかね。いやヘルミーネ嬢だけではなくフュルスト伯爵家からの家騎士団関係者が一〇名ほど参加しているのも微妙な気分。なんでもバスティアン卿《きょう》がシャンデール伯に頼み込んだらしい。謎だ。

何を考えているのかと内心で俺が疑っていると、一〇人の魔術師隊が設置された的に向かって攻撃魔法を一斉に撃ち出した。確かな轟音《ごうおん》と爆風、閃光《せんこう》が的に直撃し物理的な損壊を与えたことを伝えてくる。同じ魔法でも術者によって差が出るし、同じ術者が同じ魔法を撃ち込んでも威力に多少のばらつきが出るのはこの際避けられないか。

このランダム性はゲームのシステムの問題かなどと思っている俺の横で、シャンデール伯と、伯爵の補佐役であるグレルマン子爵が砕け散った的の痕を見ながら頷《うなず》いた。

「見事な破壊力ですな」

「研鑽《けんさん》は積んでいるようだ」

まあ、そうな。頷きつつ内心でまあまあと評価する。いや、一応破壊力はあるんだ、確かに。少なくとも魔法をほとんど使えない俺よりよっぽど威力がある。ただ比較対象が勇者パーティーとして考えたり、今すぐ魔族と戦ったりするには、何と言うかいろいろ足りない。もっともそれを知っているのも俺ぐらいか。

それもあくまで俺の知識の事で、ひょっとしたら桁一つぐらい足りないのかもしれないが、そこまでは解《わか》らない。ゲーム中での相手の強さも覚えてないし、鑑定能力はないので魔術師隊の実力も不明。くう、チート能力が欲しいぜ。

しょうもないことを考えている間に事務官が新しい的を設置し終えたらしい。シャンデール伯が声を上げる。

「それでは、第二実験を始める」

「魔術師隊、用意！」

「各員、配置に就け。魔道具《マジックアイテム》用意」

俺も声を上げる。実験内容は決して大げさなものではない。誤差以上の数字が出れば十分という範疇《はんちゅう》だ。大規模実験はまた別の機会にできるだろうし。

「配置に就きました」

「各員、魔道具《マジックアイテム》起動」

「起動よし」

魔術師隊と的を囲む人員が一斉に魔道具《マジックアイテム》を起動する。大した魔道具《マジックアイテム》ではないものも多い。かき集めてきたものばかりだから当然だ。しかし、夜に使う魔道ランプあたりはまだしも、魔道具《マジックアイテム》式アイロンとか魔石の力で熱を発する携帯型魔道コンロとかを騎士が両手で抱え上げている様は滑稽と言えば滑稽だな。俺の横でヘルミーネ嬢も微妙な表情を浮かべている。

「撃て」

伯爵が指示をすると魔術師隊が的に向かって、さっきと同じ魔法を撃ち込む。再び的の周囲で爆発が起きた。だが先程よりも多少音や爆風が小さいような気はする。

やがて煙が晴れると先程と異なり、ボロボロに壊れてはいるものの原形をとどめている的が現れた。

「おお……」

「成功だ」

「信じられん……」

驚きの声、感心する声、唖然《あぜん》とする声があちこちから上がる。中には自分のアイロンをまじまじと見ている騎士もいる。危ないからスイッチ切ってから触れよ。

何度か実験を繰り返す必要はありそうだが、どうやら仮説は正しかったようだ。

◆

魔法とは何ぞや、というところから考えて最初に疑問に思ったのは実は魔力回復薬の存在だった。あれは存在そのものがおかしい。

仮に魔法使いの魔力《MP》が〇《ゼロ》になっても、大きくも重くもない回復薬を使うと集団を殲滅《せんめつ》できる魔法が使えるまで回復する。ゲーム中は便利だった。

だが便利とはいえ、魔法にエネルギー保存の法則なんぞを持ち出してもしょうがないが、いくらなんでもおかしい。回復薬にそんな魔力があるなら、投げつけた方が破壊力がありそうなもんだ。もしくはガソリンのように回復薬を別の燃料か何かに転用するとか。

とまで考えたとき、案外これが正答に近いのではないかと気が付いた。別、つまり魔力は二種類あるのではないかと。

たとえて言えばスマホとネットの関係だ。スマホの電力がなければネットに膨大な情報があってもスマホとしてはただの箱だ。いや板か？

逆に言えば、スマホを通さなければネットの情報はただの信号でしかない。信号そのものは使いようがない。

だとすると、だ。魔力回復薬で回復するのがスマホの電力だと仮定すると、ネットの信号にあたる魔力はスマホ電力の方の魔力がないと何もできないのではないか。

仮に人体魔力と自然魔力と呼ぶことにする。自然魔力は人体魔力を経由しないと力が出せない。回復薬は人体魔力の回復程度なら効果を発揮する。外付けバッテリーだな。

スマホがネットの信号を情報に変化させるように、人体魔力は自然魔力を炎やら吹雪やらの力に変換するのが役目ではないかと。

クラスやスキルはそれを特定の方向にむけて効率的に行うＯＳやアプリなのだろう。《槍術《そうじゅつ》》スキルを持っている俺が槍《やり》を使っている間は疲労が極端に少ないように。クラスとスキルのどっちがＯＳでどっちがアプリなのかはもうちょっと実験しないとわからんが、それは後回しでもいいだろう。

さてそうすると、スマホを狭い範囲で大多数が同時に使うと回線が混雑してネットそのものが遅くなるような状況が起きたとき、魔力ならどうなるのか？　魔法発動というダウンロードのスピードが遅くなるのか。それとも回線エラーが発生するように途中で発動ができなくなるのか。今回はその実験だった。

密集した状況を作り様々な魔道具《マジックアイテム》を持ち込み、手当たり次第に自然魔力を消費させる。消費というか浪費かも知れん。そして、先にその魔力消費密集状態を作ったうえで魔法を発動させると、明らかに威力が低下していた。ウェブサイトは表示できたが、画像が表示されなかったような状況だと思って多分間違いない。

つまり魔法の本体である自然魔力は一定範囲内で一度に使える限界量があるという事だ。どこの地形でもそうなのか、自然魔力の密度が高い場所があるのかなどは調べる必要はありそうだが。

もちろんこれには欠点もある。自分たちの使う魔法も効果が落ちるという点だ。一定範囲でより自然魔力を浪費すれば発動さえしなくなるかもしれない。

だが目に見えるメリットもある。魔法のアイロンより攻撃魔法の方が威力が高いのは当然だが、攻撃魔法の方が効果が下がった。魔法の順番が後の方ほど影響を顕著に受けるようだ。

そして何より魔道具《マジックアイテム》なら魔力のない人間でも使えるのだ。魔道具《マジックアイテム》の密度を上げるなり、魔力を無駄にドカ食いするような道具があれば相手の魔法を阻害する事ができるはず。スキルの方への影響も研究の必要はあるが、それは野外実証研究でなくてもいいだろう。

そして俺の知識でいえば、一定範囲内における自然魔力量は実はそんなに多くないんじゃないかと思える。そうでなきゃ勇者パーティーは物量作戦もできたはずだ。勇者パーティーがその能力をフルスペックで発揮するためには、魔力を使う人数を少なくした少数精鋭でなければいけなかったんじゃないか。

また魔物暴走《スタンピード》時の記録も調べてみたが、暴走する魔物が魔法を使った例も少ない。単体攻撃魔法ならともかく範囲型攻撃魔法を使った例に至っちゃ皆無だ。あれだけの集団になると範囲型魔法を使うこと自体が困難になるように思う。ひょっとするとゲームで戦闘中、魔法がキャラクターの敏捷度《びんしょうど》順に発動するのも、同じように一度に発動できないせいなのかもしれないな。

そう考えたとき、この自然魔力浪費作戦が王城襲撃イベントの突破口になるんじゃないかと気が付いた。

王城に結界があるのは知っているが、それが有効なら王城破壊イベントは起きないだろう。結界なんぞに頼る気ははじめからない。だが襲撃をかけてくる奴《やつ》も含む、魔王四天王はいずれも魔法攻撃型の魔族だ。ちなみに魔軍三将軍が物理攻撃型になる。襲撃をかけてくるのが魔法攻撃型の相手にならなら、この処理落ち《ウラワザ》は意外と有効なんじゃないか。

ただ、王城全体の自然魔力を使い切るような魔道具《マジックアイテム》はもちろん存在しない。だが敵は一般人じゃ絶対に勝てない相手だ。正面から戦って生き残る、という選択肢が取れない俺にとっては暗夜の灯。この部分をもっと突き詰めて考える必要がある。

「見事な発想だよ、ツェアフェルト子爵」

「本当に恐れ入りました」

シャンデール伯爵とフォグト魔術師が寄ってきて賞賛してくれる。ここは素直に応じておこう。

「ありがとうございます。思ったよりもうまくいってほっとしておりますが」

「いや、この発見は新しい結果をもたらすよ。敵対国家の軍に魔力を消費するだけの魔道具《マジックアイテム》を投げ込めば、相手の魔術師隊の攻撃力が下がるのだからね」

フォグトさん、だから魔族との戦いが本格化する前だというのにまず国家間紛争で使うこと考えないでください。政治ってそんなもんではあるし、相手もすぐ同じものを作ってくるだろうが。A国で成功した兵器はすぐB国でも作られるのが歴史の事実だ。

そりゃそうだよな。B国はゴールがあるとわかっているんだからその分よほど楽だ。アルキメデスぐらい時代をぶっ飛んだ天才が作ったものはその時代には真似《まね》しにくいようだが。惜しむらくはアルキメデスの考案兵器を作った職人の名前が知られてない事だよなあ。原理・内容を理解して作っていたんだろうか。俺はそっちの方がよっぽど興味あるぞ。

「魔力の消費量が大きいだけの使い捨て魔道具《マジックアイテム》を開発する必要があるな」

「はい、早急に研究を進言いたします」

伯爵の台詞《せりふ》にフォグトさんが応じる。何処《どこ》に使う気なのか気にはなるがそれを口に出す気はない。むしろ早く開発してくれ。運用だけ考える方が楽なんだよ。開発する能力はないしさ。

「それにしても、今まで集団戦で魔術師隊の威力低下は話題になったりしなかったのですか」

「そもそも検証した事もありませんでしたので」

フォグトさんの回答に納得する。そりゃそうか。こんな仮定がなければ実験する事もないし、実戦での魔法のダメージ減少は装備のせいか相手の防御魔法の影響かも区別できん。そもそも戦場で死ぬか生きるかの戦いをやっているとき呑気《のんき》に検証はできんわな。やる事が両手で余るほどあるのは、以前の魔物暴走《スタンピード》でいやというほど実感した。

防御魔法の研究開発は行われてきたが、防御ではなく阻害、それも装備ではなく道具でというのは今までなかったと言われればそれもわかる。魔法阻害って装備以外でのダメージ減少という発想はなかったんだろうな。納得しているとヘルミーネ嬢が不思議そうに口を挟んできた。

「閣下はどこからこのような発想を思いつかれたのですか」

「あー……先日の魔物暴走《スタンピード》から、今後いろいろな敵が増えてくるだろうと思っていろいろ考えていた」

ぐあぁ。今の俺は子爵を名乗れるようになっているのに対し、ヘルミーネ嬢はあくまでも伯爵令嬢で女性騎士だから、今は向こうの方が俺に敬語を使う側だ。年齢的にこっちが敬語を使っていた頃と立場が逆になっているんで話しにくいったらありゃしない。

とりあえず話をぶった切る事にしてシャンデール伯爵に向き直る。

「実験結果は結果として、演習の方の準備も始めたいのですが」

「おお、そうだったな」

こっちもこっちで重要なんで忘れないでくださいい伯爵。

◆

魔道具《マジックアイテム》のアイロンとかをひとまず片づけ、今度は騎士らしいスタイルに戻っての演習である。

これからは集団戦の訓練だが、実のところ、近代戦の訓練の仕方なんぞ知らん。前世自衛隊員でもない会社員の知識なんぞたかが知れている。ナントカブートキャンプは違うしな。サバゲーの経験もないし、そもそもインドア派の俺は屋外ゲームに興味が……あれやっぱり俺引きこもりだったのか？

なんだか直視したくない記憶に蓋をして漬物石まで乗っけて記憶のマリアナ海溝に沈めてから隊を指導する。といっても以前同様に五人一組を編成させることからだ。

本当にこの世界は個人の武芸とかが重視される世界だ。いや騎士ってのはそうなのかもしれんが。弱い騎士って格好つかないのは認める。だが魔物相手に一騎打ちを挑んでも意味はないんだよ。そもそも向こうは騎士道以前に人間に対する態度が餌扱いなんだよ。格好つけて負けたら親兄弟恋人みんな餌よ。

「集団で動いて集団で倒せ、という事だな」

「はい。どのみち対人戦と違って人質にもなりませんし」

実際のところ個人戦ばっかりで集団戦が下火なのはこの問題もあるだろう。騎士の収入源の一つは身代金なのだ。間違っていないぞ。国家間戦争では相手の騎士や貴族を捕まえて身代金を請求する。その身代金が騎士、特に土地を持たない騎士にとっては重要な収入になる。山賊とどこが違うやら。殺さないだけましか。

まあ要するに貴族や騎士は殺すより捕まえた方が金になるんだ。だから集団でタコ殴りにすると殺しちゃう危険性があるんで普通はやらない。何とか捕虜にすることを考える。

実際、捕虜になった騎士の中には身ぐるみはがされて借金まみれになった例さえある。賭博で身を崩す騎士と並んで騎士号を失う二大原因だ。戦死より多い。

捕虜になっただけなら騎士号はなくならないが、借金返済のために騎士号を売りに出さざるをえないのが必ず出る。普通の戦いなら。

「魔軍との戦いでは捕虜にしたところで交渉のやりようもありませんしね」

実際のところどうなんだろう。ないのか。ないだろうな。あったら苦労はしない。そういえば魔王の目的ってゲームで明かされていたっけか。それはこの際どうでもいいか。

「で、的はこれか」

「攻撃はしてこないので集団単位で攻撃する事だけを考えてください。馬を攻撃するのはやめてくださいね」

「当たり前だろう」

騎士の一人とそんなやり取りをする。馬の尻尾に括《くく》り付けた紐《ひも》につながっているのは細い枝を束ねたものだ。太さだけなら人間の胴体ぐらいになっている。これを疾走する馬に引っ張ってもらうわけだ。藁束《わらたば》があればよかったんだがないものはしょうがない。木の枝で我慢してもらおう。

それにしても馬の尻尾って結構太いのな。人の腕ぐらいはあるんじゃねこれ。

集団の向かい側で騎乗しているのは全員うちの伯爵家所属で、普段これを俺にやられていた騎士たちだ。今日はやる側になるのが楽しいらしい。やりすぎなきゃいいが。

的役以外の騎士や歩兵にはいつもと同じように布陣してもらう。ヘルミーネ嬢もフュルスト伯爵家の騎士たちと布陣側だ。こっちはこっちで怪我《けが》しないといいけど。

訓練を受ける軍と相対する形でツェアフェルト隊の騎士が乗っている、二〇頭の枝束を括り付けた騎馬が並ぶ。向こう側から馬に引かれてくる的を突き刺すだけの簡単なお仕事だ。うん、嘘《うそ》です。そう思えるように多少誘導はしたが。

　合図の旗を振ると二〇頭の馬が走り出す。尻尾に括り付けてある枝束が予想以上に砂埃《すなぼこり》を巻き上げる。あっという間に土埃で向こう側の視界が失われた。

「意外と目立ちますな」

「大軍が近づいてくるみたいに見えますね」

　俺も想像以上の光景に少し驚いている。乾燥地だとこの偽兵は意外と有効なんだな。もしもあの後ろからついてくる兵士がいたら砂埃で目をやられそうだが。

　馬が訓練を受ける側の軍の横を駆け抜ける。的に向かって布陣側が動き出し……瞬く間に大混乱に陥った。

「危ない！」

「違う、狙うのはこっちの奴だ！」

「うわっ」

　後ろから押されて転がる兵士がいる一方、手当たり次第に武器を振り回そうとして腕や武器を同じ組の仲間に当ててしまう奴もいる。あーあー、隣の組の奴と正面から激突しているのまでいるよ。抜き身の武器でなくてよかったな。

　俺の隣でシャンデール伯爵たちが唖然《あぜん》としていた。

「思ったよりも混乱しているな」

「個人戦に慣れているとああなります」

集団戦の怖いところだ。どれを狙うのかはきちんと指示を出さないと組のメンバーには伝わらない。ところが個人戦に慣れているとつい「あれ」とか「あっち」とかいう聞く者によって勘違いする言い方になってしまう。部下も部下で勝手に動く癖がついていたりするともうだめだ。

感性で部隊指示はできないんだが、それを理解させるのは実は難しい。自分に自信がある騎士には特に。なので一回しっちゃかめっちゃかになってもらった。この世界の騎士は個人戦に偏りすぎだ。この脳筋世界め。どうでもいいが的役のうちの騎士たちは楽しそうに馬を駆っているなあ。

ひとまず合図をして馬を止めさせる。翻弄されまくった伯爵の部下を含む貴族家所属の皆さんは呆然《ぼうぜん》自失だ。あ、ヘルミーネ嬢も埃まみれで座り込んでら。ここまで引っ掻《か》き回されるとは思わなかったのだろう。

「次はツェアフェルト隊がやり方をお見せいたしますので、的になる馬を交代させてください」

やって見せ、言って聞かせてさせてみせ、ほめてやらねば人は動かじ、だ。ツェアフェルト隊のやり方を見る必要性は理解しただろうから、ここから集団戦の本格講義だな。範囲魔法の無効化と集団戦による戦闘力向上、チートのない身としてはこのぐらいはしておかないと怖くてやってられんのよ。

◆

演習二日目、野営準備のために水を補充するため、途中の小さな村に立ち寄ることになった。

一言で水の補充というが、仮に一人分が一リットルだとしても一〇〇人で一〇〇リットルになる。もっとわかりやすくたとえると二リットルのペットボトル五〇本分。今回は三〇〇人なんでその三倍だ。トラックもなしにこれを運ぶことになる。入れ物の重さは別。

それどころか、汲《く》むだけでも重労働だし時間も手間もかかるんで、従卒だけではなく兵士にもやらせるか、対価を払う形で村人に手伝ってもらうことが多い。

ただ井戸の種類によってはそんなに一度に汲み上げると水面の低下を招くんで、料理に使うような煮沸する水なんかは川から汲むことも珍しくない。

井戸の種類ってのは大きく二種類あって、浅い井戸は降った雨水とか近隣の川の水が地面に染み込んだもので、大量に汲み上げると簡単に水面が上下するし、渇水期には枯れてしまったりもする。大体井戸が枯れて問題になるのはこっち。

一方、深く掘って水が出てきた井戸は、山に降った雨とか雪とかが長い時間をかけて地下水として流れてきて地下に溜《た》まったものが多い。こういうのはちょっとやそっとじゃ枯れたりしないんで比較的遠慮なく汲み上げることができる。前世だと工場とかが大量に汲み上げて地盤沈下をもたらしたりもしていたが、この世界ではそういう心配はない。少なくとも今のところは。

こういう深井戸って文字通りの意味で深い。中世欧州《ヨーロッパ》で古城の深井戸の中には深さ一二〇メートルなんて代物もある。そこまで極端ではなくても一〇メートル超えぐらいならざらだ。その深さに桶《おけ》を下ろして水を汲み上げ、容器に移し替えるとまた桶を下ろす、それを二リットルペットボトル一五〇本分繰り返すとなると時間も手間も労力もかかる。もし深井戸だとすると、今回は村人に手伝ってもらう形になるだろう。

ちなみにこの世界、水を作り出す魔道具《マジックアイテム》ってものもあるにはあるんだが、魔石の効率がとにかく悪い。そもそも魔石を前世のものと比較するのは難しいんだが、俺の感覚でいえば小型給水車一台分ぐらいの水を作るのに大型トラック二台分以上の魔石を必要とする。スマホを動かすのに自動車用バッテリーを二個ぐらい使うようなイメージだろうか。効率が悪すぎて非常時以外にはまず使えない。これでも研究は進んでいるらしいんだけど。

そのため俺が交渉役、ヘルミーネ嬢が補佐役として、馬車に積んだ水を入れる樽《たる》を運ぶ兵士たちと一緒に村に向かった。

俺とヘルミーネ嬢の二人だけで村長に挨拶、水の補充依頼を持ちかける。だが話を聞くとどうも浅井戸らしい。必要量を確保するのは難しそうだ。近くに川か湧き水がないかを聞き、村では最低限だけ補充を依頼することにする。

代金を支払うための書面を作成し、サインをもらう。こういうこともあるんで大体村長やその家族とか、教会がある場合は神官とかが一応の読み書きができるのが普通だ。この村には教会はないみたいだな。物々交換や足りない物資とかで代金を支払うこともあるんだが、村長は金貨や銀貨での支払いを希望してきた。こんな小さな村で金貨ねぇ。

もっとも前世欧州だと、中世半ばごろから税金は金銭で支払うのが一般的になりつつあった。小作農の頃は物納だが、独立農家になると農家の地位そのものが向上していたからだ。特に領主主導で開発された開墾集落でその傾向が強い。

鐚銭《びたせん》まで使わなければならなかった日本の中世と異なり、貨幣流通量が豊富だったこととか、三圃《さんぽ》式農業の結果、年間二度も収穫があるんで物納の方が大変だとか、果実などの穀物以外の生産面積が増えたとか、その他にもいろいろ理由はあるが。

「静かで平和な村だな」

村の力自慢という人物に井戸水を滑車で汲み上げては樽に移す作業を任せる。兵士たちがその水の入った樽を馬車に運ぶ。俺がそんな作業の様子を見ていると、農作業をしている村人を見ながらヘルミーネ嬢がそうつぶやいた。うーん。まあ周囲に魔獣がうろうろしているのに警戒してないって意味では平和かもしれないんだが。

「平和そうに見えるけどね」

「……どういう意味ですか」

半分不思議そうに、半分はやや不満げに問いかけられる。俺はもう一度村を見回してから口を開いた。

「子供ってもう少し好奇心があるものだよ」

俺がぼそりとそう応じるとヘルミーネ嬢は驚いた様子で周囲を見回した。それから、小さく唸《うな》るように声を出す。

「確かに、子供が一人もいない……」

「家から出るなと言われているとしても、家の中から覗《のぞ》いていたりする様子もない。かといって教会とかもないから、どこかで集まって勉強とかしているようにも見えない」

さりげない様子でぐるりと周囲を見回す。この世界じゃ子供も立派な労働力だ。もっとも、何歳までを子供というかは微妙なところだが。なんせ平均寿命がね。

「落ちついているように見えるがこの村はどこかおかしい。けど私たちにそれを言わないという事は何か隠す理由もあるんだろう。古い村でもあることだし」

大体において、開発時に権力者の手が入っている新しい村は畑の区画が解《わか》りやすく、道もしっかり作られる。その方が税を取りやすいからだ。

一方、自然発生的に集落から大きくなった村の場合、開発しやすい所から開墾が行われるから、畑の区画が曲がっていたりするし、道も畦道《あぜみち》というか、畑まで行ければそれでいい的な、細くうねる道が畑の間をぐねぐねと入り組み外観が不規則になる。この村は後者だ。多分、統治者間の境界が入り組んでいた時に、半ば非合法に農地を増やしたんだな。

こういう村は変なローカルルールとかもあったりするんで、うかつに首を突っ込むとややこしい事もたまに起きる。事情もわからないし、この状況で下手につつくのは藪蛇《やぶへび》だろう。

「私たちが信用できないのかもしれないが、状況を把握しないうちに動くとどんな結果になるかわからない。隊に戻って伯爵閣下に報告するのが一番だろうな」

水の補充だけして知らんふりして一度村を出ようと言い残し、俺は作業状況の監督に向かった。

◆

私はいったい何を見ていた？

思わず茫然《ぼうぜん》とツェアフェルト子爵の背中を見送ってしまった。

私より五歳は年下であるはずのツェアフェルト子爵は水の補充というような、貴族によっては部下に任せるような仕事にさえ不満を持たずに従事し、しかもその中で違和感や疑問点を正確に見ている。交渉を終えた私が単純な任務だと気を抜いていたのとまるで違う。だが、本来、騎士や貴族とはあのようにあるべきではないだろうか。

「……兄上にこの場にいてほしかった」

今回、参加前に兄であるタイロンが子爵に対して不平不満を口にしていたのを思い出し、わずかな不安と不満を覚えてしまう。兄がラウラ殿下に対して思いを寄せているのは知っているが、式典の際に子爵と勇者殿が殿下に呼ばれていたと聞いて、それを不満に思うのは違うのではないかという気がする。

もともと文官系のツェアフェルト伯爵家に対し兄の評価は高くない。さらに年下で、まだ学生の年齢でありながら子爵を名乗れるようになった相手に対し、内心思うところがあるのは理解できなくもないが。

「……いや、それどころではないか」

まだ任務中である。水の補充という危険性が低い任務であるが、だからこそ少しでもツェアフェルト子爵の考え方を学んでおきたい。相手が年下であろうと気にしてはいられないな。

私は急ぎ子爵の後を追い、本陣に到着後すぐにシャンデール伯に報告できるように話す内容を頭の中でまとめ始めた。

◆

重い水桶を積んだ馬車を引っ張りながら一度村を離れる。村から見えなくなった地点で同行した一部兵士に村の監視警戒を指示すると、本隊に合流してすぐに事情を説明。説明はヘルミーネ嬢がやってくれたんで助かった。

「なるほど。確かに妙だな」

「はい。何人か兵を監視に残しました」

「よい判断だ」

伯爵が頷《うなず》き、念のため監視の兵を増やすように指示を出す。本隊はそのまま夜営準備にかかるんだが、そっちはお任せして、俺は増員される兵士に指示を出すことに専念だ。

前世でも野生の獣とかには注意する必要はあったんだろうが、この世界だと魔物というもっと面倒な存在がいるんで、監視のための兵士も常に複数人数を配置しなきゃならない。あんまり人数を多くして村人に見つかると意味がないし、かといって少人数で監視に出して魔物による被害が出たりすると洒落《しゃれ》にならんので、どう配置するかも問題だ。正直胃が痛い。

「このあたりにも配置しておいた方がいいだろう」

「解りました」

簡易的な図を前に配置を確認し指示を出す。この図はヘルミーネ嬢が描いたもので、俺が描いたものよりは解りやすい。一応褒めているぞ。

そのヘルミーネ嬢も自部隊の兵を出してくれるという事なんで、遠慮なく借りることにする。ちなみに近隣の川に行く水補充はクフェルナーゲル男爵という白髪の貴族が担当を引き継いだ。細身だけどあの人はだいぶ鍛えてそうだなあ。

村の方は多分今日中には何らかの動きはあるだろうけど、だからといって適当にというわけにはいかないのが辛《つら》いところ。斥候《スカウト》を何人か雇っておくべきだったか。

「今更言ってもない物ねだりだけど。やっぱり斥候《スカウト》隊の編成を考慮すべきかねえ」

指示を出し終えてから一休みし、夕食に野菜と塩だけのスープを口に運びながら独り言《ご》ちる。この世界での貴族の美点の一つに、口が奢《おご》っている人が少ないというのは挙げられるかもしれない。たぶん中には贅沢《ぜいたく》している貴族もいるだろうが、俺の知る貴族のほとんどは、いざという時に戦場の粗食にも平然と耐える。前世ほど食にバリエーションや味付けの種類がないのもあるんだろうけど。

ひょっとして美食文化が広まると騎士や貴族の堕落が始まったりするのかもしれない。そんなことを考えていたら声をかけられた。

「失礼いたします、閣下」

「どうした？」

「伯爵様がお呼びとの事です」

「解った」

残ったスープを飲み干して、使者となった兵士と同行し本陣に向かう。シャンデール伯爵のいる天幕《テント》の外にいる兵士に到着を伝えて中に入る許可をもらい、入室。ん、天幕の場合も室でいいのか？

「わざわざ済まぬな、子爵」

「いえ、何かありましたか」

いやまあ何にもなきゃ呼び出しはないだろうが。さすがにそれは口にしないで反応を待つと、参謀格のグレルマン子爵がさっきの図、村のさらに外側に印を付けた。

「この辺りに石造りの建物群がある。そこから現れた一人の男が村に入っていき、その後男が女と村から出ていきそこに入っていったそうだ」

「風体は？」

「男はどちらも普通の村人には見えなかったらしい。女性は村人の一人だろう」

ふむ。石造りの建物群ねえ。

「盗賊騎士の廃墟《はいきょ》ですか」

「私たちもそう見ている」

盗賊騎士ってのも妙な表現だが、前世の中世にも実在した。集権的王国設立前の過渡期にいた存在だ。

前世日本でも平安末期から鎌倉初期あたりには、主一人に従卒一人でも武士でございます、と名乗っていた人物がいたように、欧州でも中世前期頃には一家数人プラス従卒で自称騎士を名乗る一団がいた。最低規模だと親子兄弟でせいぜい四、五人ってところだな。

その人数だと当然領地なんてものは持っていない。家庭菜園ぐらいだろうか。一方で武器と防具は装備している。その結果どうなるかというと、小さな村とそこに出入りする道を支配下と勝手に宣言して、通行税とかを取り上げるようになる。

村人や商人が通行税という名の代金を支払えばよし、支払わない場合、武力で荷物や生産物を強奪するような真似《まね》をしていたんで、俗称・盗賊騎士というわけだ。フランス・カペー朝の『戦争王』ルイ六世なんかは生涯にわたってこの「有害な塔」と戦ったらしい。

なぜ塔かというと、この当時のフランス地方における軍事拠点は、レクタンギュラー・キープと呼ばれる、解りやすく言うと石造りのビルみたいな形が多かったためだ。

「偵察した兵によると、廃墟に見える場所には複数の建物が壁に囲まれているらしい。建築群の規模から見て住めるのは一五人から二〇人ぐらいだろう」

この世界での後期盗賊騎士の規模だな。とはいえ、今は既に社会的に盗賊騎士なんてものが許されない時代であることも考えると。

「村に出入りしている者たちは村の監視要員。廃墟を改修して山賊だか盗賊団だかが拠点《アジト》代わりにしていると判断してよいかと思われます」

「同感だ。卿《けい》ならどうするね」

まあそう聞かれるよなあ。村を放置するという選択肢は取れない。一応王都近郊なんだから放置したらどんな評判が立つかわからんし。とはいえヴェリーザ砦の方が主題だ。こんなところで時間を食っていられない。

「恐らくですが、村の子供がそこに人質にされていると考えますので、人数で囲むのは危険でしょう。まず少数で潜入して人質の安全を確保してからかと」

「うむ」

合格、といわんばかりの反応ありがとうございます。前世で教授からの質問に答えて正解をもらった気分だ。そんなことを思っていたらシャンデール伯爵が言葉を継ぐ。

「そこでだが、卿に頼みがある」

◆

その日の深夜。軍がある程度村から離れたせいだろうが、廃墟《アジト》の周囲に見張りらしい奴《やつ》がいる気配はない。門扉が閉まっているのは魔物対策だろう。油断しているのはこっちからすればありがたいな。何もせずに村を離れた甲斐《かい》があったというものだ。

幸い今日は月夜。真っ暗というわけではない。とはいえ暗いには暗いが。暗い方が逆に見つからないからむしろ好都合か。そう思いながら俺以外の一五人に目を向ける。全員金属鎧《よろい》ではなく、革鎧などの軽装だ。

「準備整いました」

「よし。二班は弩弓《クロスボウ》を構えて待機。一班は俺に続け。ロープを忘れるな」

「はっ」

「登るときは手の力を使うな。両手と片足で三角形を維持しろ。その上で残った片足で体を持ち上げる、その繰り返しだ」

「解《わか》りました」

「よし、行くぞ」

壁はボロボロの石積みだから足場は多いが、念のために石と石の間に厚刃の小剣《ショートソード》を差し込み、それを足場にしてさらに登っていく。場所によってはせいぜい五メートル程度の高さだが油断はできない。

壁の上に登ると幅は数十センチ程度だが足場があるんで、身を低くして様子をうかがう。中庭のような感じの周囲に建物が立ち並んでいるが、人影はない。それを確認していた俺に後から登ってきた兵士が小声で声をかけてきた。

「閣下は登城戦のご経験が？」

「ない」

あるわきゃない。生き残るために体は鍛えているけど。手ではなく足の力で体を持ち上げろ、というのは前世でボルダリングをやっていた知人からの受け売りだ。事実を即答したんだが、何でそんな驚いてるかね。

もし壁の上に誰か登ってきたりしたら弩弓《クロスボウ》の出番だったが、使わずに済んだようなんでまずは一安心。矢で撃った相手に声を上げられたら全部パーだからな。

「そんなことよりロープを下ろせ」

「はっ」

まず壁の外側にロープを下ろし、二班の連中がそれを握ったのを確認する。続いて一番体格のいい兵士に肩に掛けるように体を回してロープを持たせた。

「下もしっかり持っているな」

「はい」

「よし、行くぞ」

内部の側にもロープを下ろし、そのままロープを伝い一気に壁から降りる。人間一人分の重量を支えるのは大変だろうが、壁上の兵士を滑車代わりにするようにしてあるんで、手だけで支えるより重量がかかっても耐えられる。二班の連中も外から引っ張っているわけだし。

俺のほか、三人が下りたところで、壁の上で支えていた兵士はお役御免。さっき作った足場を使い外側に下りていく。俺たちは人目に付かないように門に向かった。

「閂《かんぬき》だけですね」

「よし、少しだけ開けろ」

見つかる前に手早く門を開き、二班の全員とさっき壁上で支えていた兵士も入ってくる。俺の槍《やり》も二班の兵士から受け取った。やっぱりこっちの方がしっくりくるな。

「全員無事だな」

「はい」

確認してからもう一度周囲を見渡す。中庭をぐるりと囲むように建物は五棟。一番奥が盗賊騎士の当主がいた建物だろう。見た目が一番しっかりしている。親玉はあそこか。

という事は門に一番近い、あの窓のない建物は倉庫だな。にもかかわらず扉が作り直されているということは。

「……よし。一班の二人、あの建物の扉付近で待機。中から出てくる奴を無力化してくれ」

「は、はっ」

「中に人質がいる可能性が高い。どうせ人質は出てこられないだろうから顔を出すのは見張りだ。遠慮なくやっていい。その後は建物に賊が入らないように守れ」

「解りました」

　盗賊騎士の居住建築群は領主の住居、それ以外の人間の共同住居が数棟、厩《うまや》、倉庫で全体が構成されるのがデフォだが、こいつらは馬を連れていないようで厩は襤褸《ぼろ》のままだ。となると、親玉以外は共同住居に分かれて寝ていると考えていいだろう。

「そっちの二人はあの奥の大きな建物の陰に隠れていて、中から人が出てきたら建物の入り口を塞げ。そいつに中に逃げ込まれると厄介だ」

「はっ」

「中から他の人間が出てくるかもしれないから中も気を付けろ」

「かしこまりました」

「二班のうちそこの二人、俺が合図をしたら右側の建物の中に窓から松明《たいまつ》を投げ込め」

「よろしいので？」

「かまわん。どうせ生かしておいてもどっかで犯罪を働くだろう。殲滅《せんめつ》する」

「解りました」

「残り四人は弩弓《クロスボウ》準備。火で飛び出してくる奴らを射抜いた後は装備を持ち換えて片端から斬り倒せ。そっちの二人も松明投げ込んだ後は白兵戦に移行」

「了解しました」

　前世ではなぜか中世欧州《ヨーロッパ》の剣は刃ではなく力で叩《たた》き切るという話があったが、西洋剣でも普通に斬ることはできる。というか、前世で金属板からプレスで打ち出して研いだだけの工業製品ナイフだって肉が切れるんだから、中世でもちゃんと鍛冶師がうった後に焼き入れまでして研いだ剣が斬れないはずもない。実際、戦場で斬られて片腕を失い、その後の生涯を義手で過ごした騎士の話とかもある。

「俺は最初左の建物の前にいるが、奥の建物から誰か出てきたらそっちに向かう。その時左の建物から出てくる相手はそちらの二人に任せる。門から逃げる奴は外にいる別動隊に任せていい。以上だ。配置に就け」

「はっ！」

手早く指示を出すと全員が素早く移動する。おお、さすが伯爵のお墨付き精鋭。この暗い中でも素早いな。

右の建物に近づいた二人が魔道具《マジックアイテム》を使って松明に火を点《つ》ける。ゲームだと迷宮《ダンジョン》の中に入るだけで明るくなるけど、実際はああやって明かりを一瞬で準備していたんだろうな。

思わず別の事を考えてしまったが、すぐ我に返りこっちを向いた二人に合図をする。松明が建物の窓に投げ込まれた。

「うおおっ!?」

「火事……ぎゃっ!?」

右手の建物から飛び出してきたうち二人が弩弓《クロスボウ》に射抜かれ倒れ込む。とはいえ今の声はあちこちに響いただろう。俺のいる左の建物からも何人かが飛び出してきたが、まさか敵襲だとは思っていないのか手ぶらの奴もいる。

躊躇《ちゅうちょ》なく一人を振り下ろした槍で叩き伏せる。槍と言うと突くイメージが強いが、実のところ、遠心力を利用して殴る方がよっぽど楽だ。しかもその方が威力もあるし、次の攻撃につなげやすい。

「敵……!?」

遅い。殴りつけた槍を引き寄せると別の一人の腹に一気に突き込んで刺し貫いた。ここで手首を捻《ひね》り手の中で槍を半回転させる。

「がっ……」

人間の体は結構タフだ。刺したままにすると筋肉が締まって槍が抜けにくくなる。だから刺さった瞬間に槍を回して傷口を広げると同時に穂先を抜きやすくし、一気に引いて手元に戻す。槍は刺すより引き寄せる方が難しいとされるのはこれが難しいからだ。

とはいえ夜襲で向こうは鎧を着ていないし、俺は《槍術《そうじゅつ》》のスキル持ち。この状況で負けるはずもない。さらに一突きしてもう一人その場で地面に転がす。こいつは運が良ければ生きているかもな。

「何者だ、貴様ら！」

更に一人突き倒したところで奥の一番大きな建物から出てきた男がだみ声で怒鳴った。

うん、武器を持ってるのはいいとしてパンツ一丁で凄《すご》んでみせてもねえ。

とはいえ人質を取られたりされると面倒だ。奴自身もそうだが、部下に人質を取れと命令させるわけにもいかない。いくら奇襲に成功していたって油断してはいけない状況だ。

「後でゆっくり自己紹介してやるよ！」

牽制《けんせい》というより挑発に近いだろう。走りながらそう言うと同時に突き込んだが、親玉らしい男はうまく避《さ》けた。まあ距離があったしょうがない。指示通りに二人の兵士が建物の入り口を封鎖した。よし、これで中に逃げ込まれる可能性はなくなった。

「小僧！」

「その小僧にしてやられた癖にでかい面するなよ！」

人質に意識がいかないように挑発しつつ、振り下ろしてきた剣を槍の柄で弾《はじ》き、そのまま槍を回して石突の方で横薙《よこな》ぎに殴りつける。接近戦に向いていないとも言われる槍だが、槍の半ばを持ち振り回すことで棒術のように距離の修正はいくらでもつけられる。狭い所だと難しくはなるが、それは大きな剣でも同じだし。

男の方も荒事は慣れているようだ。うまく俺の一撃を逸《そ》らし、さらに切り込んできたんで、両手で槍の柄を持って受け止めた。そのまま力勝負に持ち込もうとするように押し込んでくる。戦い方を知らない相手を殺してきた、勢い任せの剣だな。力では負けそうだが、律儀に付き合う義理もない。

「ぐあっ!?」

押し込もうと上半身に力こめてりゃ足払い一発だ。パンツしか穿《は》いてない相手に蹴りを入れればそりゃ痛かろう。そのまま躊躇せずに槍を突き出し、転がった相手の右肩を刺し貫く。なんか聞き苦しい悲鳴が上がった。

「よし、捕縛してくれ」

「はっ」

親玉のいた建物を封鎖していた二人が近寄ってきたんで捕縛を指示する。男が悔しげに俺を見上げた。

「足癖の悪い奴《やつ》だな」

「油断したほうが悪い」

綺麗《きれい》に負けて死ぬよりましだ。騎士の決闘でさえ足技ぐらい使うんだから、実戦で使わない方がおかしいわ。だいたいこの程度の足払いとか、マゼルが相手の模擬戦だと簡単に躱《かわ》されて終わりだし。そんな事より。

「ま、覚悟しておくんだな」

「どういうことだ」

「そのうちわかる」

この中世風世界、犯罪者に人権なんぞないぞ。覚悟しておくんだな。

それにしても後の事を考えると気が重い。明日の演習は集団魔法戦のデータ取得をする予定らしいから、そっちに俺がいる必要はない。その分、この件は俺が後始末までやらんといかん。内心でため息をつきつつ、兵士たちに残敵の討伐と人質の救出を指示した。

◆

「本当に、何とお礼を言えばよいのか」

「これも役目だ」

頭を下げてくる村長にそう応じる。前世の癖でついこっちも頭を下げたくなるが、この世界で貴族が平民にそれをやるわけにはいかない。胃が痛い。

賊に囚《とら》われていた子供たちは年長者が年少者の面倒を見せられていたらしい。親玉の格好から想像はしていたが、ある一定以上の年齢に達していた女性はそういう目にもあっていたようだ。目撃されていた村の女性も同様で、その女性は親玉の住処《すみか》から救出された。

村の見張りに残っていた一人も女性を連れ込んでいたらしいが、そいつは村の警護と見張りの捕縛に向かっていたヘルミーネ嬢が斬り倒したらしい。生きたまま捕縛できなかった事を謝罪されたが、謝罪されるような話でもない。

そして現在、親玉と運悪く生き残っていた奴も含め、三人の賊がその報いを受けている真っ最中である。

「何度も言うが殺すな、殺すのは俺の役目だ」

「承知しております」

村長がそういうが、木に括《くく》り付けられて身動きが取れない賊たちに、村人たちが勢いよく石を投げつけ、時に農具で殴りつける。投石だけでも死にそうだな。もう半分死にかかっている奴もいるし。

前世の法的にいえばこれは私刑《リンチ》になるのだろう。だが中世世界の感覚でいえばこれもありうる光景。前世の中世日本にだって鋸《のこぎり》引きと呼ばれる、村落共同体が罰を与える方法があったし、村八分だって共同体からの排除という意味で私刑だ。ちなみに同時代の欧州の場合は台に固定された罪人の傍《そば》に焼き鏝《ごて》が用意されている形で、鋸引きと同様に共同体が罪人に罰を与える方法があった。

法の不備、という捉え方もできるのかもしれんが、そもそも支配者階級の騎士や貴族でさえ『決闘で勝った方が正しい』という形で、どちらが正しいかを決めることもあるのが中世世界だ。法に相応の力があればそんな決め方はしないだろう。この中世風世界で生きる以上はこの世界のやり方も受け入れなくちゃいけない。

俺自身は前世の記憶を取り戻してから貴族の教育を受けて、何とかこの感覚を受け入れることができているが、転生先が平民階級だったらこの前世とのずれはどうなっていたかね。あまり想像したくないな。

「よし、そろそろやめろ。俺たちも本隊に合流する必要がある」

自分の妻子が被害にあっていた村人の中にはまだやり足りなさそうな人物もいるが、これ以上続けると本当に死ぬだろう。そう思ってやめさせると、賊の親玉が唸《うな》り声《ごえ》を上げながら俺とヘルミーネ嬢を睨《にら》みつけてきた。

「お、俺たちがやるのと、どこが、違う」

「どういう意味だ？」

「村の、奴らだって、俺たちを、暴行、してるじゃねぇか、と、言っている」

息も絶え絶えの状態でそんなことを言う。俺は貴族としての仮面を被《かぶ》り直した。

「勘違いするな。お前たちは俺が殺した」

「……な、なに？」

「死体を傷つけるのもいいとは思わないが、被害者の心情としては当然のことだ。責任者として容認する」

順序が逆になっているだけだ。書面上、先に死刑にしてから村人が傷つけたことにはなるだろう。

「そ、そんなことが、許されるのかよ！　大体、お前たち貴族だって、税金だの、なんだのと、搾取しているじゃ、ねぇか」

「それも貴様の勘違いだな」

冷静に見えるように口調を作りポーカーフェイスで応じる。兵を率いる将としても領地と領民を持つ貴族としても、ここで動揺することは許されない。

「確かに貴族にもろくでもないのもいるだろう。村人にだって泥棒まがいの事をした奴もいるかもしれん。だがそんな事は関係がない」

剣を抜く。背中に村人の視線を感じる。ふっ、と息を吐いて相手の目を見て宣言する。

「世界のどこに何人の犯罪者がいようとそれとこれとは別だ。これはお前自身が行った行動に対する結果であり、他人がどうかは関係がない！」

一閃《いっせん》。親玉の首がその場に落ちた。そのまま残り二人も躊躇せず斬る。戦闘中以外の場で、自分の手で人の命を奪った重みは感じるが、それを表には出せない。剣を収めると村長に向き直った。

「賊の持ち物は村人で分けるといい。もし近隣に別の被害を被った村があるようなら、そこからは改めて領主に申し出るように伝えろ。領主には俺の方から記録を回しておく」

「あ、ありがとうございます」

中世というかこの中世風社会には社会保障のようなシステムがないので、現状では村人はただ被害を被っただけの存在になる。だが、そんなものだと思っているところで、ある程度でも実入りがあれば少しは状況が変わるだろう。

なんせこれから魔王復活でいろいろ情勢が危険で複雑になる。王都から数日の距離にあり、本来王都の付城のような位置にあるヴェリーザ砦《とりで》にも近い村だ。民心を得ておくに越したことはないはず。

「死体の処理は任せる。疫病が発生するかもしれないからきちんと処理してくれ」

「は、はい」

前世の知識と比較すると保障や支援もこの程度かという感覚はどこかにあるが、この世界にはこの世界の決まり事がある。いまだにどこか、脳筋ゲーム世界的な印象が抜けないんだが、それでもここは今俺が存在し生きている世界だ。ここはハッタリでもなんでも毅《き》然《ぜん》とした態度を見せなければならない。

「世界は劇場、男女全ては皆役者、か」

「はっ？」

「何でもない」

これはシェイクスピアだったかね。なんか意外と似たようなことをいろんな人が言ってるんだよな、こういうセリフ。ヘルミーネ嬢に呟《つぶや》きを聞かれたようだがスルー。

「皆、ご苦労だった。本隊に合流する」

「はっ」

年長の騎士たちが俺に対して一斉に礼をし、行動に移す。ヘルミーネ嬢とその指揮下の騎士たちもだ。はあ。いろいろ胃が痛い。

◆

「なあ、ツェアフェルト子爵ってまだ学生だよな？」

「そう聞いているが…」

「決断力がすごいなあの人」

「私語は慎め」

本隊に合流するために移動中、兵士たちの会話を耳にしたミーネはそう窘《たしな》めたが、内心では兵たちと同じような感想を抱いていた。

ミーネも騎士を選んだ身であり、賊を切ることには抵抗はない。だがあそこまで毅然とした態度が取りえただろうか。戦闘中に相手が賊だから斬るという事と、確たる信念とでの処断とは異なる。

それに廃墟《アジト》の鎮圧の際に見せたという手際も際立っている。単純な騎士なら正面から向かっていって逆に面倒なことになってしまったかもしれない。自分自身で潜入することも含め、一つ一つの行動がミーネの知る騎士や、同年代の貴族とは一線を画している。

「どこからあの覚悟が来るのだろうか」

ミーネは小さく口の中だけで独り言《ご》ちた。あの決断力と実行力は貴族として、あるいは騎士としての立場とは少し違うような気がするのだが、それが何かは理解できない。だが少なくとも年齢や外見とは関係なく、爵位貴族としてふさわしい何かを持っているに違いない、とミーネは内心で頷《うなず》いた。恐らくシャンデール伯爵から預けられた兵たちも同じ感想を持っているだろう。あの兵士の中には伯爵の側近がいることはほぼ確実である。

と同時に、姉の一件で実家に好意を持っていないらしいツェアフェルト家との関係改善に何ができるかを考えてしまう。近隣領であるツェアフェルト家とは好意的関係を維持したいという父の意向もあるが、次期伯爵となるであろうヴェルナー個人への評価も改めて考え直さねばならないだろう。ミーネはそう考えつつヴェルナーの後を追った。ヴェルナー自身がその内心の声を聞くことができたなら過大評価だと否定したに違いない。

◆

あの村での一件から二日後。篝火《かがりび》があちこちで夜空を焦がす夜営の場で、笑いながら食事をとる将兵に目を配りつつ一休み中だ。周りが年上ばっかりで疲れる。記憶を取り戻してからの貴族教育を受けた年月がなかったらとっくに潰れているだろうな。

「ヴェルナー卿《きょう》は働き者ですな」

「そんなことはありませんよ」

やっておかないと死ぬからです。はい。死にたくないからという理由で何が悪い。自分自身も身を守るぐらいの実力が必要だけど、俺一人が残っても最後までは生き残れないんだよなあ。ゲームの主人公はチートすぎるわ。

騎士団は集団戦の訓練継続中。昨日までは的を相手の練習だったが、今日からは王都付近の平地で魔物相手の実践演習だ。安全維持も兼ねているが、見ようによっては大規模な魔物狩りだな。練習で狩られる魔物には同情しない。っていうかこっちが一〇〇人超えていても向かってくるのはやっぱり異常だろう。商隊が心配になる。

魔術師隊の面々は徹夜で書き上げた報告書を王都に送ってからも同行している。集団戦と魔術師隊の連携も今後の重要な課題だからだ。単独の騎士と集団戦の支援は全然違うからな。

これも訓練のうちという事で、陣を構築し交互に見張りを立てての夜営が続いている。対人、対外国戦の夜営のシステムはまだしも、飛行してくる魔物までいる対魔戦の夜営陣など経験もない。それこそかつて魔王と戦った時代のノウハウが残っていればよかったんだろうが、そういうものは実戦から離れると大体廃れてしまう。江戸時代の軍学者の書いた本とか見れば一目瞭然。思い付きで書いている奴《やつ》多すぎ。今回の演習夜営はそういったリアル部分の検証も兼ねている。

「やはり空からの襲撃が今のところ問題ですな」

「柵も大型魔獣相手では役に立たないかもしれません」

「だからといって夜営の度に壁を作るわけにもいくまい。そもそも飛行してくる相手には効果がないからの」

「簡易結界魔道具《マジックアイテム》を持ち運びする方法を考えないといけませんな」

　実際に夜営して攻める側に立って見てみると穴が多い。万全はありえないだろうが、隙だらけだと意味がない、というわけで毎夜検証が続く。野営地をだだっ広い平地から川の近くに変えるだけでも別の問題が見つかる事もあるから馬鹿にできない。こういう場では聞き役に徹するだけだといる価値がないとみなされるので、時々俺も参加する。

　一番の難問はやっぱり陣営内部に外側から範囲魔法を叩《たた》きこまれた時だよなあ。それを考えると、軍隊を動かすより勇者パーティーのように少人数の方が被害は少なくなるのかもしれない。損害を抑えるという点だけ見れば現実的とさえ言ってもいいからな。作戦成功確率は別にして。意外とゲームにも正しいところがあるという事か。

　ゲーム中にも魔法封じの魔法は一応存在する。口には出せないが確かラウラが使うはずだ。ただ、目の前に敵のいる戦闘画面中の事なんで、こういうフィールドで効果があるのかどうかはわからない。仮にあったとしても一晩中効果がある魔法ではないだろう。

　移動中にランダムモンスターとエンカウントしない魔法とか、同様の効果の魔道具《マジックアイテム》とかもあるがあれもそんな長時間持続するものでもない。王城の結界は並の魔物なら入り込めないが、その機能は持ち運びできるものではないらしいし。簡易結界の魔道具《マジックアイテム》がもうちょっと使い勝手良ければなあ。

「いくら空を警戒するといっても、弓を夜間ずっとそのままにしておくわけにも」

「手入れにも時間が必要だからな」

俺は弓にはあまり詳しくないんだが、この世界の弓はカーボンとかじゃなく自然素材だ。だから温度や湿度の変化に弱いし、弦の張り方、外し方でも傷みやすくなったりするらしい。道具ってのはどの世界でも扱いが難しいな。

いろいろ話しているが結局のところ、現在できる事はかなり限られているとしか言いようがない。そりゃそうだ。剣槍《やり》弓馬の中世世界にいきなり手榴弾《しゆりゆうだん》と機関銃を持っている軍隊が現れたら蹂躙《じゆうりん》される。しかも破壊力が手榴弾並みという意味であって、実際は魔法という形だから、補給切れを待つこともできない。範囲魔法ずるい。

しかも魔物の方が戦い慣れしてる。たとえて言えば木刀しか持っていない集団の前に近代軍隊がいて、しかも軍隊の方が攻撃側って状態だ。攻撃側が油断しているのが救い。

とどのつまり小手先のやり方ではどうにもならん、というのが結論にならざるをえない。魔術師隊や司祭隊の増強などが考えられる数少ない手段だ。そんなすぐに増強できるなら悩まないんだが。後は警戒を厳重にするか、か。

小手先以外の方法を何とか考えるか、突拍子もない方法を考えてひっくり返すしかないが……そんな思いを抱きながら会議の場にいると、急に外が騒がしくなった。

「ご報告いたします」

「何事か」

グレルマン子爵がシャンデール伯爵に代わって応じる。返答はある意味予想通りの代物だった。

「ヴェリーザ砦の方角で火柱が立ちました。一本は青緑色だったとか……見間違いではないかと問うたのですが」

それ以上は夜間警戒担当の責任者が何か言う必要はなかった。伯爵が立ち上がりながら声を上げたからだ。

「総員起こせ！　出営用意！」

「閣下？」

「王太子殿下から内密にお話があった。ヴェリーザに気を付けよと。ツェアフェルト子爵、卿《けい》の隊が一番兵数が多い。先鋒《せんぽう》を頼みたい」

「ははっ」

会議中だった将や騎士たちが一斉に立ち上がる。始まったか、というのが俺の率直な感想。一方で外れなくてよかったと思ってしまうのは小心者の証拠だろうか。個人的な感想はひとまず置こう。

「まずは砦《とりで》に入らず外で様子を見る。子爵はいたずらに突入はしないように」

「かしこまりました」

このやり取りは王太子殿下、さらに伯爵とも打ち合わせ済みの出来レース。とはいえ実際、無茶な突入なんかしたら収拾がつかなくなることは間違いないからな。

幹部が一斉に本陣を飛び出していく。もちろん俺もだ。しかしまさか夜の襲撃だったとは。ゲームだと落ちてからしか情報来ないからしょうがないんだけどさ。それでも念のための合図を準備しておいてよかった。

花火で青緑色の光があるのは銅による化学変化だ。化学式とか詳しくは知らん。いつもと違うのが遠目でわかるような、目立つ効果があればいいんだ。

篝火に放り込むだけで合図ができるよう、狼《おおかみ》の糞《ふん》のほか煙が出まくる素材と銅の粉を混ぜた素材を作り、それを牛の内臓で作った袋詰めにして湿度対策の乾燥剤まで一まとめにしたものをあらかじめ王太子殿下経由でクナープ侯に渡しておいてもらった。この袋をそのまま炎の中に投げ込めば信号になるって寸法だ。

袋の中の銅の粉が篝火に舞い上がったから青緑の火柱に見えたんだろうな。そのことは伯爵も聞いているはずで、だからこそ非常事態を認識したわけだ。

ちなみに乾燥剤はスライムの核の粉。やたら水分を吸収するんで雨が降った後の歩道なんかに撒《ま》かれたりする。雪道に撒くと粉が落ちた所だけボコボコへこんでちょっと不気味な光景が見られたり。いやそれはどうでもいいか。

「総員起きろ！　ヴェリーザ砦に向かう！」

　さて、脇役なりの戦いを始めますかね。

◆

　ヴェリーザ砦に向かう最中の段階で、騒動は相当大きい事が解《わか》る。最初の頃には見えていなかった火柱があちこちから立ち上り、砦中の大きな音は離れていても聞こえるほどだ。中で何が起きているかはあんまり想像したくないな。

　ゲームだと直線一本だが、実際は門の前に行くまでに堀のために大回りしなければならない。この世界でも現実の中世と同じらしい。なぜ大回りさせるのかというと、砦側に右半身を向けさせる時間を長くとるためだ。普通、盾を左手に持つんで右手は武器しか持っていない。だから敵兵には砦側に右半身を向けさせて、その間に砦からは弓で攻撃して被害を拡大させる目的がある。城壁に近づくまでが既に戦闘というわけだな。

　援軍が来たとわかったのか、それとも始めから逃げ出そうとしていたのかわからないが、砦の側も動く。大きな音を立てて跳ね橋が下り、堀を越えられるようになると同時に両開きの木製の扉が開いた。

どっと出てきたのは明らかに戦闘員ではない服装の人たちだ。クナープ侯も無理やり非戦闘員を戦闘に参加させようとしていたわけではないらしい。

「構わん、鎖を叩き切れ！」

「おうっ！」

「誰か戦斧《せんぷ》を持ってこいっ！」

魔物に知恵があれば再び跳ね橋を引き上げようとするだろう。そうなると困る。今もそうだが、後で砦に入るマゼルが。そのため遠慮なく非常事態という名目で跳ね橋の鎖を切断して、橋を橋のまま固定してしまう。言い訳は後でいくらでもできるさ、多分。

同行していたダヴラク子爵の隊が橋を駆けてくる人たちを誘導するため松明《たいまつ》を掲げさせる。人間面白いもので明るい方に向かう。だんだん砦から離れるにつれ明るくしてあるのは、一度暗闇で明るいものを見ると目が光に慣れて周りが見えなくなるから。

光で非戦闘員を誘導しているのは戦闘部隊の中に駆けこまれると隊列も何もなくなるからで、意外とこのバランスが難しい。ある程度行ったところで今度はクフェルナーゲル男爵の隊が落ち着かせ保護する。負傷者の治療も含め男爵は明らかに貧乏くじだが我慢してもらおう。

「オーゲン隊は橋の左、バルケイ隊は右に並べ！　弩弓《クロスボウ》用意！」

「はっ！」

「第一射は俺の指示で行う。全員合わせろ」

「了解です」

マックスはいかにもという感じの大男なのに対してオーゲンは中肉中背、バルケイはそれより背が高く全体としてはむしろシャープな感じ。今回マックスは留守番なのでこの二人が俺の分隊長という事になる。二人とも三十代だが年齢もキャリアも上なので筆頭補佐はオーゲンだ。

ただしオーゲンの方が気が若いらしく集団戦の時はやたら楽しそうに馬を駆っていた一人でもある。バルケイはどちらかというとクール型だな。

なんかもうすっかり年上に指示するのも慣れた。いや前世の分も考えれば俺の方が年上だけどね？　胃が痛いのは変わらんが。

「構え」

新手の労働者たちが橋の下りている事を確認して中から駆け出してくる。その後ろから二足歩行の人ではない影が複数追ってきた。砦内部に火が燃えさかっているので、炎を背景にした相手はシルエットでしかわからないが、俺はこいつらを知っている。骸骨兵《スケルトンウォーリアー》と動く死体《リビングデッド》か。やはりここはあいつの戦場らしい。

「撃てっ！」

合図と共に二〇本を超える矢が扉付近にいた魔物に降り注ぐ。弩弓《クロスボウ》は慣れていなくても命中精度が高い。魔物が針鼠《はりねずみ》になってその場に崩れ落ちた。撃たせた俺が言うのもなんだが、骸骨兵《スケルトンウォーリアー》にも矢が効くんだな。

一方で味方からも多少の動揺の声が聞こえる。

「動く死体《リビングデッド》と、あれ、骸骨だよな」

「ああ、話でしか聞いたことがなかったが……」

「狼狽《うろた》えるな！　実際にああして倒すことができるのだ！」

オーゲンが檄《げき》を飛ばし、新たな矢をつがえる指示を出すと騎士や従卒たちも慌てて応じる。狼狽えてはいても怯《おび》えてはいないのでよしとしよう。

一般騎士や従卒の印象はこんなもんだろう。魔王復活と聞いていても、目の前に見たことのないバケモノが現れるまで現実感は乏しかったに違いない。今まで王都付近はせいぜい魔獣型だったが、このヴェリーザ砦のあたりからいかにもって敵が増えてくるし。

まあ今回のボスである魔軍三将軍のひとりドレアクスは「奴《やつ》は最弱」と言われてもおかしくないんだが。実際、後半迷宮《ダンジョン》でエンカウントする雑魚の方が絶対強い。なぜ将軍になれたのやら。

もっともラスボス前に四つの扉の三門番として復活再登場してきたときはかなり強い。復活怪獣は弱くなるもんだろうと突っ込んでおく。そういえば四天王はしないけど三将軍は復活するんだよな。

どうでもいいが人名はドイツ風なのに魔物の読みは英語なのは謎だ。この辺もゲームの影響か？

それはそれとしてまた脱出してきた一団を支援しつつ、魔術師隊のフォグトさんに支援に来てもらう。幸いすぐに連絡がついた。砦から脱出してくる人を支援する待ち戦だからだな。

「御用ですか、閣下」

「助かります。魔術師隊を使ってお願いが」

砦の両開き扉の向かって右側、その蝶番《ちょうつがい》を破壊し扉が閉められないようにしてほしい、と頼むと、当たり前だが驚きの表情を浮かべた。

「後で問題になりませんか」

「もし知恵のある魔物が扉を閉めたら、中にいる人間が鏖殺《おうさつ》される危険性があります。そのぐらいなら脱出口を確保しておきましょう」

一見正論だが、これも後で砦内部に入りやすくするためだ。ゲームだと簡単に入り込めるんだが、実際はどうなのかわからんからな。

実際、魔王城とかフィールド上で移動すればすぐ中に入れるのはどうなのかね。敵の本拠だろうに。あれも魔軍側の油断なんだろうか？　毎回潜入ミッションやらされたらめんどくさいのは確かだが。

「承知しました」

「私が頼みましたので報告はそのように」

なにやら決意を漂わせているので責任は俺が取るとアピール。責任取らせる気はないってば。

魔術師隊の魔法が一点に集中し爆発が起きる。扉の片側が傾いたが外れないという状況になり、更に俺の隊が矢を放つ。戦況を見ていたフォグトさんが怪訝《けげん》な表情を浮かべ始めた。

「奴ら、砦の外に出てきませんね」

「内部制圧を命令されているんですかね」

俺も一応不思議そうな顔は浮かべておくが、ゲーム上のフィールドが違うからだろうと思ってはいる。そんなことは言えないが。それとも事実、砦内部がドレアクスの管理区域になるのだろうか。

そんなことを考えていたら中からまた複数人数が駆け出してきた。騎士数人と身なりのいい……あ、面倒事になりそう。まあそれはお任せする事にするか。とりあえず脱出の支援はする。

「おいお前たち、指揮官は誰だ！　そいつはどこにいる！」

橋を渡り切った騎士の一人が偉そうに俺たちを怒鳴りつけた。真ん中にいる体格がよくて身なりのいい、目を血走らせた若いのがこの集団の長ですかね。

「我々はツェアフェルト子爵の隊ですが、この軍の指揮官はシャンデール伯爵です。もう少し向こう側におられますが」

バルケイが冷静そのものの口調で応じる。フォグトさんが唖然《あぜん》としているのは逃げてきた人間の態度じゃないからだろう。

「文官のツェアフェルトか、お前たちに用はない」

その一団は俺たちに聞こえるような悪罵を口にしてから本隊に向かって駆け出していった。後ろから撃つ気はないが、その辺で転んでも助ける気もないぞ。

「……ええと」

「他の脱出者を支援する。オーゲン、バルケイ、弩弓《クロスボウ》準備。そろそろ他の隊と交代も考えるぞ」

「はっ」

「承知しました」

何か言いたげなフォグトさんをスルーして敵の迎撃準備を進める。実際ずっとツェアフェルト隊だけが敵の迎撃をやってるわけにもいかない。交代部隊とのタイミングもあわせないといけないから、考える事の多さでキャパオーバーになりかねん。面倒事は押し付けるに限る。

◆

軍の指揮権を自分に明け渡せ、と本陣に入ってくるなり怒鳴り出した若者に、その場にいた面々が揃《そろ》って冷たい視線を向けたのは、自然な事であったろう。

「砦《とりで》内の父を救いに行く気はないのか!?　私は侯爵家嫡子であるマンゴルト・ゴスリヒ・クナープだぞ！」

「この軍は私がお預かりしております。他者の命を受ける理由がありません」

クナープ侯爵の長男であるマンゴルトの怒声にシャンデール伯は面倒そうに応じる。当然のことを言っているのだが、頭に血が上っているマンゴルトはますますいきり立った。

「砦を守る好機なのだ！　それなのにこれだけの兵がいるのに傍観するのか！　臆病者め！　恥知らずが！」

「勇気と蛮勇は異なりますぞ、マンゴルト殿」

卿《きょう》ではなく殿と呼んだのは嫌味である。礼儀知らずにはこのぐらいがちょうどいいというところだろうか。

クナープ侯爵は武門の人物であるため、多少強引ではあるが、それでも貴族の礼儀は守る。だがこの息子はどうやら自分の実力と家の実力の区別もついていないようだ。父親がまだ砦の中で戦っているという事を加味しても傲慢と言うよりほかにはないだろう。

ツェアフェルト子爵よりも五歳以上年上に見えるが、落ち着きといい態度といい、器は比べるまでもないな、とシャンデールは内心で冷たく見切った。

ヴェルナーが落ち着いているように見えるのは砦が落ちるという事を知っているからでしかないが、無論、伯爵はそんなことを知る由もない。

なるほど王太子殿下が子爵を気に入るわけだ、とシャンデール伯爵がヴェルナーへの評価を再確認している横で、まだマンゴルトは何やら怒鳴っている。いい加減煩わしくなってきた伯爵は文書箱を持ってこさせると、中にある書類を取り出した。

「何だそれは！　そんなものはどうでもいい！　伯爵風情が次期侯爵である私の言う事が聞けないのか！」

「この軍の指揮権は私にあると王太子殿下からの正式な通知書である」

そっけない一言ではあるがマンゴルトの頭に冷水を浴びせるには十分であっただろう。マンゴルトを止めようとしなかった侯爵家配下の騎士たちも揃って顔色を変えた。止める気がなかったのか、止められなかったのか知らんが、こやつらも役には立たんな、とシャンデール伯は冷徹に評価を下しつつ言を継ぐ。

「王太子殿下の直筆の通知書があるにもかかわらず、卿《けい》の命に従わねばならんというのはどういう事か説明を求める」

「い、いや、それは……い、や、そもそもなぜ……」

　なぜ王太子からの通知書をわざわざ持ち運んでいるのかとでも問いたいのだろうか。だが、そもそもなぜ軍がここにいるという疑問は持てているのか。都合がいいとしか思っていないのではないか。

　伯爵が一つ大きなため息をついた。いずれにしても絶句している相手にこれ以上付き合うのもばかばかしくなり、周囲に控える自分の騎士に目を向ける。

「お送りせよ」

「はっ」

　お送りするという言葉よりもはるかに手荒く、マンゴルトとその配下を伯爵の部下たちが事実上追い出した。伯爵が首を振りながら書類を箱にしまう。

「クナープ侯は息子の教育に失敗したな。しかし、殿下もこのような状況を考えての通知書であったのだろうか」

「恐らく、本来は侯爵が指揮権を求めてきたときのためだったのでしょう。あの方は敗北を簡単に受け入れる方でもありませんからな」

　グレルマン子爵がこちらもあきれたように応じた。建国以来年月を重ねるとああいう勘違いを勘違いだと思わないような澱《よど》みが生まれるものだが、それにしてもあれはひどい、と顔に書いてある。

魔王復活という状況が事実となれば、今までのままではいられない。王宮や王太子も動いており、ヴェリーザ砦襲撃の可能性を認めたうえで、起きるだろう事件を利用する気があった。

王太子やシャンデール伯もクナープ侯を排除するまでは考えていない。その一方、あまり危機感のない貴族、皮肉なことにその筆頭がクナープ侯だったのだが、その目を覚まさせるための荒療治の必要性も感じてはいた。その点、ヴェルナーと王太子の考えは一致していたといってよい。

「クナープ侯の忠誠心には疑いないのだがな」

「無事に逃れていただきたいものです」

ただし、ヴェルナーと異なる点は王太子や貴族たちにとってはクナープ侯の失敗も十分に使える材料だと思っていたことにあったろう。クナープ侯が失敗してその高い鼻が折られればそれでよし。万一戦死したとしたらそれはそれで有力貴族の力をそぐことができる。どちらにとっても王家にはマイナスにならない。

その意味ではまだ彼らの中でも危機感が高いとは言えなかった。

◆

「ヘルミーネ殿、あちらの兵を後送していただきたい」

「解《わか》りました。急げ！」

避難してきた労働者、負傷して逃げてきた騎士や兵士を後送させながら、俺は指示を飛ばし続けていた。

後送と一言で言うが、やっとのことで逃げてきて腰が抜けている人物や、負傷してこれ以上歩けないって人をそのままにしておくわけにはいかない。大体、怪我《けが》をして痛みで唸《うな》っていたり、泣き言を口にしていたりする負傷者が傍《そば》にいて、冷静なままでいられるのは人間としておかしい。士気にもかかわる。

そんなわけで動けない人間を安全な所に送り出すのだが、これが手間のかかる作業だ。中には鎧《よろい》を着ている騎士を抱えるんだから、一人で一人を運べるわけじゃない。よくても二人、普通三人は必要になる。搬送要員はヘルミーネ殿のフュルスト伯爵隊が引き受けてくれているからいいようなものの、だからといってその支援をおろそかにもできない。忙しいんだよ。なんか偉そうなお坊ちゃんの相手なんかもっと偉い人に任せるのが一番だ。

脱出してくる人たちを支援し、交代して休みを取り、また交代して支援を繰り返しているうちに結構な時間が経《た》った。毎度のことだが喉が痛い。前世の軍隊で軍曹クラスの人は声が低い人が多かったとか聞いた記憶があるが、単に声の出しすぎで声帯が太くなっただけじゃね？

それでもかなりの人数を後送し、脱出避難してくる人間の数が減ったあたりでオーゲンに問いかける。到着は深夜だったがなんかうっすら山の向こうが明るくなってきたな。

「どうだ？」

「そろそろ限界かと」

「だよなあ」

なんかこんなような会話、前もやった気がする。だが実際、矢は消耗品である。今回は演習名目なのでそんなに多くの矢は持ってきていない。オーゲンの返答に頷《うなず》くしかない俺である。フォグトさんを含む魔術師隊もそろそろ疲労が隠せなくなってきているし。

残念だがこのあたりが潮時だろうか、と考えた俺の視界、橋の向こう岸に別の影が映る。砦の内部の炎も鎮火しつつあるとはいえ、対岸のこっち側がより暗く、必然的に逆光になるため、解るのはシルエットだけだが。あのローブ風シルエットはたしか……。

「げっ」

「ヴェルナー様？」

「全隊後退！　距離を取れ！」

これぱっかりは説明してる暇がない。真っ先に走り出した俺に続いて全員が一斉に橋から遠ざかった。

皆、疲労してきて思考力が低下しているせいもあるんだろうが、俺の声が相当切迫感を持っていたのもあったかもしれない。他隊からの応援も含め驚くほどスムーズだ。

　その直後に轟音《ごうおん》と共に橋のこちら側で大きな炎の渦が巻き起こった。爆風をもろに受けてひっくり返るやつもいる。俺の周囲から驚きの声や悲鳴に近い声も上がった。

「い、今のは？」

「魔法だ。皆無事か!?」

「大丈夫です！」

　炎の魔法。そういえばヴェリーザ砦の二階から三階に上る階段前にいる中ボスはこの黒魔導師だった。こいつから範囲攻撃魔法を使いだすんだよな。ユニット表示がないから、珍しい敵とエンカウントしたなと思っていたら、痛い目にあった記憶がよみがえる。ゲーム中の記憶だが。

　そんな記憶を引っ張り出していた俺だったが、さすがに次の展開は読めなかった。

「ほう。勘のいい奴《やつ》もいるな」

「しゃべった……？」

　周囲でざわざわという驚きが広がる。ああそうか、既に戦っているマゼルは知っているだろうが、魔族の中には人語を話せる奴がいるのを知らない人間も多いのか。

　……まて。こいつ魔族なのか？　ゲーム中の中ボスなだけじゃなくて？

　内心で動揺している俺に気が付いた様子もなく、黒魔導師があざ笑うかのような口調で言葉を続ける。

「ここまで生き残った者たちに、まだしばらくの命の猶予を与えるとのお言葉よ。四将軍が一人ドレアクス様のご厚意だ。急ぎ戻りこの集団の指揮官に伝えるがよい」

ああ、やっぱりボスはドレアクスか。確か動く鎧《リビングアーマー》だったな。冷静な俺の一部がゲームの知識を重ね合わせているが、現実逃避かもしれない。

人間の反応や態度には興味がなかったのだろう。黒魔導師は一度砦の中を振り返ると、にたりと表現するしかない笑みを浮かべた。

「汝《なんじ》らに土産を与えるとの事である」

その声と共に、砦の中から複数の人影が歩み出す。いや、あれは人か？　一番右の影は片腕がないしその隣の奴はなんだかふらふらと……うぐ。

「ど、胴体が……」

「あれ、乗っかってるだけ、だよな……」

そう、周囲の騎士たち、ヘルミーネ嬢やフォグトさんも気が付いたようだ。あれは胸板あたりで両断された人間の上半身が、動いている下半身に乗っけられているだけだと。

胸のあたりでふらふらしているのは、バランスを崩すと上半身が落っこちそうになっているだけだ。グロテスクな手品みたいな光景だがスプラッタの方が絶対に近い。

そして一団の中にクナープ侯爵もいた。いや、あったというべきか。少なくとも頭が半分しかないのに、ゆっくりこっちに歩いてくるのは不気味としか言いようがない。

それ以外の人影も生きている人間はまずいない。切れた内臓を引きずりながら腹半分なくして歩いているとか、普通は無理だろう。ずりずりという音がするのは上半身だけで這《は》いずるように近づいてくる奴がいるからだ。例外なく虚《うつ》ろな目がまるで俺たちを迎えに来た死の使いかと思わせる。

皆、硬直したように動かない。動けない、の方が正しいか。近くで吐いている従卒がいるが咎《とが》める気にもならない。というか俺だって気分悪い。

「そう恐れるな。汝らの命は今しばらく猶予があると先程も申したであろう」

黒魔導師があざ笑うように俺たちに話しかける。聞こえているんだが、理解できているのかどうか、自分でもあまり自信はない。

そんな俺たちを尻目にクナープ侯たちの体は橋を渡り切り、俺たちの前までゆらゆらと力ない歩みを進めてきて、突然音を立ててその場に崩れ落ちた。血とそれ以外の臭いが鼻どころか全身にまとわりつく。

そのまま動くことはない。クナープ侯たちの体も、俺たちも。

「汝らの王にドレアクス様のお言葉を伝えるがよい。次は汝の城の番だとな」

それだけ言い残しローブ姿が砦《とりで》の中に消えていく。敵がいなくなったにもかかわらず俺たちは呆然《ぼうぜん》とその場に立ち尽くすしかなかった。

顔色を失ったままの俺たちの報告を聞き、シャンデール伯爵らもさすがに蒼白《そうはく》になった。手分けしてクナープ侯たちの遺体を回収しすぐにヴェリーザ砦を離れる。

◆

労働者や負傷者を軍の中央に配置し、魔獣を警戒しながらだが、最大限の速さで王都に帰還を目指す。口数が極端に少ないのは砦失陥《しっかん》というだけではないだろう。特に最後のあれを見ていた中には既に心折られた奴もいると思う。ゲームとの違いをこんな形で実感するとは思わなかったよ。

王城にたどり着いたのは深夜だった。負傷兵や遺体を運びながらなので時間がかかったのは確かだろう。途中、魔獣の襲撃もあったし。魔物全般が一段と凶暴化しているような気もしたが、あれを見た印象のもたらす錯覚だと思いたい。

王城に着くや否や伯爵とグレルマン子爵が国王陛下と王太子殿下に急遽《きゅうきょ》報告に行った。俺たちは解散するわけにもいかず、負傷者の手当てやら被害の確認やらでその日の夜を過ごすことになる。

「ツェアフェルト子爵」

「ヘルミーネ嬢、ご苦労……いえ、お疲れ様でした」

夜間ひと段落したところで話しかけてきたヘルミーネ嬢に対し、他に人もいないんで年齢的な立場で応じた。俺としてはその方が気楽だったからだが、ヘルミーネ嬢は首を振って応じる。

「私は一騎士ですので、そのままでお願いします」

「そう言われても」

「むしろ以前の態度を忘れていただきたい程ですので」

固いなあ。女性騎士ってのはこんなもんなのかね。そういえば俺の周りには女性騎士志望の女子学生はいたが、女性騎士っていなかったな。

「解った。何か疑問でも？」

「砦前でのことです。あのローブ姿の敵が魔法を使うことによく気が付かれましたね」

うぐ、その件ね。ゲーム知識ですとか言えるわけないしどうするかな。

「ま、まあいろいろ調べておいたのさ。確証があったわけでもなかったけどな」

「事前の調査もそこまで……恐れ入ります」

あっさりと信じてくれたのか、それとも深く突っ込まずにいてくれたのか。どっちであってもありがたいんだが、胃が痛い。

「私はいろいろ勉強不足であったと実感しております。今後ともご指導をよろしくお願いいたします」

そう言ってヘルミーネ嬢が頭を下げてくる。何だこの態度。正直フュルスト伯爵家の人間からこんな態度を取られると背中がぞわぞわするぞ。

「私自身未熟な身だから、期待に沿えるかどうかわからないが」

「よろしくお願いいたします」

思わず俺とか、わかりませんが、とか言いかけたんだが。こっちの話聞いてほしい。なんか面倒なことになってるな。どうしてこうなった。

◆

翌朝、今度は陛下や王太子殿下や宰相閣下以下の大臣皆様勢揃《せいぞろ》いの中、フォグトさんと一緒に詳細な説明をさせられているところである。思い出したくないのに詳しく説明させるのは勘弁してくれ、と内心で文句を言いつつ報告する。

「以上になります」

「ご苦労だった」

ええほんと、精神的な苦労と疲労が半端ないです。二度としたくありません。

聞いていた方もそれぞれ顔色に差はあるけど皆様顔色がよろしくありません。当たり前か。むしろ父が意外と冷静なのにびっくりだよ。

「ツェアフェルト、フォグト、下がってよい。皆、まずはクナープ侯の死を悼もう」

陛下がそう言ったのをこれ幸いとフォグトさんと一緒にその場を辞す。退室して頭を下げる直前、陛下以下大臣たちが祈っているのが閉まりかけた扉からちらりと見えた。シャンデール伯爵が同席しているのは今回の責任者だからだろうな。

扉が閉まると頭を上げる。心なしか同情しているかのような衛兵を背に、廊下をしばらく無言で歩いた。

「胃が痛いです」

「私も」

思わず愚痴をこぼすとフォグトさんが苦笑いしながら応じてくれる。実際、俺もどこかでまだゲームの世界だと楽観していたところがあったようだ。まさか序盤の名もなき中ボスからあそこまでインパクトある布告を叩《たた》きつけられるとは思ってもみなかったよ。

……名もなき中ボス、か。いわばモブだよな。俺と同じ。

なんとなく仮説を検証しながら歩いていると、同じように何か考え込みながら歩いていたフォグトさんが唐突に話しかけてきた。口調が違う。

「閣下」

「何でしょう」

「正直に申しまして、閣下の見識に感服いたしました」

「はい？」

え、一体何のこと？

混乱している俺に構わずフォグトさんが知的な顔に敬意を表して話しかけてくる。なんか勘違いしてませんか。

「お恥ずかしながら、頭のどこかで範囲型攻撃魔法対策など、急ぐ必要はないのではないかと先日までは思っておりました」

あー。それはちょっとわかる。王都の周りは魔法を使う魔物さえほとんど出てこないもんな。迷宮《ダンジョン》に入る冒険者は魔法を使う魔物とも遭遇した事はあるだろうが、一般レベルでいえば「魔法を使う敵かー、あぶないねー」のレベルだ。危機感を感じにくい。

「ヴェリーザ砦での相手の魔法を見て、あの非道な行動をしてくる相手が範囲魔法を使うのであれば、その危険性は恐ろしいものがあると痛感しています」

「相手が一体や二体ではないでしょうからね」

あの黒魔導師だって中盤の迷宮《ダンジョン》ではランダムエンカウントする雑魚だ。あの程度腐るほど出てくるとさえ言える。

「そして次は王城だと奴は言いました。範囲魔法対策が喫緊の課題であると認識させられました」

「想像していたよりも深刻ですね」

「その想像すらしていなかったのです、我々は」

なるほど、そういう流れね。何に感心されていたのかをようやく理解した。俺が理解するのが一番遅いってのはどういう状況だとは思うが。

「閣下の先見性がなければこれから研究を始めるための準備からになっていたでしょう」

「臆病なだけですよ」

これは本心。というかむしろ事実。死にたくないです。

「臆病が知恵を生むという言葉もあります。その臆病さから目をそらさないだけでもご立派です」

「やめてください」

年長でしかも宮廷魔術師隊って立場の人にこんな言い方されると照れる。それにこれも俺自身の考えというよりゲーム中のイベント対策からの発想という方が正しいんだから。謙遜は文化じゃないはずなのに謙遜しなくてもと言わんばかりの目で見ないで。

「いずれにしても、魔術師隊の総力を挙げて取り組む課題の一つになるでしょう」

「フォグト」

フォグトさんがそこまで言ったときに横から声がかかった。見ると宮廷魔術師の服を着た、フォグトさんとほぼ同年代の男性が立っている。

外見はどっちかというと冷静エリート型というかインテリ型だな。メガネとか似合いそうな感じだ。

「ピュックラーか。何かあったのか？」

「ああ、意見を聞きたい」

俺に一礼だけするとフォグトさんと話し出した。何やら専門用語が続いてるがさっぱりわからん。他にない系統の魔法波動？　なんだそれ。

「すみません、閣下。研究所に向かいますので、私はこちらで」

「解《わか》りました。またいずれ。機会がありましたらよろしくお願い致します」

「対範囲魔法の方の研究はお任せください」

「ええ、お願いします」

そう言うとフォグトさんとその場で別れた。あっちの二人は歩きながらまだ意見を言い合っている。ひとまず範囲魔法対策に本気になってくれるのならありがたい。俺はこの点他人を頼るしかないからな。

王都の屋敷に戻っても父はいないし、今日これから学園って気分でもない。俺もちょっと考える事があるから寄り道していくか。

エピローグ

どこでもそうなのかはわからんが、この国での王城は門から奥に向かって公的空間《パブリックスペース》、執務空間《オフィススペース》、それに私的空間《プライベートスペース》とでもいうような分類がされている。別に規則とかではないけど、大体その間を移動するときには衛兵の誰何《すいか》を受ける事になるな。

公的空間《パブリック》、といっても貴族や騎士にとってのではあるが、ともかくこの公的空間は普段から比較的自由だ。貴族レベルになっていれば外庭園を散歩していても怒られたりしない。それなりの面積がある広場みたいなのもあるので、閲兵式みたいなのはここで行われる。騎士団詰所とかはこの公的空間。兵士の訓練所や騎士の馬場もここになる。貴族同士の出会いの場のひとつでもあるし、広く招待される貴婦人方のお茶会なんかが行われるサロンとかもある。

執務空間《オフィス》は文字通り政務を執り行う場だ。王様や宰相大臣といったやんごとなき方々が陰謀……もとい政治を行う場所。ある意味で一番近寄りたくない場所だな。

当然執務室は屋内だが中庭もある。中庭って言っても狭い家の面積並みに広かったりするんだが。お茶会の中でも政治色が強かったり、重要人物とこっそり顔合わせなんかはこっちの中庭でやる。先日ラウラと話をしたのはここだ。ダンスホールや高位貴族向けサロンが執務空間にあるのは外交とかが同時に行われるから。ちなみに騎士団本部や魔術師隊研究所もここ。地下牢《ちかろう》も分類上はここになるのか。

私的空間《プライベート》ってのは王族専用空間と言っていいだろう。後宮とかもここだ。たまにダメな王様が私的空間に引きこもって出てこなくなる。現王はそこまでひどくないが。ちなみにこの世界では一夫一婦が原則だが、偉い人は第二、第三夫人がいる事も珍しくはない。貴族にはあんま珍しくないか。そのほかには、王太子宮や隠居した王族の宮殿とかも一応この範疇《はんちゅう》になるのかな。たまに陛下の寵妃なんかが邸宅をもらうのもこのあたり。王国の宝物庫もこの私的空間にあるらしい。国のものは王様のものってことなのだろう。

公的空間の外庭園で一休み。備え付けられたベンチに座って思わず声が出た。おっさんくさいとかいうな。

ぼーっと日向《ひなた》ぼっこをしながら頭の中身を整理していく。

今回一番気になったのはあの黒魔導師だ。ヴェリーザ砦《とりで》の中ボス、中盤ではただのランダムエンカウントモンスター。ゲーム中ではロクにセリフさえなかった、脇役未満の存在でもあれだけのことをしでかせるんだ。認識をいいかげん改めた方がいいかもしれない。この世界を基に作られたのがあのゲームなんだ、というぐらいでちょうどいいのではないだろうか。

俺自身の行動もある。スキルや能力はしょうがないとして、行動結果に影響が与えられるかどうかは別なのかもしれない。逆に言えば行動によって結果が変わる事がありうるという事か。王太子殿下が死ななかったみたいに。王城襲撃イベントに対しても変化が起こせる可能性があると見ていいのだろう。

そしてもう一つ、どうにも引っかかる問題がある。名前だ。

当たり前だがこの世界に住んでいる人たちには名前があるが、何とはなしに名前なしで通り過ぎてしまう事が多い。武器屋の主人とかパン屋の職人とかなんかだが、これは前世でもそうだったからまあいい。いちいち他人の名前を聞いてまわったりはしない。

問題なのは本来重要な人物の名前に対する認識だ。普通覚えていてもおかしくないはずなのに、たまにどういうわけだか覚えていない人物がいる。

王太子殿下や王太孫殿下もこの世界に生きている以上名前があったはずなのに、あの魔物暴走《スタンピード》の時まで把握していなかった。これは考えてみればおかしい。実際、第二王女のラウラの名前は覚えているが、これはゲームの知識。一方、ラウラの姉にあたるはずの第一王女の名前がどうやっても思い出せない。貴族として聞いたことはあるはずなのに。

ゲームの知識とこの世界の住人としての認識とに何か乖離《かいり》があるのだろうか。だとしたらそれはなんだろうか。

「あの」

つらつら考えていたので気が付くのが遅れてしまった。呼びかけられたので視線を向けて、そこにいる相手に慌てる羽目になる。

「王太孫殿下、失礼をいたしました」

「あ、いえ、気にしなくてもいいです。ツェアフェルト子爵」

こんなところに何でいらっしゃるのやら。そう思いながら立ち上がって礼をしたが逆に恐縮されてしまった。ラウラもそうだが全体的に腰が低いよなここの王族。

ひとまず王族を立たせたままというのも何なので、王太孫《ルーウエン》殿下にはベンチに座っていただき、代わりに俺がその前に立つ。どこからか視線を感じるのは、殿下のお忍びではないって事だろうな。

「お声がけしていただき恐縮ではございますが、何か御用でしょうか？」

「いえ、先日の魔物暴走《スタンピード》の英雄と一度お話をしてみたかったので」

英雄って誰だと思わず口に出しかけた。危ない危ない。

「恐縮ですが、英雄などという柄ではありません」

「父は英雄の素質があると笑って言っていました」

王太子殿下、息子さんが冗談を真に受けてますよ。勘弁してください。英雄と呼ばれるべきなのはマゼルの方だ。とはいえ面と向かって否定し続けるのも非礼なんだよなあ。

「あの時、自信を持って前線に出られなかったので。子爵のような勇気があればと思いました」

いや、十歳で戦場にいる方がおかしいから。と思うのは前世の知識のほうか？　よく考えればそうでもないな。源《みなもとのよりとも》頼朝の初陣が十三歳だったか。戦場に連れて行かれただけならもっと若くてもそこまでおかしくない。吉川元春《きっかわもとはる》みたいに自分から出るとか言ったのもいるが、あれは例外。

「私も殿下ぐらいの時は怖がりだったと思います」

「そうなのでしょうか？」

「怖いのが普通でしょう。慣れてくれば殿下も自然と勇気が持てるかと」

あんまり戦争好きになっても困るが。しかし自分だけ座って話すという事に別に違和感はないみたいだ。そのあたり流石《さすが》王族だな。こっちも当たり前だという認識があるし。

「あまり戦場向きではないのではないかと言われたこともありまして」

「他人の言う事ですから」

殿下の悩みにそう言ってみたものの、確かに女装させたらラウラの〝妹〟で通じそうだ。将来美人になることが確定の。まあ正直に言うことではない。

「聞いた話では、幼いころに姫とまで言われていた男性が後に名将になったこともあるそうですから、大丈夫ですよ」

長宗我部元親《ちょうそかべもとちか》の姫若子《ひめわこ》は女の子みたいな〝見た目〟という意味ではないが、嘘《うそ》は言っていないな、うん。

「そうなのでしょうか」

「そんなものです。結果がすべてですよ。五年後に見返してやればいいんです」

何を偉そうなことを言ってるんだ俺、とも思うが前世の年齢を足せば殿下は息子の世代なんだよなあ。なんだかいろいろと複雑だ。

そんなことを思っていたら殿下を呼ぶ声がする。大人の声ではない。小鳥みたいなかわいらしい声だ。

「ルー……殿下、こちらにおいででございましたか」

殿下を名前呼びしそうになったのは殿下とほぼ同年代の女の子。金髪の殿下と違い、こっちは綺麗《きれい》な黒髪だ。俺に気が付くと年齢よりは上手なカーテシーで挨拶してくる。

「お話しちゅ、う失礼いたしました。ローゼマリー・エル・シュラムと申します」

「ご丁寧にありがとうございます。私はヴェルナー・ファン・ツェアフェルトと申します」

こちらも正規のお辞儀《ボウ・アンド・スクレープ》をして貴族の礼を返す。ローゼマリー嬢が途中で嚙《か》みそうになっていたことはスルーしてあげよう。

「子爵様のお噂《うわさ》はかねがねお伺いしております」

「恐縮です」

恐縮しておく。シュラムといえば侯爵家だったはずだ。でも相手、十歳前後。貴族って怖いな。一伯爵の息子でしかない俺の事なんか詳しく知ってるはずもないのにあの発言。礼儀作法、叩《たた》き込まれてるな。にもかかわらず殿下を名前呼びしそうになったという事は相当に親しい……うん、まあここまでにしておこう。

「子爵、話の途中ですがすみません」

「いえいえ、有意義な時間でした。それに私も用事を思い出しましたので」

殿下が頭を下げてきたのは、おそらくこれからローゼマリー嬢と何か約束があるんだろう。苦手意識もないようだし、お邪魔虫は俺の方だろうな。

互いにもう一度礼をし、その場で別れる。途中一度だけ振り返ると、金髪と黒髪の少年少女が仲良く並んで建物の中に入っていく後ろ姿が目に付いた。

ほほえましいものを見た気分だったが、我に返って得体の知れない感覚が走る。ゲーム中にはあんな子は出てこないが、やはり王太孫にもこの世界の人間関係があるんだ。

あの魔物暴走《スタンピード》で王太孫が戦死していたらあの子は泣いただろうか。知らんふりで逃げだしていたらあの子を泣かせたことになったんだろうか。俺のせいじゃないとはいえ。

そして王都襲撃があったゲームではあの子は死んでいたのだろうか。今襲撃があればあの二人も物言わぬ骸《むくろ》になるのだろうか。どこで。どんな姿で。

新聞で一〇万人の子供が飢え死にしそうだと読んでも気にしない大人が、テレビに映った病気の子供が外国で手術をするための費用が足りないと聞くと募金する。前世で何度も見た話。人間心理ってそんなもんだ。数字より目に映った人の印象のほうが強い。人が動くのは数字ではなく物語だ。

俺自身、王都襲撃で何人が死ぬのかわからないが、その被害を想像するよりあの二人のほうが印象に残ってしまった。あの二人の死に顔を見たくないというのは偽善だろうか。

「……偽善で悪いか」

やらぬ善よりやる偽善だ。実際、魔物暴走《スタンピード》の戦死者たちやクナープ侯の死よりあの二人の方が印象に残ったのは事実で、否定する気はない。改める気もないし偽悪趣味かもしれんが、他人の評価なんぞ知った事か。

とはいえ苦笑ってのはこういう時にするもんだよな。俺は誰にともなく言い訳すると中庭から移動し王城を後にした。ついでに調べておきたい事ができたからだ。

◆

「ヴェルナー」

「あれ、マゼル……とルゲンツもか」

「おう、どうやら生きてたようだな」

王城の城門を出た所で見知った顔と遭遇。よく考えてみれば一〇〇人単位でぞろぞろ戻ってきたんだから、何があったのかはともかく、何かがあったことは隠しようもないか。

それにしてもルゲンツの第一声、えらい言いようだな。いや、表情を見るに心配してくれていたようだが。

「二人とも、どうしたんだ」

「うん、ヴェリーザ砦の方にヴェルナーが従事していたと聞いてたから」

「やはり、落ちたのか」

マゼルの台詞《せりふ》に続いてルゲンツも小声でそう尋ねてくる。ああ、なるほど。本当にヴェリーザ砦が落ちたのか確認したかったのか。マゼルは俺が巻き込まれたりしていなかったのか心配もしてくれていたみたいだな。友人ってのはありがたいね。

「残念ながらな。高位貴族も戦死した」

さすがに詳しくは言えない。侯爵って事は前世でいえば総理大臣とまではいわんが、内閣の大臣とか軍の将官クラスだ。万が一にでも誰かに聞かれていたりしたら困る。

「ヴェルナーの予想通りになったわけだね」

そう言ったマゼルに頷《うなず》くと、ルゲンツが唸《うな》った。

「高位貴族もかよ。ちょっとシャレにならんな……マゼル、訓練のレベルを上げるぞ」

「うん、解《わか》った。古代の祠《ほこら》だけじゃなくて他にも行こう」

「二人とも、あまり無理しすぎるなよ」

どうやら訓練というかゲームでいえばレベル上げを続けていたようだが、この時点で無理しすぎても困る。ちょっと釘《くぎ》を刺しておこう……って聞いちゃいねぇし。まあルゲンツがいるなら大丈夫だろう。俺が何か言うまでもなく、ほっといてもがんがん強くなりそうな気もするんだよなあ、この二人なら。

話を続ける二人を見ながら俺自身も自分の思考を追う。まだゲームでいえば序盤も序盤だからか、先はまったく見えない。だからといって立ち止まったまま死ぬ気はないしな。マゼルが魔王を斃《たお》すまで、何としてでも生き残ってみせるさ。

ヴェルナー・ファン・ツェアフェルトは優等生と呼ばれていた。

必ずしも好意的な意味ばかりではない。

入学試験での結果、実技部門で槍術《そうじゅつ》は一位であったが馬術が足を引っ張り八位。筆記部門では算学と地学が一位であったが、魔術学と神学が伸びず総合七位と、数字だけ見れば学園全体でトップクラスの成績であることは間違いないのだが、評価を聞かれた教師たちは皆、困ったような表情を浮かべ、それからこう口にする。

『言われたことは水準以上にこなすが、自習ばかりで自分から何かを行う意欲に乏しい』

『相談されれば貴族平民分け隔てなく手を貸すが、自分から他人に接触しない』

事実、普段でも教室で自習をしたり訓練場で槍《やり》の訓練をしたりと、真面目ではあるが人付き合いはよいとは言えず、全体としては好んで孤立しているという印象が強かった。

この状況になっているのにはヴェルナー自身の意向が影響している。王都襲撃イベントが発生した段階でどのように生き残るか、という事に集中していたヴェルナーからすれば、学生間で変なしがらみを作りたくなかった。親しくなった相手から、王都襲撃時に助けを求められても自分一人で手一杯というのが本心だったのである。

また、学園内における立場と状況もあるだろう。学内にも高位貴族家の嫡子は複数が入学しているが、大臣の嫡子という立場なのはヴェルナー一人である。そのため、教師でさえ対応はやや極端で、あえて厳しく接する者、逆に目をかけているように見せつつ取り入ろうとする者、なるべく関係を持たないようにする者と、大きく分かれていた。教師の背後にいる貴族家の意向もあったに違いない。それらのしがらみも面倒だったのだ。

だが何よりも、ヴェルナーが積極的に行動しない理由は、同じ学級《クラス》にいる、ある青年の存在にある。

◆

「よっ、ツェアフェルト、相変わらず真面目に読書かよ」

「ドレクスラーか。別に真面目というわけでもないんだがなあ」

「お前が不真面目ならこの学級《クラス》の全員が不真面目になると思うぞ」

窓際の席で大商人と呼ばれた人物が書いた旅行記を読んでいたヴェルナーは、からかい半分に話しかけてきたクラスメイトに、器用に肩を竦《すく》めつつ顔を上げながら応じた。

ドレクスラーは子爵家の次男で、実家は兄が継ぐため騎士を目指しており、地方の魔獣討伐隊で実戦経験を積んでから入学してきたという変わり種である。その経験を裏切ることはなく、剣技でいえば学内でもトップクラスで、ややお調子者だが人柄はいい。

通常、学園内では学科ごとの授業の方が多いが、共通授業の場合や朝礼などの際に一緒に受ける学生が集まる学級《クラス》がある。

この学級《クラス》は成績ごとに分けられていて、下位学級《ロークラス》では読み書きなどの基礎知識から教える授業があり、上位学級《ハイクラス》だと宮廷での礼法や法学などを習う。ドレクスラーも上位学級《ハイクラス》で学んでいるが、座学はあまり得意ではないようだ。

ドレクスラーは普段から誰にでも軽い態度で話しかけているが、女生徒からの人気もある方に入るであろう。実技の成績に関しては剣技以外の成績もよいため、ヴェルナーの言うところの脳筋世界では教師も含め評判が高い。ヴェルナーからすれば嫡子ではないという立場の軽さが多少うらやましくもある。

「他の学級《クラス》には、優等生のお前さんに熱い視線を向けてる子もいるんだぜ」

「俺にじゃなくて伯爵家《ツェアフェルト》にだろう。それに人気者と言えば」

そう言ってヴェルナーはちらりと視線を向ける。相変わらず人の輪の中心にいる人物に目を向けると、納得したような表情を浮かべてドレクスラーも頭の後ろで手を組んだ。

「まあ、ハルティングにはかなわんな」

「だろ」

マゼル・ハルティング。この学級《クラス》どころか現在、学園一番の有名人である。

通常、スキルは個人情報になるためさほど知られることはない。貴族の中にはあえて隠している人間も少なくないほどだ。それが逆に弱点になることを考慮しての事である。

だがマゼルの《勇者》スキルという存在は既に学園中に広まっている。国のお声がかりという事情もあったのだろうが、どこから漏れたのかはわからない。

もっとも、下手に一部貴族限定の秘密にしておくと、勇者であることを知っている貴族がマゼルを取り込むために妙なことをする可能性もある。それを抑止する意図があったのかもしれない。

「その辺は主人公補正でどうにかなりそうな気もするんだがな」

「何か言ったか？」

「いや、何でもない」

ヴェルナーはもう一度肩を竦めた。つい口に出す悪い癖をどうにかしないとな、と内心で反省しつつ、ドレクスラーに視線を向けた。

「ところで何か用か」

「さすが話が早い。実は政学でわかんねえところがあってよ」

「お前の場合、どこが解らないかわからないんじゃないのか」

そう言いながら手を動かす。どこが解らないのか教えろ、という態度である。ドレクスラーが背後の机に乗せておいた教科書を開きながら、ヴェルナーを拝むような表情を向けた。

◆

「お前たち、ほどほどにしろよ」

「僕はかまわないよ」

周囲で話しかけてくる学生たちを追い散らそうとしたメンゲルベルクを笑顔で制し、マゼルは話しかけてきた女生徒の質問に応じつつ、少しだけ視線を動かした。

マゼル・ハルティングからすると、ヴェルナー・ファン・ツェアフェルトというクラスメイトは謎の存在というか、珍しい人物だ。

メンゲルベルク、ゾマーフエルドの二人はマゼルが学生生活をサポートするために国が付けた貴族階級の子弟である。だが、二人はしばしば平民階級の学生がマゼルに近づこうとするのを妨害する。マゼルからすれば身分にかかわらず同じ世代の学生であればそのような態度をとりたくないのだが、貴族階級出身の二人は平民を見下す傾向が強いのだ。

これは状況がそれを許していたという一面はあったであろう。この時点では魔王復活など、噂《うわさ》にさえのぼっていない。学園どころかヴァイン王国全体で、いずれ魔王が復活するという事を知っているのはヴェルナー一人である。

そのため、国としても〝勇者〟という貴重な人材であるマゼルを注視して見てはいるものの、積極的に支援する、というところまでは至っていなかったのだ。メンゲルベルクら、貴族の中では比較的低い家柄の人物に指示を出したのも、まだそこまでマゼルという人物の重要性を把握していないがゆえであった。

一方のメンゲルベルク、ゾマーフエルドの両家からすれば、これは出世への機会であると見えたのは否定できない。可能であれば自分の家に取り込みたいという考えさえある。

そのため、両家とも自分の息子に対し、必要以上にマゼルへの干渉を行うような指示を出しており、二人も親の意向に忠実に従っていた。マゼルの側にも平民出身であるという意識があり、貴族相手に口を挟む事を控えていた一面があるのは否定できない。

そのような学生生活を送る中、学園上位の成績保持者が集まっているこの学級《クラス》の中で、唯一の例外がヴェルナーである。マゼルに対しては話しかけるのを避けているような様子さえある一方、他の平民階級の学生に対しては隔意を持たず、質問や相談を持ち掛けられた時などは、むしろ親身なぐらいに相手をしている。

もともとマゼル自身、地頭がいいこともある。大臣の息子という高位貴族であるにもかかわらず、変に近づいてこない分、ヴェルナーという人物が逆に浮き上がって見えていたのだ。

そんな中で最初の事件が起きた。

◆

俺が通っているヴァイン王国の王立学園に入学する方法は複数ある。一つは試験入学で、文字通り筆記、実技の試験を受けて合格すれば良いものだ。実技だけでも入学は可能だが、筆記だけでは入学できない理由は正直よくわからん。何か前例があるんだろう。騎士階級以上の出身者は大体この枠で入学する。

次に推薦入学だ。この世界においては識字率が高くないので、平民はなかなか勉強するチャンスがない。だが中には幼少のころから《スキル》の効果で優れた才能を示す平民もいる。そういった平民も村長、町長クラスと教会長の両方、二人以上の推薦があれば入学することができるんだ。文字の読み書きは入学後という事で許される。

面白いのはこの推薦入学の枠は貴族階級には適用されないことだろう。裏口入学は禁止という事だな。

それから報酬入学というのがある。戦時の武功や、村落での人命救助などの報酬として席が設けられるものだ。この権利のみ例外で、本人限定ではなく子弟に権利を譲ることができる。面白いことに冒険者なんかにもこの枠が用意されることがあり、大物の魔物なんかを退治した場合に、本人か家族に入学許可が下りるわけだ。

ただし、この枠の入学生は制服のマークが少々違うため、学園内ではすぐに解《わか》るようになっていて、貴族でありながら報酬入学枠で入学した場合、入学後の成績は特に厳しく評価される。成績ボロボロなのに冒険者から権利を買ったりする奴《やつ》がいるからだ。

ちなみにこの報酬入学枠は国に買い取ってもらう事もできる。冒険者は金銭報酬の方が嬉《うれ》しいことも多いんで、そのための制度ということになるんだろう。

その他には留学があり、これは国外の人物が入るための専門の枠になる。歴史や地学などが国ごとに異なるんで、試験の内容が変わるからしょうがない。

推薦入学と報酬入学の学費は国が出す。そうしないと学費を払えなくなる奴がいるからな。筆記用具なんかも望めば学園が準備してくれる。貴族の場合はプライドもあって自前で準備することが普通だけど。

寮も用意されていて寮で食べるなら食費は無料。学園の食堂もパンとスープだけは無料で、それ以外は代金を支払って購入することになる。スープにもそれなりに具が入っているから、味はともかく苦学生でも三食きっちりタダで食えることになるな。

一方、学園食堂は代金を払えば結構いいものが食えるし、予約さえしておけば茶会の開催も可能。高位貴族の女子なんかが女子同士でアフタヌーンティーのパーティーを開いたり、婚約者とケーキをつまみながらお茶していたりする。たまに恋人探しを目的としたパーティーなんかもあったりするが、俺は辞退し続けている。面倒くさいし。

◆

その日の俺は、放課後に数年前の外交官貴族が残した手記を食堂の隅で読んでいた。この世界では地図は機密となっているが、商人の記録や外交官の記録にはその国の地名、名産物、流通状況などが記載されていることがあり、それらに目を通しておくことが役に立つと考えていたからだ。

実際、ゲームで覚えた地名が出てくるとその辺りでのイベントを思い出すし、どのあたりに迷宮《ダンジョン》があったかなども漠然とだが思い出すことができる。俺自身は行く気もないし、行く事もないだろうけど。

何の気なしに顔を上げた俺の視界にそれが目に入ったのは偶然だったが、どうも様子がおかしい。さりげなく様子を見ながら、数人の女子学生を部下のように扱いつつ、アフタヌーンティーの準備を確認している主催のご令嬢の顔を確認する。

その令嬢が瓶から何かを取り出し口に運んでいるのを見てしまったので、面倒くさい事になったなと内心思ってしまった。

相手に警戒されないようにそれとなく様子をうかがっていると、女生徒に案内されて予想通り勇者《マゼル》が食堂に入ってくる。マゼルが件《くだん》の席に招かれたのを見計らうと、本を閉じて席を立った。俺が近づくと途中で立ちふさがろうとした複数の女生徒を強く睨《にら》みつける。彼女たちも俺の顔は知っていたようだ。怯《おび》えた顔を浮かべたところで、ひるんだ隙に横を通り過ぎる。

表情を改めて貴族としての笑顔を張り付けると、マゼルが茶を口に運ぶ前に二人に声をかけた。

「ご歓談中のところ、失礼いたします」

茶会の席に参加している、というより招待を断り切れずに付き合わされていたマゼルが、口に運びかけていたティーカップを空中に留めて視線を向けてきた。その向かいに座っていた気の強そうな女生徒が睨みつけてくる。

「どなたか存じませんが、今わたくしが彼をお招きしているのが解りませんの？」

「茶会のお時間だとは存じ上げておりますが、教師がハルティング君を呼んでおりますもので、失礼をさせていただきました」

「僕を？」

マゼルがティーカップを置いて怪訝《けげん》そうな表情を向けてくる。軽く頷《うなず》いて女生徒を無視し、俺はマゼルに向けて口を開いた。

「すまないが、先生がお待ちなんで付き合ってもらえないだろうか」

「うん、わかった。そういう事なら仕方ないね。申し訳ありませんが失礼いたします」

学園においてはさすがに教師の呼び出しが最優先だ。俺を睨みつけている、向かいの席に座っていた女生徒に一礼してマゼルは立ち上がった。作法というかそのあたりにまったく違和感がない。本当にこの間まで礼儀作法に縁がなかった平民だったのかね。

そのまま並んで食堂を退出する。扉が閉まったとたん、マゼルが口を開いた。

「何だか睨まれていた気がする」

「そりゃまあ、せっかくあそこまで毒を盛る準備をして失敗したんだから腹も立つさ」

「え？」

軽く肩を竦《すく》めて応じた俺に対してマゼルが驚いた表情を浮かべる。簡単に説明してやるとするか。

「アレは確か隣国ザルツナッハからの留学生だったな」

「あれって……うん、そう言っていた。学園四年目のザルツナッハの公爵令嬢だって」

マゼルが俺の言い草に苦笑しながら補足する。そのまま疑問を口にしてきた。

「でも、毒っていってもここは学園だよ？」

「あのテーブルに並べられていた菓子類はザルツナッハから持ち込んだものがあるんだろうなあ」

俺は菓子には詳しくない。だが展開はおおよその予想はつく。放課後を狙ったのもそのためであったのだろう。

「『我が国の物を食べて体調を崩したのだから自分の責任だ』とでも言って部下と一緒に馬車に押し込んで大使館に拉致。翌日の朝には大使館の一室で全裸のお前と同じく全裸の公爵令嬢が同衾《どうきん》していて既成事実のできあがりだ」

ひょっとすると大使館には毒消しのほかに媚薬《びやく》とかも用意してあったかもしれない。そこまでは知らんし、言う気もないが。

話を聞いているうちにマゼルが驚いた表情を浮かべる。学園なら安全だとでも思っていたんだろうか。

「いくら学生同士でも平民が公爵令嬢と一夜を共にしたとなったら大騒ぎだ。そのままハルティングはザルツナッハに連れていかれることになったかもな」

「う……」

そこまで説明したらさすがのマゼルも一瞬引きつったような表情を浮かべる。そのマゼルを横目に説明を続けた。

「あの女、ハルティングが食堂に入ってくる直前に薬を飲んでいた。多分、自分は先に解毒剤を飲んでおいて、同じ物を口にするつもりだったんだろう。そうすればお前だけが突然体調を崩したように見えるだろうからな」

貴族の子女がたまにやる手ではある。

「自分も食べるの？　そこまでするんだ……」

「するのが貴族だ」

もう一度肩をすくめてみせる。そして廊下の隅にいて今頃になって慌てたように近づいて来た二人に白眼を向けた。二人とも蒼白《そうはく》なのは最初からなのか、大臣の息子《おれ》が割って入ったからなのか。どっちにしても冷汗ぐらい拭け。

「メンゲルベルク子爵令息、ゾマーフエルド男爵令息、隙がありすぎるぞ」

「い、いや、その……」

「な、何分、相手が留学生で公爵令嬢だったので、外交問題とか……」

「馬鹿かお前らは」

どうやら危険性を理解していてマゼル一人を向かわせたらしい。なお悪いと思い、渋い顔を浮かべるしかない。普段、平民相手に貴族としての権威を嵩《かさ》に着た態度をとっていたが、逆に権威には弱い一面があるんだな、こいつら。しかしこのまま事態が推移していたら当然二人が、そして二人の家が責任を問われる事になっていただろう。

「何のために国があり大臣がいて、学校があり教師がいるんだよ。個人での勝負ができないときに組織で守るためだろうが。自分の手に負えないと思ったらさっさと助けを求めに行け。手遅れになってからじゃ遅いぞ」

勇者《マゼル》がそんな手段で連れ出されたら別の意味で外交問題になっただろう。手段を選ばない留学生の方も頭が悪いが、こいつらも問題だな。

少し考えて丸投げする事に決める。そもそもゲーム開始以前に主人公《マゼル》とあまり関係を持ちたくない。大臣の息子という立場から放置もできなかったが、これ以上の厄介事に巻き込まれるのは勘弁してほしいところだ。

「ハルティング、このまま教員室に行って、教師に俺が今言った内容を説明してくれ」

「え、ああっと、ツェアフェルト君は」

確か自己紹介ぐらいはしたと思うが、それ以外は距離を取っていたはずなんだが。俺の事も覚えているのか。こいつの記憶力は異常だな。

「俺は家に戻る。今頃、証拠の隠滅をしているだろうが、未遂でも内容が内容だからな」

伯爵家から国に情報を上げておく必要がある。そこまでして勇者《マゼル》を連れ出そうとする理由があるはずだ。国内の魔物に関する問題なのか、それともザルツナッハの宮廷内における力関係《パワーバランス》なのかはわからないが、何もありませんでした、で済ませるには少々きな臭い。

それに、俺自身には誰にも言えないもう一つの問題がある。このまま他国と何らかの関係や問題が発生した場合、魔王復活後にあるはずの勇者《マゼル》の旅に変な影響が出る可能性があるという事だ。

そのため、むしろ変に証拠を残したままにして両国間の関係が悪化するよりも、未遂で何もありませんでした、証拠もありませんでした、という形でうやむやのうちに済ませたほうが、両国間の関係上はもちろん、ゲームのストーリーから見ても都合がいい。

「正門にはザルツナッハ国の馬車が停《と》まっているだろう。ハルティングはその馬車がいなくなるまではそっちの二人と同行していろ。なんなら三人で教員室に立てこもっていてもいい。理由を聞いた教師が何もしないとは思えないしな」

この学園の教師はそこまで無能でもないはずだ。そう考えて俺は後の事を教師と学園に押し付けた。

その数日後、俺は学園長に呼び出され、マゼルの学園生活補佐を命じられる事になる。

◆

「私がですか」

何とかポーカーフェイスを維持できていたはずだが、困惑の声音までは隠しきれていないのも自覚できる。どうしてこうなった。

「彼にはメンゲルベルク子爵令息、ゾマーフエルド男爵令息が付いていたはずですが」

「両家から辞退の申し出があったのだ」

副学長が横から状況を説明する。貴族的な責任の取り方だな、と俺は内心で肩を竦めずにはいられなかった。

実際問題として、もし勇者《マゼル》とあの留学生の間に何らかの騒動などが発生していたら、学園の首脳部も首が飛ぶし、補佐を任されていた両家は潰されていてもおかしくはなかっただろう。実は内々に両家から伯爵家《ツェアフェルト》に感謝の品が届けられてもいる。あの後、教師たちは相当走り回ることになったようだが、そんなこと俺は知らん。

「幸い、君は典礼大臣の子息としての立場もあるし、成績も礼儀作法等にも問題はなく、成績から受ける授業も同じ事が多い。彼の補佐をするのに問題はないだろう」

確かに俺はマゼルと重なることは多い。家庭教師に鍛えられた俺と、平民だったマゼルが同じレベルなのもどうかと思うが、これはマゼルの方ができ過ぎているだけだ。

これは面倒ごとを押し付けてきただけなのではないだろうかと疑いつつ、少し考えてから、むしろきっぱりとした表情で答えた。

「光栄なお話ですが、辞退させていただきます」

俺に保身の意図があったことは否定できない。だがそれ以上に、物語開始前《ゲームスタート》にゲームの内容を知る自分が余計な事を口走り、何か設定とか状況が変わるのが怖い。そこまで考えると、主人公《マゼル》と距離を置いておきたかったことが本音だ。だがそれをそのまま口に出すことができるはずもない。

「そもそも、メンゲルベルク、ゾマーフエルド両家は国家が補佐を命じた家であります。仮に両家が辞退を申し出たとしても、学園だけで決められるものではありません」

学園長が沈黙したまま、視線のみで続きを促す。

「それにこのままではハルティング自身のためにもよくありません。彼を庇護《ひご》するのではなく、彼にも学生として過ごしてもらう時間の方が重要ではないかと考えます」

「なるほど。露骨な補佐を付けるのではなく、普通に過ごさせるべきだというのだな」

「むしろ貴族の補佐が付いているというだけで逆に目を引くことになるでしょう。慣れていないとアピールしているようなものです」

「確かに」

副学長が頷《うなず》いてくれたのでそのまま話を継ぐ。

「もちろん見捨てたりはしませんが、あえて補佐役を付けるのではなく、普通に学生として過ごしてもらう方がいいのではないでしょうか」

「なるほどな。君の見解はよくわかった。戻ってよいぞ」

「失礼します」

あの言い方だとこの機会を生かしてうち《ツェアフェルト》が勇者《マゼル》を取り込まないかを確認していたような気配もあるな。そんなつもりはありませんとも。そう思っていたんだが。

「ツェアフェルト君、ちょっと相談があるんだけど」

「なんだ？」

うん、マゼルの方から頼りにされる事になるのはちょっと考えてなかったです。頼られると放置もできんし。はあ。

「貴族の注意事項とか教えてくれないかな」

「やたら範囲が広い注文だな」

とはいえ同じようなトラブルが起きても困る。マゼルがこの国に居続けてもらうためには多少の協力はやむをえないか。

そしていろいろ質問に答えたり、他の学生と一緒に相談に乗っているうちに、いつの間にかマゼルと俺は親友関係になっていました。どうしてこうなったんだろうか本当に。

それから一年以上経過した時のことだ。

◆

基本的にはこの世界の場合、努力すると一定レベルの能力を身につけることができる。それは魔法も同じで、老魔術師とか老神官とかは《スキル》はなかったが努力でそこまでの結果を残した人たちと言うことになるだろう。多くは順風満帆な出世コースというわけでもなく、地方でのどかに過ごしていることも多いようだが。

一方で《スキル》持ちは若いうちからその能力を十分に発揮することができる。学生の年齢でも老魔術師と同じぐらいの魔法が使えることもしばしばだ。そのため、露骨な言い方をするなら、学生のうちに青田刈りのような形で、魔法使いや神官関連のスキルがありそうな学生を引き入れようとする動きは常にある。

だが、わざわざ教師や筆記用具等を用意して学ばせた学生たちが、貴族のお抱えばかりになってしまうのは国としてはいろいろな意味で不都合だ。

特に神官に関しては問題が多く、地方の教会へ赴任させるのは教会の管轄になるので、貴族が回復魔法の素質を持つ学生を抱え込んでしまうと、教会から国に対して苦情が来てしまう。実際問題としてこの世界の教会は病院を兼ねているので、教会に属する神官の数が足りなくなると、地方の医療問題まで起きかねない。

そんなこともあるので、学生が学生としてスカウトするのは黙認されているものの、それでも暴力や権力を用いることは禁止されている。少なくとも表向きは。

「それでもああいう奴《やつ》がいるんだよなあ」

「どうかしたのか、ツェアフェルト」

「ドレクスラーか」

窓の外を眺めていた俺の傍《そば》から、同じように室内訓練場で武器を使った訓練をしていたドレクスラーがのぞき込んでくる。

ちなみにこの学園は、入学時期こそ春で前世《ゲーム》の影響を受けているんじゃないかと思えるが、それ以外はむしろ大学に近い。入学年齢も十歳以上なら試験で合格すれば入学できるし、逆に二十歳過ぎてから一念発起して入学する人物もいる。貴族の場合は家庭教師にみっちり基礎を叩《たた》き込まれてから入学するんで、十五歳前後って事も多い。

同様に厳密には学年というものもない。実技と座学の試験で決まった成績を上げると受講許可ランクが上がり、上位学科を受けられるようになる。家庭教師にしごかれていた貴族なら、入学後数週間で銅課程《ブロンズランク》を終えて、最低でも銀課程《シルバーランク》の受講許可ランクを得ているはずだ。卒業可否も成績の総合点で評価されるので、成績を積み上げて金課程《ゴールドランク》まで駆け上がり、そこで必要な成績を取り終えることができれば入学した年に卒業する事さえできるし、俺みたいに卒業できる成績でもあえて在学し勉強を続けることもできる。

余談になるが騎士科の銅課程《ブロンズランク》で最難関なのは座学の紋章学で九〇点以上。他は全部取っているのに紋章学だけとれず、四年間も銅課程《ブロンズランク》だった学生もいたらしい。一発で満点のマゼルはおかしい。

ただこのシステムのせいで、十代の学生は大体がスキル持ちであることがばれる。スキルの内容そのものは知られていなくても、入学できるような成績があるという事は、試験にしろ推薦入学にしろ、大人顔負けの結果を出しているという事になるからだ。スキルの内容《なかみ》に関してはマゼルみたいに知られていることもたまにはあるし、俺のように槍《やり》の成績だけがやたらと高評価だと予想を付けられることもある。

新入生は『蕾《つぼみ》』と呼ばれる。入学時期だけは制服で把握できるようになっていて、一年次だけは襟縁の色が違う。二年次からは『若木』と呼ばれて、学園全体は最長十年で退学のため、若木は一から九までだ。マゼルと留学生の事件はマゼルが蕾だった時の話。

「あれだあれ」

「ありゃま」

俺が指し示した方向を見てドレクスラーが何とも言えない妙な声を上げる。

学内を案内してやろうとでも誘われたんだろうか。人目につきにくい、この建物の陰で小柄な女生徒二人が男子学生四人ぐらいに囲まれている。女生徒は蕾、つまり新入生で周りの男子学生は若木二から四。しかも女生徒の方は十二歳か十三歳ぐらいで早期入学生っぽいが、男子生徒の方は貴族か騎士の子弟らしく十七から十九ぐらいで体格がいい。ありゃ怖いだろうなあ。

「お、あの子たち魔術師科と神官科じゃないか。それに結構かわいいぞ」

「そりゃ優秀そうだ」

今のうちに取り込んでしまうつもりなのかなと思いつつ、前世でいえば小中学生ぐらいの年齢の子に対する評価を聞いてやや冷めた目で見てしまう。俺の顔を見てドレクスラーが何とも言えない表情を浮かべて口を開いた。

「ツェアフェルトは何とも思わないのか」

「まあ、よくある事ではあるしな」

　正直に言えば可哀《かわい》そうだとは思うが、俺が口を挟むと面倒な事になるかもしれない。俺は在学中の学生では唯一の大臣の子息であり、伯爵家の嫡子だ。地位とか立場とかは問わないという前提がある学園ではあるが、どうしたって俺の場合は背後の父の影がちらついてしまう。ややこしい立場なんだよ。

　と思っていたら、もっとややこしい立場にいるはずの奴が建物を出ていくのを目撃してため息をつくしかない。まったく、俺よりあいつの方がよほど優等生だ。

「ドレクスラー」

「お、なんだ、助けに行っててついでに口説くか？」

「馬鹿。小銭貸してくれ」

　だから相手は一歩間違うと前世で言えば小学生ぐらいだっての。そんな子を口説く趣味はない。

「小銭？　いくらだ」

「とりあえずあるだけ」

「はぁ？」

◆

「何をしているんですか」

「んあ？　お前には関係ないだろ」

咎《とが》めるように割って入ったマゼルに対し、女生徒を囲んでいた一人が嘲《あざけ》るような声で応じた。勇者が入学していることは知っているのだろうが、顔を知らなかったのであろう。別の一人がやれやれ、という顔で説明を加える。

「ガームリヒ伯爵家の名前ぐらい聞いたことがあるだろう。伯爵家に仕えられるんだからこの女たちにとっても幸運だ」

「そういうのは学園で許可されていないはずですが」

マゼルの発言は正論なのだが、男子生徒たちからすれば形式論を真面目に守っているのが愚かに見えたに違いない。四人が顔を見合わせて笑うと揃《そろ》って頷いた。この正論屋の男子生徒《マゼル》を目の前で殴り倒し、それを後ろの女生徒に対する脅しの材料にしようとでもしたのかもしれない。だが、次の瞬間。

「ぐげっ!?」

ぐしゃっという何とも言えない音が響き、囲んでいた四人のうちの一人がひっくり返る。全員が驚いて倒れた男に視線を向けると、その顔面から重たい音と共に落ちた小銭入れが地面の上に転がった。

「悪い悪い。じゃれてたら手が滑ってな」

「ヴェルナー」

軽い口調で近寄ってきたヴェルナーとドレクスラーの顔を見てマゼルが驚いた表情を浮かべ、同時に囲んでいた男子生徒たちが微妙な表情を浮かべる。典礼大臣の嫡子ヴェルナー・ファン・ツェアフェルト伯爵令息の名前はさすがに知っていた。

平然と歩み寄ったヴェルナーが落ちた重たい小銭入れを拾い上げる。いくら銀貨とはいえ、二人分三〇枚も入っていれば下手な石塊《いしころ》より重くなり、立派な凶器である。それを顔面に向けて全力で投げつけられた生徒こそ不運であった。

「お、おい、行こう」

「あ、ああ」

うっすらと笑いながら視線を向けたヴェルナーから逃れるように、倒れた一人を抱え上げて逃げ去っていく。一対四のはずが三対三になり、相手の方が家柄も上なのだから逃げの一手だ。判断力は低くない、とヴェルナーが小さく笑った。

「ありがとう、助かったよ」

「どうせなら一人で突っ込む前に言ってくれ」

早速女生徒に声をかけているドレクスラーを横目に、礼を言ってきたマゼルに肩を竦《すく》めてヴェルナーが応じる。もっとも、助かったのはあの四人組だろうな、とも思ってはいたが。本気の勇者《マゼル》を相手にしたら四対一でも大怪我《おおけが》は避けられなかったに違いない。

今度は赤い顔をした女生徒たちがマゼルに礼を述べているのを横目に、このままでは済まないだろうなと考えつつ、ヴェルナーは財布の中の銀貨を選《よ》り分けドレクスラーに返していた。

その後、女生徒二人がヴェルナーにも礼を述べたが、ヴェルナーは面倒くさそうに手を振るだけだ。それを見てマゼルは苦笑し、ドレクスラーは肩を竦めている。ヴェルナーはもう少し愛想をよくしてもよさそうなものだ、との内心は二人の表情に表れていた。

◆

その日は自宅に戻り父である伯爵に簡単に事情を報告。学園は小さな宮廷でもあり、時にそれは実家の方にまで影響を及ぼしかねない。その場で父からガームリヒ伯爵の情報を聞き、思わずため息。こりゃどう考えてももう一幕あるな。

翌日、学園に着くとまず教員室に赴き教師に昨日何があったのかを説明。今でも学園には国からマゼルの学園生活を補佐という名目で監視する担当の人間がいるだろうから、そっちに届いていればそれでいい。ガームリヒ伯爵の方も何らかの手を回しているだろうから、複数の教員に事情を説明して確実に学園上部に伝わるようにしておくことが重要だ。

「ツェアフェルト、今日昼はどうする」

「学食で食う」

「おう、ならハルティングも一緒に行こうぜ」

昼にはドレクスラーの誘いに素直に応じ、マゼルも同行する。どうやらドレクスラーも何かありそうだと気が付いているんだろう。こいつはこいつで勘のいい奴だ。

食堂に入ると小さくざわめきが起きた。マゼルはもちろんドレクスラーも実力のある美形貴族だし、あまり認めたくはないものの、俺は大臣の息子兼優等生で通っている。

それに温度差はあるが、俺たちの共通点は平民階級出身者と直接戦闘系能力者以外を見下さない事だろう。脳筋世界のせいか、どうしても直接戦闘系以外は見下されがちなんだが、マゼルはもちろんドレクスラーにもそういうところはない。俺は相談されたときはともかく、こっちから接触はしないが。

「ツェアフェルトは女の子からクールでストイックって言われてるからな」

「誰の事だそれは」

ドレクスラーの発言に素で突っ込む。

「確かにいつも勉強しているし、実技授業も真面目だし、ストイックに見えるかもね」

「全然違うんだがなあ」

マゼルにまで言われた。王都襲撃の際に何もできないことが解《わか》っているから自分の事をしているだけだ。いっそ《神託》スキルでも持って生まれてきていれば王都襲撃を警告できるんだろうが、ただの伯爵家子息で学生でしかない俺には何もできんのだよ。

「隣、いいかな」

考え事をしていたら別の学生がお盆を持って近づいてきた。温和な感じで眼鏡でもしていたら似合いそうな優等生風の外見だ。

「かまわないぜ」

「ありがとう」

優等生君が俺の隣に座る。さりげなさそうにこちらに聞き耳を立てているな。さて、期待していた人物も来たし、話を変えるか。

「そういえばマゼル、昨日のガームリヒ伯爵って奴《やつ》の話だが」

「うん」

伯爵の事を詳しく説明。ガームリヒ伯爵の領地は山がちの地形で農産物も育ちにくく、鉱山も河川湖水もないので、そんな地位はないんだが、あえていえば狩猟伯とでも言うべきだろう立場である貴族だ。

この世界では魔物の素材が高額で取引されるため、農地開発や鉱山開発と同様に魔物狩りが一つの収入源となる。猟師個人が動物の毛皮で生計を立てるのと似ていると言えなくもないが、レアな魔物であれば価値は巨大な宝石の原石を掘り当てたのに等しい。

だが、それは継続的な収入ではないし、魔物も反撃してくるので失敗すると被害も出る。

だから普通は冒険者とかに任せるんだが、中には貴族家が自分たちで狩りをする場合もある。そうすれば手数料とか冒険者への報酬なしで、魔物の素材を全部金銭に変えられるからな。

「で、相手が何だったのか知らんが、ガームリヒ伯爵家はでかい失敗をやらかしたらしくてな。家騎士団からもかなり被害が出たらしい」

「それで再建のために蕾《つぼみ》レベルの学生でも集めてるってわけか」

ドレクスラーが呆《あき》れたような声を出す。現場で魔獣討伐をしていたこいつからすれば自業自得だろうとでも思っているのかもしれない。しかしそうなると勇者《マゼル》なんか是が非でも欲しい人材だろう。そう思っていたら隣に座っていた優等生君が口を挟んできた。

「横から失礼。僕が聞いた話ですが、ガームリヒ伯爵の嫡子にあたる人はだいぶ荒っぽいやり方で学生相手の勧誘《スカウト》をしているとか」

「そうなのですか」

「ええ、脅迫まがいの事もしているらしく、貴族間で少し問題にもなっているとか。噂《うわさ》だけで、証拠みたいなものはありませんけどね」

ポーカーフェイスを維持する。町の噂を集めるなら酒場だが学生の噂を集めるなら食堂だろう。こいつ、見た目は学生だが国から指示を受けている学内の監視員なのは間違いない。勇者をどこかの貴族に取られたら困るだろうからな。今日のところはマゼルに対して、気を付けるように忠告に来たというところか。

　そしてさりげなく周囲を観察。そここそ抜け出す奴発見。とはいえ、こっちを恨むというより見つからないようにしている感じだな。ふむ。

「ヴェルナー？」

「食いながらでいいから打ち合わせしたいんだが」

　きょとんとしたマゼルが瞬《まばた》きを三回しつつ頷《うなず》く。こいつの変な癖だな。優等生君も不思議そうな顔をしている。そしてドレクスラー、面白そうな顔してるんじゃねえよ。トラブルの臭いがあるのは正しいけど。

「ま、逃がした魚ってのはデカく見えるものらしいからな」

　邪魔をしたのが勇者《マゼル》だと知れば目標《ターゲット》を変えてくることは十分考えられる。とはいえ直接マゼルを脅迫するのは難しいだろう。そんな目立つことができるはずもない。そうなるとどんな手を打ってくるかね。

◆

　ガームリヒとかいう奴だけならただの馬鹿として気にしなくてもよかったのだろうが、大体において貴族にはそれなりの部下や取り巻きが付く。この世界は武断派の人物の方が人気も出るから、ガームリヒに手を貸そうとする奴も多いだろうとは思っていた。どうやら、やはり知恵者気取りの奴がいるようだ。

翌日の夕刻、マゼルが帰宅前に俺の前を横切るとこっそり何かを落としてきた。小さな布切れだ。この世界だと厚めでごわごわした魔皮紙とかより、値段は高くても布の方がこういう時の連絡には便利だったりする。前世なら付箋紙でも使うところだがなあ。

拾い上げて中身を読む。それを見ていたんだろう、ドレクスラーが寄ってきた。

「何かあったのか」

「あったあった」

布《メモ》を渡して中身を読み終わり、笑い出しそうになっているドレクスラーに先日の優等生君を呼んできてもらうように依頼する。証人が必要だ。

学園の関係者がマゼルと接触したから邪魔が入る前に動き出すだろうと思ってはいたし、マゼルは女生徒の頼みや弱い相手を見捨てることができない性格。そのぐらいはちょっと調べればすぐに解る事だ。しかしまあ何というか。

「女生徒のラブレターで呼び出しとは、人気者だねえ、マゼルは」

思わず苦笑するしかない。先日と場所が違うのはまた邪魔が入ることを警戒したんだろう。だが何かをやる時に人気のない場所を選ぶことは容易に想像できるし、その片棒を担ぐ形の女生徒がポーカーフェイスを維持できるかどうかはまた別だけど。

蒼白《そうはく》になって部屋を出ていくクラスメイトの女子を見送り、とりあえず得物の代わりを探すことにした。マゼルがいるから武器はいらんと思うが、念のためだ。

◆

マゼルが呼び出された第二学舎は放課後には使う人物が多くない。

ヴェルナーの前世における学校と異なり、授業が終わった後に部活動と呼べるものはない。ただ、同好会のようなものはあり、親しい友人同士で自習する場合はそれに向いた教室や図書館、あるいは実技場に足を運ぶ。貴族の中には館に戻り家庭教師に学ぶ者もいるし、苦学生の中には働きに出る者もいる。

いずれにしてもこの第二学舎は専門教室などから遠く、自習などには向いていないので、恋人同士の密会所として使われることが多い。学園側もある程度は把握しているのであろうが、半ば黙認しているところがある。

「来たよ」

マゼルが何事もなさそうな口調でその第二学舎裏に回ると、複数の足音が近寄ってきた。マゼルが一瞬不審そうな表情を浮かべたのは、足音にばらつきが大きかったからだ。

「ふん、さすがに平民は頭が悪いな」

その声に応じて振り向いたマゼルがさすがに驚いた表情を浮かべたのは無理もなかったかもしれない。人数が増えて六人になった男子生徒のほか、先日の新入生二人が、縛られて引き出されていたからだ。その後ろで手紙の主であるクラスメイトの女生徒が泣きそうになってマゼルを見ている。

まさかここまでやるとは思っていなかったマゼルの表情がみるみる険しくなるが、縛られた新入生を引きずってきた男子生徒が脅すように刃物をちらつかせた。

「おっと、動くなよ。こっちは刃物もあるんだぜ」

「こんなことが許されると思っているんですか」

「はん、お前が心配する事じゃねぇよ」

実のところ、ここまでの事をすれば学園側もさすがに黙ってはいないだろう。だが、魔術師と僧侶の新入生に勇者という大物まで前にし、ガームリヒ伯爵の息子が暴走してしまったのである。それでも本人が直接出てこない程度には理性も残っていたようであるが。

「大体、なぜこんなことを」

「まあそのぐらいは答えてやる」

最年長らしい学生が口を開いた。

元々はガームリヒ伯爵領で合成獣《キメラ》が出現した事からだ。合成獣《キメラ》は古代王国時代に、魔獣同士を戦わせるための闘魔会用《イベント》に創造された魔獣が逃げ出して野生化したものだと言われている。魔王復活前にはレアリティが高い魔獣で、首は剝製として評判が高く、毒は他の魔獣狩りに使われ、魔石は高価で取引されるほか、肉や毛皮も珍重されていた。

「一匹ならばさほど苦労はしないはずだった。だが……」

憎々しげに言葉を継ぐ。合成獣《キメラ》は雌雄の番《つがい》であったのだ。巣穴にいた一匹にかなりの傷を与えて勝てると思ったところ、もう一匹が巣に戻ってきて、後ろから奇襲を受けたガームリヒ伯爵家騎士団と、虎の子の魔術師たちが多数犠牲となった。手負いの合成獣《キメラ》が報復に来る事も考えられるため、それまでに再建の人材を集める必要が生じていたのである。

「勇者とやらなら、平民でも戦力として価値があるからな。おとなしくガームリヒ伯爵家に仕える誓約書にサインすれば、この女たちには何もしないでおいてやる」

言いながら男の一人が書類を持ち出してきた。伯爵家に仕えることを確約する誓約書であろう。

「ま、マゼル君……ごめんなさい」

唯一縛られていないクラスメイトの女生徒が泣きそうな顔で謝罪している。よく見ると捕まっている女生徒の片方とよく似ていた。

「妹さんか、何かなのかな？」

こくこくと女生徒が頷く。余計なことを言うな、と男子生徒の一人がそのクラスメイトを蹴飛ばした。マゼルが一歩踏み出して助けようとして、刃物をちらつかせる男子生徒を見てぎりぎりのところで踏みとどまる。

「後で学園に訴え出れば同じじゃないんですか」

「そうできない理由もあるのさ。平民のお前がこの女生徒を見捨てるんじゃなきゃな」

「……そのあたりは後で聞けばいいか」

にたにたと笑う男に対し、小声でマゼルがそう呟《つぶや》いたとたん、男子生徒の後ろに、上から人影が下りてきた。

ヴェルナーとドレクスラーが第二学舎二階の窓から飛び降りてきたのである。実技科で鍛えていれば、二階の窓ぐらいから飛び降りてきても怪我《けが》などはしない。

マゼルなら男たちの後ろから近づいても顔色を変えるようなことはなかったであろうが、女生徒たちは顔に出るかもしれない。そう考え、ヴェルナーたちは二階に回りそこの窓から飛び降りたのだ。

「左の茶髪！」

ヴェルナーの声に応じてマゼルが女生徒を蹴った男の腹部に拳を叩《たた》き込む。男子生徒の体が文字通りの意味で宙に浮いた。

その間に、飛び降りる前に打ち合わせていた通りに新入生を捕らえていた男子二人がヴェルナーとドレクスラーに倒され、二人が素早く人質の安全を確保する。二階の窓から見ていた彼らもさすがに腹に据えかねていたところもあり、打撲武器ではあるが、武器を使う事も躊躇《ちゅうちょ》していないし、手加減する気もない。

「逃げられると、思うな」

怒りを堪《こら》えた声でマゼルが更に一人を殴り倒す。残りの二人もそれぞれヴェルナーとドレクスラーに打ち倒され、その場に倒れ込んだ。ついでといわんばかりにドレクスラーがうめいている一人の腹を蹴り飛ばす。

女生徒たち三人も事態の理解に時間がかかったが、マゼルが声をかけ、ヴェルナーたちが縛っていた縄を解くと我に返ったかのように泣き出した。

◆

「よっ、色男」

「ラブレターは偽物だってば」

俺の台詞《せりふ》にマゼルが苦笑するしかないという表情で苦笑している。そしてその前で地面にへたり込んで泣いている俺たちと同じ学級《クラス》の女生徒。コリーナとか言ったかな。

コリーナは驚いたことに先日絡まれていた二人組の女生徒のうち、僧侶の子の姉らしい。そこまでは調べる時間もなかった。

「つまり、こっちの二人組は、先日と別の男に呼び出された挙句捕まっちゃって、コリーナは妹の安全と引き換えにマゼルを呼び出した、と」

「は、はい、ごめんなさい、ごめんなさい」

コリーナが半泣きで謝罪を続けているが、宥《なだ》めるのはドレクスラーに任せ、四人から六人に増えた男たちが、伸びていたりのたうち回っていたりするのを冷めた目で見下ろす。

この増えた二人は学園関係者を装って、マゼルから事情を聞いたので君たちにも話を聞きたい、と昨日の二人に近づいたんだそうだ。油断といえば油断だが、小中学生ぐらいの年齢でそもそも学園にさえ慣れてない女の子二人じゃ責めるのはちょっと酷だろうか。

「しかし、よくこの展開を予想できたな、ツェアフェルト」

「俺はこの新入生の名前とかを確認していたお前のほうがすごいと思うが」

ドレクスラーにあきれ顔を返す。いやほんと、いつの間に調べたんだお前。そしてさっきまで縛られていたせいで同じように泣いている女生徒二人を宥めながら俺たちをほとんど呆然《ぼうぜん》とした顔で見ている優等生君。

「アンマーバッハ、証人悪いな」

「あ、いや、それはいいんだけど……」

優等生君ことアンマーバッハ男爵令息殿にご同行願ったのは、こういう事態を想定していたからだ。学園のほうに『公平な報告』を上げてもらわんといけなかったんで、あえて俺たちに同行してもらい、呼び出されたマゼルではなく奴《やつ》らの背後から捕まっていた子を救う側に付き合ってもらった。

とはいえうん、まあ、キレたマゼルを見たらそうなるよな。腹部に拳一撃で人間が宙に浮くのを見たらドレクスラーでさえ引きつっていたし。

「さて、お前さんたちにはいろいろ聞きたい事があるんだが」

「……」

とりあえず転がっている男子の所持品を証拠物件として確認しながら声をかけたら、見事なだんまりを決め込まれています。新入生の女生徒を縛り上げて、勇者を脅迫しようとしていた現行犯って時点で終わっているから、せめて主《あるじ》まで被害を拡大させまいという忠誠心ぐらいは評価してもいい。それに付き合う理由もないけどな。

「ドレクスラー、そこの刃物貸してくれ」

「おう」

男子学生たちが持っていた刃物が落ちているのを確認して視線でよこしてくれるように頼む。ドレクスラーが軽く頷《うなず》いて拾い上げ、手渡してくれた。

「何をするんだ?」

「とりあえずこいつらの着ている物を全部剝ぐ」

「お前、そういう趣味があったのか?」

「ねぇよ!」

誤解されるようなことを言うんじゃない。素で怒鳴ってしまった。

「新入生の女生徒二人を縛って連れていた犯人が全裸で連行されていきました、なんて事になれば、数日で学園どころか王都中で話題になるだろうな」

今の段階でも学園生としては終わっているが、そんなことになったらこいつらは王都にいられないだろう。最悪、息子の取り巻きが性犯罪未遂なんて評判が立つ前に、ガームリヒ伯爵の方が口封じに動く可能性さえある。転がっている男たちが蒼白《そうはく》になった。

本当にそんな噂《うわさ》が立ったらこの女の子たちにも風評被害が及ぶ。なのでさすがにそんなことをする気はないが、ここは貴族としてポーカーフェイスで間接的に脅迫だ。

「ま、俺としてはお前さんたちの飼い主が温和で失敗に寛大であることを祈るしかないが。悪く思うなよ」

「待ってくれ、話す。いや、話させてください」

さすがに性犯罪者扱いは立場どころか命の危機を感じるようであっさり陥落。聞くとやはり黒幕はガームリヒ伯爵の嫡子グンナー・メルヒオル・ガームリヒ。父親が青田刈りを命じているようだが、やり方が強引すぎる。

コリーナ姉妹は王都出身なんだが、冒険者の父親は行方不明で、母親が王都の小間物屋で働いている。ガームリヒに貴族の力でその小間物屋ごと潰してやろうかと脅され、店の老夫婦からも孫のようにかわいがられていたコリーナは、妹の安全と母が働く店に手出しをしない、という条件で今回マゼルを誘い出すことと、その後にはガームリヒ伯爵家に仕えることを約束させられていた。

もう一人、魔法使いの子はガームリヒ領の出身らしいのだが、学園卒業後には王都で勉強したかったらしく一度はガームリヒに仕えるのを拒否し、それが相手を怒らせることになってしまったらしい。元々発端はこの子って事か。泣きながらコリーナたちに謝罪していたが、この子が悪いわけでもないんだけどなあ。

「おいマゼル、殺気を抑えろ」

「……ごめん」

話が進むにつれてマゼルからの圧が凄い事に。気持ちは解《わか》るが。俺だって腹を立てていないわけじゃないし。

「とにかく、女生徒二人が縛られていたことは事実だ。伯爵家《ツェアフェルト》が確認した、と学園には伝えないといけないな。ドレクスラー、お前にも証人を頼む」

「ああ、いいぜ」

ドレクスラーも頷く。これはもちろん典礼大臣の伯爵家が確認いたしましたよというアピールだ。マゼルに署名させようとしていた誓約書を俺が懐にしまい込む。後でアンマーバッハが教員室か学長室に駆け込むのが見えるな。

「後はひとまず学園に任せるか」

相手の手下やら被害者の女生徒がいるから、これ以上はここで口に出す必要はない。マゼルは不満そうだったが、ここは任せろと軽く目で笑うと黙って頷いた。

◆

ヴェルナーはその日に伯爵家に戻ると、徹夜して報告書を書き上げ、翌日早朝には典礼大臣である父を経由して国に提出してしまった。実行犯が持っていた誓約書という証拠品に加え、末尾には「学園からの報告もあるはずなのでそちらもご確認ください」との一文も添えてである。

学園は教師全員が事態を把握した当日には王家からの詳細報告を求められる形となり、ガームリヒ伯爵家側が学園に何かを働きかける暇もない。瞬く間に騒動が大きくなり、ガームリヒ伯爵家嫡子であったグンナーが廃嫡されるまで五日しかかからなかったのにはヴェルナーも驚いていた。

「とうとうガームリヒ伯爵家も庇《かば》い切れなくなったようだな。案外、候補者を盗《と》られそうになった教会からの苦情も来たのかもしれないが」

ヴェルナーはそう評したが、これはこの世界でヴェルナーの方が規格外であった面を考慮する必要はある。いくら貴族としての知識があるといっても、半日で報告書を書き上げて国に提出する学生など普通は存在しないのだ。

前世で会社員だったヴェルナーが報告の必要性を学生以上に理解していたこと、業務報告書の書き方を覚えていたこと、それに学生でありながら事務作業に抵抗がなかったことなどがガームリヒ伯爵家側、更には学園側の予想さえも超えていた結果である。

「で、マゼル、やるのか。懲りておとなしくなるかもしれないぜ」

「やろう」

口ではそう聞いたが、ヴェルナーも確認を取っただけである。マゼルの反応にやれやれという表情だけは浮かべつつ、学園内で最終的な打ち合わせを短く済ませた。

その日の放課後、ヴェルナーは遠回りして伯爵家に戻り、マゼルは学園から戻るとすぐに外泊許可を寮に提出。翌日は宿泊先から学園に直接向かう予定と断っての事である。

そのままマゼルは夕食後、暗くなるまで寮で時間を潰し、ランプを借りて寮を出た。わざと遠回りをし、ぐるりと回ったところで急に走り出す。どたどたと無数の足音がマゼルのランプを追ってきた。マゼルはそれを確認しながら走り続け、長細い袋小路の壁際で立ち止まる。

「平民め、追い詰めたぞ」

ナイフのような刃物も含め、武器を構えた二〇人を超えるごろつきのような人数の後ろから大柄の若い男が顔を出した。男たちが複数のランプを点灯させたため、袋小路の中だけが明るくなる。

学生が他にいないことを確認しながらマゼルは無言でランプを向け続けた。沈黙を怯《おび》えと勘違いしたのであろう、学生服ではなく貴族服を着た男が勝ち誇るように声をかける。

「田舎者は哀れだな、王都の地理も解らんらしい。追われていたのに気が付いたことぐらいは褒めてやる」

「その田舎者の平民に名前を名乗ることもできない卑怯《ひきょう》者《もの》はどなたですか」

普段のマゼルを知っていればその冷たい声に驚く者も多いだろう。だが数を頼んだ首魁《しゅかい》の男は、一瞬不愉快そうな表情を浮かべたが、むしろ堂々と己の名を口にした。

「俺はグンナー・メルヒオル・ガームリヒだ。貴様らが余計なことをしなければ今でもガームリヒ伯爵家嫡子だ……」

ぎりっ、という歯ぎしりがかすかに響いたが、すぐに勝ち誇った表情を浮かべなおしてマゼルを睨《にら》む。

「ツェアフェルトは弟を嫡子とする儀典も進める典礼大臣の息子だ。今あいつに何かあれば俺が疑われるのは避けられないだろう。だが平民のお前なら」

「君が伯爵家に相応《ふさわ》しくないのはよくわかるね」

冷たい口調でマゼルが割り込んだ。不快そうな表情のグンナーを無視して、壁の脇に置かれた樽《たる》に自分の持っていたランプを乗せながら言葉を継ぐ。

「こんなに多人数でないと文句も言えない事はもちろん」

「おい平民、素手でこの人数に……」

勝てるつもりかと言いかけたグンナーの目の前で、遠回りをしたヴェルナーが明るいうちに樽の陰に隠しておいた木剣を手にしたマゼルが向き直る。

「友人が明るいうちにこうして武器を用意してくれていた事や、わざと大回りしたからそちらの仲間も一団で追うしかなかった事。ここは狭い袋小路だから多人数がいても数人ずつしか向かってこられない事。そして……」

男たちのさらに後ろ側、袋小路の入り口方向にその人影がいる事を確認し、マゼルは笑顔を浮かべた。

「そもそも全部が僕たちの計画通りだという事もまったく気が付いていないのだから」

その発言と視線に驚いたグンナーたちが振り向くと、練習用の槍《やり》を持ったヴェルナーがにやりと笑いながら集団の背後を塞いでいた。

◆

「がっ」

汚い悲鳴を俺の耳に届かせながら、俺の槍が一人の喉を突きその場にひっくり返した。

練習用の木製球が先端に付いている槍だが、それでも喉を力いっぱい突いたら人が死ぬぐらいの威力がある。今回は手加減こそしたが、しばらくのたうち回っていてもらおう。

狭い袋小路だ。一度に横に並んで向かってこられるのは二人程度。そしてマゼルの奴《やつ》は教師でさえ負けるぐらいに強いし、俺は槍というリーチの長い得物で相手と戦うことができる。自棄《やけ》になったごろつきがナイフを投げてきたが、そのぐらいは想定のうちだ。

槍を振り上げて下からナイフを弾《はじ》き飛ばし、そのまま今度は肩口めがけて振り下ろす。肩の骨を粉砕する勢いで一人倒すと素早く手元に手繰り寄せて穂先をもう一人の腹に突き入れる。

その間にマゼルはまとめて数人叩《たた》き伏せていた。木剣とナイフじゃリーチが違うし実力差もありすぎるぐらいだ。むしろ木剣が折れないかどうかの方が心配だったりする。ごろつきどもはそれなりに暴力にも慣れているんだろうが、相手がマゼルじゃ不運だったとしか言いようがないな。

大して時間もかからず雑魚全員をその場に叩きのめし、俺とマゼルが両側から詰め寄る。ガームリヒ伯爵も武門の家柄だ。狼狽《うろた》えはしていても、その場にへたり込んだりはしていない。とはいえその後がだめだ。

「うおおおっ！」

俺の方ではなくマゼルに向かったのはまだ相手を平民と見ていたからだろう。いや仮にマゼルを無力化しても袋小路に入るだけだぜ。それに俺の方が弱いんだけどなあ。

二人が交差した瞬間、グンナーが金属製の剣を持っていたくせに木剣のマゼルに一撃で叩き伏せられている。主人公にやられるのは様式美というか何というか。

「ぐあああぁぁ」

転がりまわるグンナーの左右に俺とマゼルが立つ。手首を押さえながら奴が俺たちを見上げてきた。あの様子だと骨は折れてるな。マゼルの奴、手加減なしで打ったらしい。

「ま、まて、金なら払う」

「まさか実家が出してくれるってのか?」

やらかしすぎて廃嫡された癖に。マゼルが冷たい表情でグンナーを見下ろす。

「あの新入生の子たちにも随分酷《ひど》い事を言っていたらしいね」

おー、怒ってる怒ってる。まあ情婦ぐらいにならしてやるだのなんだのを十二、三歳の子に言っていたなんて聞いたら、マゼルでなくても普通は怒るか。そういえばマゼルにも妹がいたような記憶もあるな。

「あ、あれは、冗談……」

「マゼル」

グンナーはなお何か言いかけたが、そろそろ衛兵が来るだろうし、そっちに助けを求められると面倒なことになる。頷《うなず》きあってグンナーを見下ろした。

「ひ、ひぃっ、ま……」

　待て、というよりも早くマゼルの木剣と俺の木槍がグンナーの体に叩き込まれ、実にいい音が袋小路に響いた。白目を向いてグンナーがその場に崩れ落ちる。あれ、俺も意外と怒っていたらしい。躊躇《ちゅうちょ》なく急所に叩き込んでしまった。

「お前たち、そこで何をしている！」

　王都の衛兵隊が到着。俺とマゼルがおとなしく武器を投げ捨てる。さあて、どうやって言い訳しようかなあ。

◆

　集団で襲った側は伯爵家出身ではあるが、襲われた側も伯爵家嫡子。しかも一方は問題児とごろつきで、もう一方は勇者と優等生。まあ厳密に言えば俺は襲われたとは言えんか。むしろ馬鹿を襲った側かもしれない。

　結果、そんな罪状はこの世界にはないが、あえて言うのであれば過剰防衛。ただし相手の方に非がありすぎるという事で口頭の譴責《けんせき》と謹慎処分ということで落ち着いた。

　しかし学園寮での謹慎部屋に三日間閉じ込められたのには参った。なんせ運ばれてくる食事以外にやることがない。しょうがないから筋トレで三日を過ごすことにしたが、どうやらマゼルも同じことをしていたようだ。後で聞いた話では、謹慎中も腐ったりしていなかったという事で、学園からの評価はむしろ上がったらしい。

なお、コリーナを含む女生徒たちは被害者という事で国側が対応することになり、それを知ったマゼルが心底安心した表情を浮かべていた。少なくともコリーナはお前さんを売った形なんだから、もう少し怒ってもいいと思うんだがなあ。この主人公属性《おひとよし》め。

そして謹慎明け当日。

「じゃあ、ヴェルナーは一度館に戻るんだね」

「ああ、この後さらに親から説教が待ってるからな」

この時間なら父は王宮にいるだろうからいいとしても、母は怒るだろうな。今から胃が痛い。その代わりにこっ、ちはマゼルに押し付けることになるんだが。

「じゃあな」

「また明日」

早朝にこの挨拶は変だとマゼルと笑い合い、俺はそのまま学園の建物を出る。

門に向かう途中で建物から歓声が聞こえてきた。振り返ると俺たちの学級《クラス》で騒ぎが起きている。問題行為をした上級生かつ貴族を叩きのめしたんだから、そりゃ人気者になるだろう。

俺とマゼルが同時に謹慎を受けて、学級《クラス》にはドレクスラーやコリーナがいる。情報源は十分だし、今日教室に入れば絶対こうなることは解《わか》っていた。明日になればみんなマゼル相手に熱を出し切って俺はそれほど話題にならんだろう。人気が出るのはマゼルだけで十分だ。

もっとも、明日にはマゼルから押し付けた事を責められるだろうな。ま、そのぐらいは甘受しますか。

「それにしても、これも勇者伝説になるのかねえ」

今頃、もみくちゃにされているだろうマゼルの困り顔を想像しながら、俺はツェアフェルト邸に足を向けた。

あとがき

初めましての方は初めまして。Ｗｅｂ版で評価やブクマ、感想などでいつも応援してくださっている皆様には、このような形でご挨拶させていただけることを嬉《うれ》しく思います。作者の涼樹悠樹です。

この作品のＷｅｂ版は『小説家になろう』様で発表させていただき、たくさんの方から温かいご声援をいただいておりますが、最初は書籍化という事は全く考えておらずに「古いコンピューターＲＰＧ《ロールプレイングゲーム》に理由をつけたらどうなるか」と「主人公を支える脇役を書いてみたかった」という理由で書き始めた作品でした。特に、イベントを終えた勇者が後にした国がその後どうなっているのか、というのが一番書きたかった部分かもしれません。

そのため、内輪ネタというほど狭くはありませんが、どちらかというとそういう古いゲームを知る人に「あるある」とか「なるほど、そういう解釈か」という形で楽しんでいただけたらいいなと思っていたところでしたが、幸いにも私の想像以上に多くの方から高く評価していただき、その上、オーバーラップ編集部様の目にもとまり、このように書籍化までしていただける事になりました。

まさか自分の書いたものが本になるとは驚いていたり、立派な表紙絵がついたりして感動したりと、自分でも驚くような経験をたくさんさせていただいております。正直に申し上げますと、ほんのちょっとだけ「設定記述が多いラノベは読まれない」という説に一石を投じられたかなという思いもありますが……（笑）。

ここまで応援してくださいました皆様、本当にありがとうございます。

花（女性キャラ）が少ないと編集部様からも読者様からも指摘されました本作、一巻終了段階ではまだ正ヒロインが登場していない作品ではありますが、これからもＷｅｂ版同様に〝主役を務める脇役〟ヴェルナー・ファン・ツェアフェルトの活躍と、マゼルを始め彼と同じ世界を生きる仲間たちに、ご支持とご声援をいただけますよう、よろしくお願いいたします。

最後になりましたが、この場をお借りして、投稿開始から書籍化までずっと応援してくださいましたＷｅｂ版読者の皆様、今回この本をお手に取ってくださいました新しい読者の皆様、それに編集部の担当編集者である吉田様、イラストをお引き受けくださいました山椒《さんしょう》魚《うお》先生、それにあとがきを執筆しているこの時点ではお名前を公表できないのですが、コミカライズをお引き受けくださいました漫画家様にも心から御礼申し上げます。

それでは、二巻のあとがきでまた皆様にお会いできますことを祈って。

二〇二二年　二月某日　　涼樹悠樹　拝

魔王と勇者の戦いの裏で 1
～ゲーム世界に転生したけど友人の勇者が魔王討伐に旅立ったあとの国内お留守番（内政と防衛戦）が俺のお仕事です～

発　　行　2022年3月25日　初版第一刷発行
　　　　　2023年5月31日　　　第二刷発行

著　　者　涼樹悠樹

発 行 者　永田勝治

発 行 所　株式会社オーバーラップ
〒141-0031　東京都品川区西五反田 8-1-5

校正･DTP　株式会社鷗来堂

印刷･製本　大日本印刷株式会社

Printed in Japan　ISBN 978-4-8240-0127-6 C0193

作品のご感想、ファンレターをお待ちしています
あて先：〒141-0031　東京都品川区西五反田 8-1-5 五反田光和ビル4階　オーバーラップ文庫編集部
「涼樹悠樹」先生係／「山椒魚」先生係

PC、スマホからWEBアンケートに答えてゲット！
★この書籍で使用しているイラストの『無料壁紙』
★さらに図書カード（1000円分）を毎月10名に抽選でプレゼント！

▶https://over-lap.co.jp/824001276
二次元バーコードまたはURLより本書へのアンケートにご協力ください。
オーバーラップ文庫公式HPのトップページからもアクセスいただけます。
※スマートフォンと PC からのアクセスにのみ対応しております。
※サイトへのアクセスや登録時に発生する通信費等はご負担ください。
※中学生以下の方は保護者の方の了承を得てから回答してください。